SCIENCE FICTION

Herausgegeben
von Wolfgang Jeschke

Von William Gibson erschienen in der Reihe
HEYNE SCIENCE FICTION & FANTASY:

Neuromancer · 06/4400
Cyberspace · 06/4468
Biochips · 06/4529 (in Vorb.)
Mona Lisa Overdrive · (in Vorb.)

WILLIAM GIBSON

CYBERSPACE

Erzählungen

Science Fiction

Deutsche Erstausgabe

WILHELM HEYNE VERLAG
MÜNCHEN

HEYNE SCIENCE FICTION & FANTASY
Band 06/4468

Titel der amerikanischen Originalausgabe
BURNING CHROME
Aus dem Amerikanischen übersetzt von Reinhard Heinz
Das Umschlagbild schuf Jeffrey K. Potter

Redaktion: Wolfgang Jeschke

Printed in Germany 1988
Umschlaggestaltung: Atelier Ingrid Schütz, München
Satz: Schaber, Wels
Druck und Bindung: Elsnerdruck, Berlin

ISBN 3-453-00993-2

Inhalt

Für meine Mutter,
Otey Williams Gibson,
und unsre treue gemeinsame Freundin
Mildred Barnitz – in Liebe

BRUCE STERLING

Vorwort

Wenn Dichter die uneingestandenen Gesetzgeber der Welt sind, dann sind Science Fiction-Schreiber ihre Hofnarren. Weise Narren sind wir, die tollen, kapriolen, weissagen und sich öffentlich den Kopf kratzen dürfen. Wir können mit großen Gedanken spielen, weil das scheckige Narrenkleid unsrer Pulp-Herkunft uns harmlos erscheinen läßt.

Und wer SF schreibt, hat reichlich Gelegenheit zum Auf-den-Arm-Nehmen. Wir haben Einfluß ohne Verantwortung. Obwohl die wenigsten glauben, uns ernst nehmen zu müssen, durchdringen unsre Ideen die Gesellschaft und sprudeln unsichtbar dahin wie Hintergrund-Strahlung.

Das Traurige dabei ist, daß die SF neuerdings ein eher tristes Geschäft ist. Alle Formen der Pop-Kultur durchlaufen Flauten und holen sich einen Schnupfen, wenn die Gesellschaft niest. Wenn wundert's also, wenn die SF der späten 70er Jahre wirr, introvertiert und verbraucht war?

William Gibson jedoch ist einer unsrer vielversprechenden Vorboten, daß etwas Beßres nachkommt.

Schon nach seiner kurzen Karriere steht fest, daß er zu den maßgebenden Autoren der 80er Jahre zu rechnen ist. Sein bemerkenswerter Erstlingsroman *Neuromancer,* der 1985 alle einschlägigen Preise einheimste, demonstrierte Gibsons beispielloses Talent, haargenau den Nerv der Zeit zu treffen. Der elektrisierende Effekt trug dazu bei, das ganze Genre aus seinem dogmatischen Schlummer zu reißen. Aus dem Winterschlaf erwacht, kommt die SF nun aus der Versenkung hervor und taumelt ins grelle Licht des modernen Zeitgeists. Und wir sind ziemlich abgemagert und hungrig und nicht gerade bei bester Laune. Nun soll alles anders werden.

Die vorliegende Sammlung enthält alle bisherigen kürzeren Werke von Gibson und bietet die seltene Gelegenheit, die erstaunlich schnelle Entwicklung eines wichtigen Autors zu verfolgen.

Die Richtung, die er einschlagen sollte, wurde schon in seiner ersten veröffentlichten Erzählung »Fragmente einer Hologramm-Rose« von 1977 offenbar. Gibsons Markenzeichen sind alle da: komplexe Synthese der modernen Pop-Kultur, High Tech und fortgeschrittene Schreibtechnik.

Gibsons zweite Story, »Das Gernsback-Kontinuum«, nimmt bewußt die einherschlurfende SF-Tradition aufs Korn. Es ist eine schonungslose Abrechnung mit der »Scientifiction« in Gestalt techniatrischer Schmalspurigkeit. Wir erleben hier einen Autor, der seine Wurzeln kennt und eine radikale Reformation ansteuert.

Seinen Rhythmus fand Gibson in der Sprawl-Serie, wozu »Der mnemonische Johnny«, »New Rose Hotel« und das fabelhafte »Chrom brennt« zählen. Mit dem Erscheinen dieser Stories im Magazin *Omni* wurde ein Niveau imaginärer Konzentration offenbar, das im gesamten Genre die Einsätze hochschnellen ließ. Die dichten, bizarren Stories mit ihrer kantigen, düsteren Leidenschaft und intensiv umgesetzten Detailfreude lohnen mehrmaliges Lesen.

Zum Triumph verhalf diesen Stories die Beschwörung einer glaubhaften Zukunft. Man kann kaum überschätzen, was ein solcher Versuch abverlangt, dem viele SF-Autoren seit Jahren tunlichst aus dem Weg gehen. Diese intellektuelle Verweigerung erklärt die bedenkliche Zunahme postapokalyptischer Inhalte, die Zunahme von Fantasy à la Sword & Sorcery und die Zunahme des Dauerbrenners Space Opera, in der galaktische Imperien praktischerweise in ordentliche Barbarei zurückfallen. All diese Subgenres feiern fröhliche Urständ, weil die Schreibenden sich einer Auseinandersetzung mit einer realistischen Zukunft verweigern.

In der Sprawl-Serie erleben wir jedoch eine Zukunft, die sich erkennbar von modernen Verhältnissen ableitet. Die Perspektive ist vielschichtig, anspruchsvoll, global. Ausgegangen wird von neuen Ansätzen: nicht von der abgedroschenen Formel aus Roboter, Raumschiff und modernem Kernkraftwunder, sondern von der Kybernetik, Biotechnologie und Nachrichtentechnik, um nur einige zu nennen.

Während Gibsons Extrapolationstechnik eine klassische der Hard SF darstellt, ist die Ausführung New Wave pur. Statt der üblicherweise gefühllosen Technik-Menschen und gestählten Könner-Typen der Hard SF sind seine Charaktere ein Sammelsurium aus Verlierern, Gangstern, Abtrünnigen, Ausgestoßenen und Irren. Wir erleben seine Zukunft vom Unterleib aufwärts, nicht bloß als trockene Spekulation.

Gibson macht ihm ein Ende, dem ergiebigen Gernsbackschen Archetypus Ralph 124C41+, dem weißstämmigen Technokraten im Elfenbeinturm, der den Pöbel mit den Segnungen der Wissenschaft überhäuft. In Gibsons Texten finden wir uns auf der Straße wieder, in der Gosse, der muffigen, wo's ums nackte Überleben geht, wo High Tech ein permanentes unterschwelliges Hintergrundrauschen bildet – »wie ein fehlgeschlagenes darwinistisches Experiment aus der Feder eines gelangweilten Forschers, der den Daumen ständig auf der Schnellvorlauftaste behielt«.

In seiner Welt ist die große Wissenschaft kein Wunderbrunnen schrulliger Genies, sondern eine allgegenwärtige, alles durchdringende, greifbare Kraft.

Die Geschichten zeichnen ein Bild der modernen Misere, das ein jeder auf den ersten Blick erkennt. Gibsons Extrapolationen führen uns mit überspitzter Klarheit den vorborgenen Teil eines Eisbergs sozialen Wandels vor. Dieser Eisberg treibt mit finstrer Majestät durchs späte zwanzigste Jahrhundert, aber seine Proportionen sind gewaltig und düster.

Viele SF-Autoren haben angesichts dieses lauernden Monsters die Hände hochgeworfen und Schiffbruch prophezeit. Gibson freilich, dem man andrerseits sicher keinen blinden Optimismus vorwerfen kann, hat es sich nicht so leicht gemacht. Dies ist ein weiterer Wesenszug der aufkommenden neuen SF-Schule der 80er: die Apokalypse langweilt. Gibson verschwendet wenig Zeit damit, den mahnenden Finger zu erheben oder sich die Hände zu ringen. Er hält unverzagt die Augen offen und scheut sich nicht – um mit Algis Budrys zu sprechen – vor Schwerstarbeit. Das sind seine Kardinaltugenden.

Ein weiteres Anzeichen deutet darauf hin, daß Gibson einem neuen Konsens innerhalb der SF angehört: die Leichtigkeit nämlich, mit der er mit anderen Autoren zusammenarbeitet. Drei solche Gemeinschaftsproduktionen bietet diese Sammlung. »Zubehör« ist ein selten gelungenes Stück, ein Stück düstere Phantasie, die vor irrwitzigem Surrealismus überschäumt. »Roter Stern, Winterorbit«, gleichfalls in naher Zukunft angesiedelt, spielt vor einem liebevoll ausfabulierten authentischen Hintergrund und weist den globalen, multikulturellen Standpunkt auf, der die SF der 80er entscheidend prägt. »Luftkampf« ist eine grausam konsequente und brutal verzwickte Geschichte mit Gibsons klassischem 1:2-Verhältnis von *Lowlife* und *High Tech*.

In Gibsons Werk klingt der Ton einer Dekade an, die endlich eine eigene Stimme gefunden hat. Dabei ist Gibson kein auf den Tisch klopfender Revolutionär. Er bringt frischen Wind in die SF: nämlich die Kultur der 80er mit ihrer wunderlichen Verquickung von Technik und Mode. Er hat eine Vorliebe für Autoren, die sich wohltuend innerhalb der Mainstream-Literatur absetzen: Le Carré, Robert Stone, Thomas Pynchon, William Burroughs, Jayne Anne Phillips. Und er ist ein Anhänger der »unsichtbaren Literatur«, wie J. G. Ballard das Phänomen bezeichnenderweise nannte: der alles durchdringenden Flut wissenschaftlicher Berichte, amtlicher Meldungen und spezieller Werbung, die unsere Kultur bis zur Unkenntlichkeit ummodelt.

Die SF hat einen harten Winter hinter sich und lange vom angesetzten Körperfett gezehrt. Zusammen mit einer Reihe findiger, ehrgeiziger neuer Autoren hat Gibson das Genre wachgerüttelt und auf die Suche nach neuer Nahrung geschickt. Und das wird uns allen mächtig guttun.

WILLIAM GIBSON

Der mnemonische Johnny

Ich legte die Knarre in eine Adidas-Tasche und stopfte sie mit vier Paar Tennissocken aus, was überhaupt nicht mein Stil war, aber ich hatte mir vorgenommen: Wenn sie dich für primitiv halten, werde technisch; wenn sie dich für technisch halten, werde primitiv. Ich bin ein ausgesprochen technischer Typ. Also nahm ich mir vor, möglichst primitiv zu werden. Dabei muß man heutzutage allerdings erst ziemlich technisch sein, bevor man überhaupt brutal werden kann. Ich hatte die beiden zwölfkalibrigen Patronen auf der Drehbank aus Messing anfertigen und dann selber laden müssen; ich mußte ein altes Mikrofiche ausgraben, wo erklärt wird, wie man Patronen von Hand lädt; ich mußte das Schloß für die Zündbolzen umbauen – alles recht kompliziert. Aber ich wußte, daß die Dinger gehn.

Treffpunkt war 23 Uhr im Drome, aber ich fuhr mit der U-Bahn drei Stationen weiter als zur nächsten Haltestelle und latschte zu Fuß zurück. Tadelloser Vorgang.

Ich musterte mich in der verchromten Seitenwand eines Kaffeekiosks, die normalen, scharfen kaukasoiden Züge mit dem struppigen dunklen Haarschopf. Die Mädchen im Under the Knife waren Sony Mao-mäßig aufgemacht; und es wurde zusehends schwieriger, sie davon abzuhalten, sich den schicken Anschein von Mongolenfalten zuzulegen. Davon wohl kaum täuschen ließe sich Ralfi Face, aber es brächte mich vielleicht nah an seinen Tisch ran.

Das Drome ist ein einziger schmaler Raum mit einem Tresen entlang der einen und Tischen entlang der andern Seite und voller Zuhälter und Kuppler und einer Vielzahl heimlicher Dealer. Die Magnetic Dog Sisters waren an dem Abend an der Tür, und ich war nicht scharf darauf, an denen vorbei rauszumüssen, falls die Sache nicht klappte. Die Schwestern waren zwei Meter lang und dünn wie Windhunde. Die eine war schwarz und die andre weiß, aber darüber hinaus glichen sie sich, soweit die kosmetische Chirurgie es möglich machte. Sie waren seit Jahren ein Liebespaar und bedeuteten bei Stunk nichts Gutes. Ich war mir nie sicher, wer von den beiden ursprünglich der Mann gewesen war.

Ralfi saß an seinem Stammtisch. Schuldete mir 'ne Menge Geld. Ich hatte Hunderte von Megebytes auf »idiot basis« in meinem Kopf gehortet – Informationen, zu denen ich keinen bewußten Zugang hatte. Ralfi hatte sie deponiert. Er hatte sie sich allerdings nicht wiedergeholt. Nur Ralfi konnte mittels eines frei erfundenen Codewortes wieder an die Daten rankommen. Ich bin zunächst mal nicht billig, aber die überzogene Speicherzeit ist astronomisch. Und Ralfi hatte sich verflucht rar gemacht.

Dann hatte ich gehört, daß Ralfi Face einen Kontrakt auf mich rausgeben wolle. Also arrangierte ich ein Treffen im Drome, allerdings als Edward Bax, Importeur von Schleichware, vormals Rio und Peking.

Im Drome roch es nach Geschäft, roch es metallisch nervös. Muskelknaben im Publikum protzten mit ihrem Inventar und bemühten sich um ein schmales, cooles Grinsen; manche gingen unter den Superformen aufgepfropfter Muskelbündel glatt unter, so daß sie nicht unbedingt menschliche Umrisse aufwiesen.

Pardon. Pardon, Freunde. Ist nur Eddie Bax, der schnelle Eddie, der Importeur mit seiner undefinierbaren Profi-Sporttasche; und den Schlitz, durch den eben seine rechte Hand paßt, bitte ignorieren.

Ralfi war nicht allein. Achtzig Kilo blondes kalifornisches Beefsteak, dem der Kampfsport überall anzusehen war, kauerten wachsam auf dem Stuhl daneben.

Der schnelle Eddie Bax war auf dem Stuhl gegenüber,

bevor das Beefsteak die Hände vom Tisch nehmen konnte. »Schwarzer Gürtel?« fragte ich gespannt. Er nickte, wobei die blauen Augen automatisch meine Augen und Hände checkten. »Ich auch«, sagte ich. »Hab meinen in der Tasche drin.« Und ich schob die Hand durch den Schlitz und löste mit dem Daumen die Sicherung. Klick. »Doppelt-zwölfkalibrig, mit Draht gekoppelter Abzug.«

»Ist 'ne Knarre«, sagte Ralfi und hielt seinem Knaben beschwichtigend die plumpe Hand vor die mit blauem Nylon bespannte Brust. »Johnny hat 'ne altertümliche Feuerwaffe in der Tasche.« So viel also zu Edward Bax.

Ich schätze, er heißt schon immer Ralfi Soundso, aber seinen erworbenen Nachnamen verdankt er einer einmaligen Eitelkeit. In etwa wie eine überreife Birne gebaut, hatte er zwanzig Jahre das einst berühmte Gesicht von Christian White getragen – Christian White von der Aryan Reggae Band, der Sony Mayo seiner Generation und zuletzt Champion des Rassen-Rock. Ich kenn mich aus mit solchem Kram.

Christian White: klassisches Popstar-Gesicht mit ausgeprägter Sänger-Muskulatur, scharf geschnittenen Wangen. Engelhaft aus einer, hübsch lasterhaft aus andrer Perspektive. Aber hinter diesem Gesicht lebten Ralfis Augen, und sie waren klein, kalt und schwarz.

»Bitte«, sagte er, »klären wir das wie Geschäftsleute, okay?« Seine Stimme verriet eine schrecklich griffige Ehrlichkeit, und die Winkel seines hübschen Christian White-Munds waren immer feucht. »Der Lewis«, sagte er und nickte in Richtung Beefboy, »ist'n Knödel.« Lewis nahm das gleichmütig hin und sah aus wie aus dem Baukasten. »Du bist kein Knödel, Johnny.«

»Sicher, Ralfi, ein schöner Knödel, zum Brechen voll mit Implants, wo du deine schmutzige Wäsche hintust, während du losgehst und Killer für mich einkaufst. Von meinem Ende der Tasche, Ralfi, sieht's so aus, daß du mir 'ne Erklärung schuldest.«

»Ist der letzte Schub Ware, Johnny.« Er seufzte tief. »In meiner Rolle als Makler ...«

»Hehler«, korrigierte ich.

»Als Makler bin ich normalerweise sehr vorsichtig, was meine Quellen angeht.«

»Du kaufst nur von denen, die das Beste stehlen. Schon klar.«

Er seufzte wieder. »Ich versuche«, sagte er lustlos, »nicht von Idioten zu kaufen. Diesmal ist mir das, fürchte ich, passiert.« Der dritte Seufzer war für Lewis das Stichwort, den Neuralunterbrecher anzuschalten, den sie auf meiner Seite unter die Tischplatte geklebt hatten.

Ich legte alles, was ich hatte, in meinen rechten Zeigefinger, den ich krümmen wollte, aber irgendwie schien die Verbindung gekappt zu sein. Ich fühlte das Metall der Knarre und das schaumstoffunterlegte Klebeband, mit dem ich den Griffstummel umwickelt hatte, aber meine Hände waren wie kaltes Wachs – entrückt und regungslos. Ich hoffte, Lewis war ein echter Knödel und blöd genug, sich die Sporttasche zu greifen und damit meinen steifen Finger gegen den Abzug zu drücken, aber das war er nicht.

»Waren sehr besorgt um dich, Johnny. Sehr besorgt. Schau, was du da hast, ist Yakuza-Eigentum. Ein dummer Bursche hat's ihnen weggenommen. Ein toter Bursche.«

Lewis kicherte.

Nun machte es alles Sinn, gräßlich viel Sinn, und mir war, als wäre mein Schädel in nasse Sandsäcke gepackt. Das Killen war nicht Ralfis Stil. Nicht mal Lewis war Ralfis Stil. Aber er war zwischen die Söhne des Neonchrysanthemum und etwas, das ihnen gehörte, geraten – oder wohl eher etwas von ihnen, das jemand anders gehörte. Ralfi könnte natürlich das Codewort benutzen und mich auf »idiot« stellen, so daß ich ihr heißes Programm ausspucken würde, ohne mich später auch nur an eine einzige Silbe zu erinnern. Für einen Hehler wie Ralfi wäre das normalerweise genug. Aber nicht für die Yakuza. Die Yakuza wüßten zum einen von Squids und würden nicht riskieren wollen, daß mir so ein Squid die schwachen, dauerhaften Spuren ihres Programms aus dem Kopf herausholt. Ich wußte nicht recht viel über Squids, aber ich hatte da Geschichten gehört, die ich meinen Klienten prinzipiell vorenthielt. Nein, den Yakuza würde das nicht gefallen; es wirkte verdächtig. Und sie waren nicht hingekommen, wo sie waren, indem sie Verdachtsmomente zurückließen. Oder am Leben ließen.

Lewis grinste. Ich glaube, er fixierte einen Punkt unmittelbar hinter meiner Stirn und stellte sich vor, wie er auf die grobe Art dorthin käme.

»Heh«, sagte eine tiefe Frauenstimme irgendwo hinter meiner rechten Schulter, »was macht ihr Cowboys nur für öde Gesichter?«

»Verpiß dich, Luder!« sagte Lewis, und seine sonnengebräunten Züge blieben gelassen. Ralfi guckte.

»Kopf hoch. Wollt ihr nicht 'ne gute freie Basis kaufen?« Sie zog einen Stuhl vor und setzte sich schnell, bevor einer der beiden sie daran hindern konnte. Sie war gerade noch innerhalb meines starren Blickfelds: ein dünnes Mädchen mit verspiegelter Brille und einer dunklen, ziemlich fransig geschnittenen Mähne. Sie trug die schwarze Lederjacke offen über einem T-Shirt mit rot-schwarzen Diagonalstreifen. »Achttausend pro Gramm.«

Lewis prustete ärgerlich und versuchte, sie vom Stuhl zu stupsen. Irgendwie langte er nicht ganz hinüber, und sie hob die Hand und strich über seinen herankommenden Unterarm. Helles Blut spritzte auf den Tisch. Er hielt sich das Handgelenk, daß die Knöchel weiß wurden. Blut lief über die Finger.

Aber war ihre Hand nicht leer gewesen?

Die Sehne wäre zu nähen. Behutsam stand er auf,

ohne groß den Stuhl zurückzuschieben. Der Stuhl kippte nach hinten, und Lewis verschwand ohne ein Wort aus meinem Blickfeld.

»Sollte sich das von einem Doktor ansehen lassen«, sagte sie. »Ist'n böser Schnitt.«

»Du hast keine Ahnung«, meinte Ralfi, der plötzlich sehr müde klang, »wie tief du dich damit in die Scheiße gesetzt hast.«

»Echt? Ist mir ein Rätsel. Ich steh auf Rätsel. Beispielsweise warum euer Freund so still ist. Beziehungsweise starr. Oder wofür das Ding hier gut ist«, womit sie die kleine Schaltung hochhielt, die sie Lewis irgendwie abgenommen hatte. Ralfi sah elend aus.

»Du, ah, willst etwa 'ne Viertelmillion, damit du mir das gibst und weiterspazierst?« Eine fette Hand kam hoch und strich nervös durchs blasse, hagere Gesicht.

»Was ich will«, sagte sie und schnippte mit den Fingern, daß die wackelnde Schaltung aufblitzte, »ist Arbeit. Ein Job. Dein Knabe hat sich das Handgelenk verletzt. Aber 'ne Viertelmillion ist völlig okay als Vorschuß.«

Ralfi atmete prustend aus und fing zu lachen an, wobei er seine Zähne zeigte, die dem Christian White-Standard nicht mehr gerecht wurden. Darauf schaltete sie den Neuralunterbrecher ab.

»Zwei Millionen«, sagte ich.

»Bist mein Typ«, erwiderte sie lachend. »Was haste in der Tasche?«

»Eine Kanone.«

»Brutal.« Das war vielleicht ein Kompliment.

Ralfi sagte kein Wort mehr.

»Heiße Millions. Molly Millions. Du willst raus von hier, Boß? Die Leute schauen schon.« Sie stand auf. Sie trug eine Lederhose in der Farbe von getrocknetem Blut.

Und ich sah zum ersten Mal, daß die verspiegelten Gläser chirurgisch eingepaßt waren und über den hohen Wangen wie ein Deckel auf den Augenhöhlen saßen. In den Gläsern sah ich doppelt mein neues Gesicht.

»Ich heiß Johnny«, sagte ich. »Mr. Face nehmen wir mit.«

Er wartete draußen. Sah aus wie ein typischer Tourist, ein Tech mit Plastikbadeschuhen und einem albernen Hawaihemd, das vergrößert bedruckt war mit dem populärsten Microprocessor seiner Firma; ein harmloser kleiner Typ von der Sorte, die wahrscheinlich vom vielen Sake besoffen in einer der Bars enden, wo man Miniaturkekse aus Reis mit Seetanggarnierung kriegt. Er sah aus wie die Sorte, die flennen, wenn sie die Firmenhymne blöken, und die dem Barkeeper endlos die Hand schütteln. Und die Kuppler und Dealer, die ihn als von Natur aus konservativ einstuften, ließen ihn zufrieden. So einer hat nicht viel vor und paßt, wenn doch, auf sein Geld und seinen Ruf auf.

Wie ich mir später erklärte, hatten sie wohl seinen linken Daumen etwa ab dem ersten Gelenk amputiert und durch eine prothetische Spitze ersetzt und den Stummel ausgehöhlt und mit Spule und Sockel aus einem Diamantanalogon von Ono-Sendai bestückt. Dann hatten sie die Spule sorgfältig mit drei Meter einer monomolekularen Faser umwickelt.

Molly begann eine Art Gespräch mit den Magnetic Dog Sisters, so daß ich Gelegenheit hatte, Ralfi durch die Tür zu schieben, indem ich ihm die Sporttasche sachte ins Kreuz drückte. Molly schien die Sisters zu kennen. Ich hörte die Schwarze lachen.

Aus irgendeinem flüchtigen Reflex heraus blickte ich auf, vielleicht weil ich mich nie an sie gewöhnen konnte, die gleißenden Lichtbögen und die Schatten der geodätischen Kuppeln darüber. Das war vielleicht meine Rettung.

Ralfi ging weiter, wollte aber, wie ich meine, nicht

türmen. Ich glaube, er hatte schon aufgegeben. Vermutlich konnte er sich denken, was wir vorhatten.

Als ich den Blick wieder senkte und ihn anschaute, sah ich ihn gerade noch explodieren.

Playback der Sinneseindrücke zeigt, wie Ralfi vorausgeht, während irgendwo seitlich aus dem Nichts der lächelnde kleine Tech auftaucht. Nur eine angedeutete Verbeugung, und der linke Daumen fällt ab. Zaubertrick. Der Daumen baumelt in der Luft. Spiegel? Drähte? Und Ralfi bleibt, den Rücken zu uns gekehrt, stehen. Dunkle Schweißränder unter den Achseln seines hellen Sommeranzugs. Er weiß es. Er muß es gewußt haben. Und dann schnellt der magische, bleischwere Daumen in einem rasanten Jo-Jo-Trick vor, und der unsichtbare Faden, der ihn mit der Killerhand verbindet, schneidet seitlich unmittelbar über den Brauen durch Ralfis Schädel, peitscht nach oben und fährt nieder und trennt dabei diagonal zwischen Schulter und Brustkorb ein birnenförmiges Stück Torso heraus. Schneidet so fein, daß kein Blut fließt, bis Synapsen fehlschalten und erste Zuckungen den Körper der Schwerkraft ausliefern.

Ralfi zerfiel in einer rosaroten Wolke von Körperflüssigkeiten, und die drei ungleichen Teile purzelten vornüber aufs Pflaster. Ohne einen Laut.

Ich riß die Sporttasche hoch, und meine Hand krampfte sich zusammen. Der Rückstoß hätte mir beinahe das Handgelenk gebrochen.

Es muß geregnet haben. In Strömen goß es durch eine rissige Kuppel aufs Pflaster hinter uns. Wir duckten uns in die schmale Nische zwischen einer chirurgischen Boutique und einem Antiquitätengeschäft. Sie hatte gerade mit einem verspiegelten Auge um die Ecke gelugt und meldete ein Volksmodul mit blitzendem Rotlicht vor dem Drome. Ralfi wurde aufgewischt. Fragen wurden gestellt.

Ich war mit versengten weißen Flusen bedeckt. Die

Tennissocken. Die Sporttasche war wie eine zerfetzte Plastikmanschette über meinen Unterarm gestülpt. »Kapier ich nicht, wie ich den, verdammt noch mal, verfehlen konnte.«

»Weil er flink ist, so flink.« Sie schlang die Arme um die Knie und wippte auf ihren Stiefelabsätzen hin und her. »Sein Nervensystem ist auffrisiert. Sonderanfertigung.« Sie grinste und quiekte vergnügt. »Ich muß den Knaben kriegen. Heut' nacht. Er ist der Beste, spitzenmäßig, vom Feinsten, neuester Stand der Technik.«

»Dein Freund von vorhin stammt größtenteils aus einem Labor in Chiba City. Ist'n Yakuza-Killer.«

»Chiba. Tja. Schau, Molly war auch in Chiba.« Und sie zeigte mir ihre Hände mit den leicht gespreizten Fingern. Ihre Finger waren schlank, verjüngten sich und wirkten sehr blaß durch die burgunderrot lackierten Nägel. Zehn Klingen schoben sich aus der Versenkung unter den Nägeln, schmale, zweischneidige Skalpellklingen aus hellblauem Stahl.

Ich hatte mich nie lange in Nighttown aufgehalten. Keiner dort hatte was, um mich fürs Erinnern zu bezahlen, und die meisten hatten viel, wofür sie regelmäßig fürs Vergessen zahlten. Generationen von Scharfschützen hatten aufs Neon geballert, bis die Wartungsmannschaften aufgaben. Selbst am Mittag war es in den Wölbungen stockfinster.

Wohin geht man, wenn die reichste Verbrechersippe der Welt mit ruhigen Fingern aus der Ferne nach einem greift? Wo versteckt man sich vor dem Yakuza, der so mächtig ist, daß er eigene Kommsatelliten und wenigstens drei Raumfähren besitzt? Der Yakuza ist multinational wie ITT oder Ono-Sendai. Schon fünfzig Jahre vor meiner Geburt hatte sich der Yakuza die Triaden, die Mafia und die Korsische Union angeeignet.

Molly hatte eine Antwort: Man versteckt sich im Loch, im untersten Kreis, wo jeder äußere Einfluß schnell bedrohliche konzentrische Wellen schlägt. Man versteckt sich in Nighttown. Noch besser *über* Nighttown, denn das Loch ist umgestülpt, und der Grubenboden berührt den Himmel, den Himmel, den die unterm eigenen Acrylharzfirmament schwitzende Nighttown nie sieht; man versteckt sich droben, wo im Dunkeln untierhaft die Lo Teks kauern, denen die Schwarzmarktzigarette von den Lippen baumelt.

Sie hatte noch eine Antwort parat.

»Du bist also niet- und nagelfest, Johnny? Keine Chance, ohne Losung ans Programm ranzukommen?« Sie führte mich in den Schatten, der hinter dem hellen U-Bahnsteig lauerte. Die Betonwände waren mit ganzen Schichten von Graffiti bedeckt, die sich mit den Jahren zu einem einzigen Gekritzel wallender Wut und Ohnmacht verquirlten.

»Die abgespeicherten Daten werden durch eine modifizierte Serie mikrochirurgischer kontraautistischer Prothesen eingespeist.« Ich leierte eine saftlose Version meines Standardverkaufsgesprächs herunter. »Der Code des Klienten ist in einem eigenen Chip gespeichert; von Squids abgesehen, worüber wir in unsrer Branche nicht gern reden, gibt es keine Möglichkeit, an den Inhalt heranzukommen. Kriegt's nicht mit Drogen, nicht mit dem Messer, nicht mit Folter heraus. Ich *weiß* es nicht, hab's nie gewußt.«

»Squids?« Wir kamen auf einen menschenleeren Markt. Düstere Gestalten musterten uns von der andern Seite des provisorischen Platzes, der mit Fischköpfen und faulem Obst übersät war.

»Supraleitende Quantum-Interferenz-Detektoren. Wurden im Krieg benutzt, um U-Boote zu orten und kybernetische Systeme des Feindes auszutricksen.«

»So? Marinezeugs? Vom Krieg? So'n Squid kann deinen Chip lesen?« Sie blieb stehen, und ich spürte, daß sie mich hinter den verspiegelten Gläsern fixierte.

»Sogar die primitiven Modelle konnten ein Magnetfeld erfassen, das ein Milliardstel der geomagnetischen Feldstärke aufwies. Ist so, wie wenn man aus einem grölenden Stadion ein Flüstern herausholt.«

»Die Bullen können das mit parabolischem Mikrofon und Laser.«

»Aber trotzdem sind die Daten sicher.« Berufsehre. »Keine Regierung gibt ihren Bullen Squids, nicht mal den Spezialeinheiten. Zu großes Risiko für krumme Touren zwischen einzelnen Ministerien; sie spielen bald Watergate mit dir.«

»Marinezeugs«, sagte sie, und ihr Grinsen leuchtete im Dunkeln. »Marinezeugs. Ich hab 'nen Freund hier unten, der war bei der Marine. Heißt Jones. Den solltest du treffen. Er ist allerdings ein Junkie. Also werden wir ihm was mitbringen müssen.«

»Ein Junkie?«

»Ein Delphin.«

Er war mehr als ein Delphin, in den Augen eines anderen Delphins jedoch eher weniger. Ich beobachtete, wie er sich träge in seinem galvanisierten Becken bewegte. Wasser schwappte über, und ich bekam nasse Schuhe, Er war ein Überbleibsel des letzten Kriegs. Ein Cyborg.

Er hob sich aus dem Wasser und zeigte uns die verkrusteten Platten an seinen Seiten, eine Art visuelles Wortspiel, da von seiner Anmut nicht viel übrigblieb angesichts der ausgeprägten Panzerung, die plump und altertümlich wirkte. Zwei Wülste an jeder Schädelseite bargen Sensoren. Silberne Wunden glänzten an offenen Stellen seiner weißgrauen Haut.

Molly pfiff. Jones wackelte mit dem Schwanz, und wieder schwappte Wasser über den Beckenrand.

»Wo sind wir hier?« Ich beäugte sonderbare Formen im Dunkeln, rostige Ketten und mit Planen verhüllte Gegenstände. Über dem Tank hing ein roh gezimmerter Holzrahmen, in dem kreuzweise Reihen von staubiger Christbaumbeleuchtung steckten.

»Funland. Ein Zoo und Vergnügungspark. ›Red mit dem Kriegs-‹ und so'n Zeugs.«

Jones richtete sich wieder auf und fixierte mich mit einem traurigen, steinalten Auge.

»Wie redet er?« Plötzlich drängte ich zum Weitergehn.

»Das ist der Kniff dabei. Sag guten Tag, Jones.«

Und alle Lampen gingen gleichzeitig an und blinkten rot, weiß und blau.

RWBRWBRWB
RWBRWBRWB
RWBRWBRWB
RWBRWBRWB
RWBRWBRWB

»Mit Symbolen kann er's, siehst du, aber der Code ist eingeschränkt. In der Marine hatten sie ihn an ein audiovisuelles Display gekoppelt.« Sie zog das schmale Päckchen aus der Jackentasche. »Reiner Stoff, Jones. Willst'n?« Er erstarrte im Wasser und begann zu sinken. Ich verspürte eine seltsame Panik, als mir einfiel, daß er kein Fisch war und ertrinken könnte. »Wir wollen den Schlüssel zu Johnnys Speicher, Jones. Und zwar schnell.«

Die Lichter flackerten, erloschen.

»Hol ihn dir, Jones!«

B
BBBBBBBBB
B
B
B

Blaue Birnen, kreuzförmig.

Dunkelheit.

»Rein! *Sauber.* Mach schon, Jones!«

WWWWWWWWW
WWWWWWWWW
WWWWWWWWW
WWWWWWWWW
WWWWWWWWW

Weißes Natriumdampfgleißen erleuchtete ihr Gesicht, total monochrom; die Backenknochen warfen Schatten.

```
R   RRRRR
R   R
RRRRRRRRR
    R   R
RRRRR   R
```

Die Balken des roten Hakenkreuzes spiegelten sich verzerrt in ihren silbernen Gläsern. »Gib's ihm«, sagte ich. »Wir haben es.«

Ralfi Face. Keine Phantasie.

Jones wuchtete seine gepanzerte Masse zur Hälfte über den Rand seines Beckens, so daß ich glaubte, das Metall gebe nach. Molly stach dolchstoßhaft mit der Syrette zu und trieb die Nadel zwischen zwei Platten hindurch. *Zisch.* Lichtmuster zuckten explosiv über den Rahmen und erlöschten.

Als wir gingen, trieb er im dunklen Wasser und wälzte sich träge. Vielleicht träumte er von seinem Krieg im Pazifik, von den geräumten kybernetischen Minen, in deren Elektronik er sich behutsam vorgetastet hatte mit Hilfe des Squid, womit er auch Ralfis Losung aus dem in meinem Kopf versenkten Chip herausgeholt hatte.

»Ich kann mir zwar vorstellen, daß sie sich bei seiner Ausmusterung vertan und ihn mit diesem funktionstüchtigen Gerät aus der Navy entlassen haben, aber wie wird ein kybernetischer Delphin drogensüchtig?«

»Der Krieg macht's«, sagte sie. »Waren alle süchtig. Dafür sorgte die Marine. Wie sonst kriegt man sie dazu, für einen zu arbeiten?«

»Ich bin nicht sicher, ob das ein gutes Geschäft ist«, sagte der Pirat, der mehr Geld herausholen wollte. »Spekuliert auf einen Kommsat, der nicht im Buch steht ...«

»Verschwende meine Zeit, und du machst gar kein Geschäft«, sagte Molly, die sich über seinen verkratzten Plastikschreibtisch beugte und ihn mit dem Zeigefinger piesackte.

»Vielleicht willste deine Mikrowelle woanders kaufen?« Er war ein zäher Bursche hinter seiner Mao-Fassade. Vermutlich ein gebürtiger Nighttowner.

Ihre Hand verging sich am Vorderteil seiner Jacke und durchtrennte glatt das Revers, ohne den Stoff auch nur zu kräuseln.

»Also kommen wir ins Geschäft oder nicht?«

»Ja«, sagte er und starrte auf sein zerschnittenes Revers, wobei er nur höfliches Interesse an den Tag zu legen hoffte. »Ja.«

Während ich die beiden Recorder checkte, die wir gekauft hatten, zog sie aus der reißverschlußgesicherten Seitentasche ihrer Jacke den Zettel hervor, den ich ihr gegeben hatte. Sie entfaltete das Blatt und las mit stummen Lippenbewegungen. Sie zuckte die Achseln. »Das ist es?«

»Los!« sagte ich und drückte gleichzeitig die Aufnahmetase der beiden Decks.

»Christian White«, sagte sie an, »und seine Aryan Reggae Band.«

Ralfi, treuer Fan seiner aussterbenden Zeit.

Der Übergang in den *idiot*-Modus ist nie so abrupt wie erwartet. Der Frontraum des Piratensenders war ein schlechtgehendes Reisebüro in einem pastellfarbenen Würfel, der einen Schreibtisch, drei Stühle und ein verblaßtes Poster einer Schweizer Orbitalstation aufwies. Ein Vogelpaar mit braunem Glaskörper und dünnen Beinen trank monoton aus einer Wasserschale aus Styropor auf einem Sims bei Mollys Schulter. Während ich auf den Modus umstellte, beschleunigten sie allmählich, bis die schillernden Haubenfedern massive Farbbögen wurden. Die LED-Sekundenanzeige auf der Plastikuhr an der Wand wurde zu sinnlos pulsierenden Gittern, und Molly und der Knabe mit dem Mao-Gesicht wurden verschwommen, wobei ihre Arme gelegentlich insektenhaft in schematischen Gesten zuckten. Und dann verblaßte alles zu kaltem, statischem Grau und einem endlosen Lautgedicht in künstlicher Sprache.

Da hockte ich und leierte drei Stunden das geklaute Programm des toten Ralfi herunter.

Der schattige Promenadenweg zieht sich über vierzig Kilometer von einem Ende zum andern. Verschachtelte Fuller-Kuppeln überdachen die einstige Vorstadtstraße. Werden an einem klaren Tag die Lichtbögen abgeschaltet, dann dringt trübes Tageslicht durch den Graufilter des vielschichtigen Acryls, was insgesamt an die Kerker von Piranesi erinnert. Die drei südlichen Kilometer überspannen Nighttown. Nighttown zahlt keine Steuern, keine Abgaben. Das Neonlicht ist tot, und die geodätischen Kuppeln sind im Laufe der Jahrzehnte durch die Kochstellen verrußt. Wem fallen in der fast völligen Dunkelheit des Nighttown-Mittags schon ein paar Dutzend wilder Kinder auf, die durch die Speicher irren?

Wir stiegen seit zwei Stunden über Betontreppen und Stahlleitern mit perforierten Trittflächen an verlassenen Gerüsten und staubbedecktem Werkzeug vorbei. Losmarschiert waren wir von einem zweckentfremdeten Werkstatthof, der vollgeschlichtet war mit dreieckigen Dachsegmenten. Alles dort war überzogen mit der einheitlichen Graffiti-Schicht aus der Sprühdose: Bandennamen, Initialen, Daten, die bis zur Jahrhundertwende zurückreichten. Das Graffiti folgte uns nach oben und wurde dann allmählich spärlicher, bis nur mehr ein einziger Begriff in loser Folge auftauchte: LO TEK. In zerlaufenen schwarzen Großbuchstaben.

»Wer ist Lo Tek?«

»Nicht wir, Boß.« Sie erklomm eine wacklige Aluminiumleiter und verschwand in einem Loch in einer gewellten Plastikabdeckung. »Low Tech.« Das Plastik dämpfte ihre Stimme. Ich rieb mir das schmerzende Handgelenk und folgte ihr. »Die Lo Teks, die würden deine Schießnummer für dekadent halten.«

Eine Stunde später zog ich mich durch ein weiteres Loch, das diesmal schlampig in eine durchhängende Sperrholztafel gesägt war, und traf meinen ersten Lo Tek.

»Alles okay«, sagte Molly und tippte mir auf die Schulter. »Es ist nur Dog. Hallo, Dog.«

Im schmalen Lichtkegel ihrer Taschenlampe musterte er uns mit einem Auge, wobei er langsam ein dickes, graues Stück Zunge herausstreckte und sich über die monströsen Eckzähne leckte. Ich fragte mich, wie sie Zahnbett-Implantate vom Dobermann-Gebiß als Low Tech abtun konnten. Immunsuppressiva wachsen nicht unbedingt auf Bäumen.

»Moll.« Das vergrößerte Gebiß behinderte seine Sprache. Ein Speichelfaden hing von der verzerrten Unterlippe. »Hörte euch kommen. Lang schon kommen.« Er hätte fünfzehn sein können, aber die Reißzähne und ein buntes Mosaik von Narben vereinigten sich mit der klaffenden Augenhöhle zu einer total bestialischen Fratze. Es hatte viel Zeit und eine Art von Kreativität gefordert, um ein solches Gesicht zu schneidern und seine Haltung verriet mir, daß er gern hinter dieser Maske lebte. Er hatte eine abgetragene Jeans an, die schwarz vor Dreck war und speckige Nähte hatte. Brust und Füße waren bloß. Was er nun mit seinem Mund anstellte, erinnerte entfernt an ein Grinsen. »Es folgt euch jemand.«

Weit weg in Nighttown drunten pries ein Wasserverkäufer seine Dienste an.

»Fäden wackeln, Dog?« Sie schwenkte die Taschenlampe zur Seite, und ich sah dünne Fäden durch Ringbolzen laufen und am Rand verschwinden.

»Mach das Scheißlicht aus!«

Sie knipste es aus.

»Wie kommt's, daß der, der euch folgt, kein Licht hat?«

»Braucht keins. Er bedeutet Ärger, Dog. Wenn deine Aufpasser ihm in die Arme laufen, dann kriegst du sie als handliche Einzelteile zurück.«

»Ein Freund, Moll?« Er klang nervös, und ich hörte ihn auf dem abgenutzten Holz hin und her treten.

»Nein. Aber er gehört mir. Und der da«, und dabei tippte sie mir auf die Schulter, »das ist'n Freund. Alles klar?«

»Sicher«, sagte er ohne große Begeisterung und schlurfte zum Rand der Plattform, wo die Ringbolzen waren. Er begann an den straff gespannten Fäden zu rupfen und eine Art Meldung zu übertragen.

Nighttown lag unter uns ausgebreitet wie eine Spielzeugstadt für Ratten; aus winzigen Fenstern leuchtete Kerzenschein, und nur an wenigen Plätzen brannten gleißende Batterie- und Karbidlampen. Ich stellte mir vor, wie die alten Männer bei ihrem endlosen Dominospiel saßen, beträufelt von den warmen, dicken Wassertropfen, die von der Wäsche fielen, die an Stangen zwischen den Sperrholzhütten aufgehängt war. Dann versuchte ich mir vorzustellen, wie er in seinen Plastikbadeschuhen und dem häßlichen Touristenhemd langsam, aber sicher heraufstieg. Wie fand er unsre Spur?

»Gut«, sagte Molly. »Er riecht uns.«

»Rauchen?« Dog zog ein zerknüllte Päckchen aus der Tasche und fischte eine plattgedrückte Zigarette heraus. Während er mir mit einem Zündholzschächtelchen Feuer gab, konnte ich den Namen der Marke lesen. Yiheyuan Filter. Beijing Cigarette Factory. Ich folgerte, daß die Lo Teks Schwarzhändler waren. Dog und Molly diskutierten wieder; offenbar drehte es sich um Mollys

Wunsch, eine gewisse Einrichtung der Lo Teks benutzen zu dürfen.

»Ich hab dir schon viele Gefallen getan, Mann. Ich will das Parkett. Und die Musik.«

»Du bist kein Lo Tek ...«

So ging das fast einen Kilometer, während Dog uns über schwankende Laufplanken und Strickleitern führte. Die Lo Teks kleben ihre Netze und verwinkelten Behausungen mit dicken Expoxidbatzen an die Struktur der Stadt und schlafen in Hängematten über dem Abgrund. Ihr Lebensraum ist dermaßen reduziert, daß stellenweise nicht viel mehr als in geodätische Pfeiler gehauene Griff- und Trittmulden für Hände und Füße vorzufinden sind.

Vom Killerparkett redete Molly. Als ich in meinen neuen Eddie Bax-Schuhen hinter ihr hereilte und auf blankem Metall und feuchtem Holz ausglitt, fragte ich mich, was am Killerparkett tödlicher als im Rest ihres Territoriums sein könnte. Zugleich spürte ich, daß Dogs Einwände zum Ritual gehörten und sie längst damit rechnete, zu kriegen, was sie wollte.

Irgendwo unter uns kreiste Jones in seinem Becken und bekam das erste flaue Gefühl nach dem abklingenden Junk. Die Polizei nervte die Stammkunden des Drome mit Fragen über Ralfi. Was machte er? Mit wem war er zusammen unmittelbar vor Verlassen des Lokals? Und der Yakuza spukte durch die Datenbanken der Stadt und jagte in Nummernkonten, Sicherheitentransaktionen und Stromrechnungen Spuren von mir nach. Wir sind eine Datenwirtschaft. Das lernt man schon in der Schule. Was man nicht lernt, ist, daß man, wenn man lebt, sich bewegt und aktiv ist, immer und überall Spuren hinterläßt, Bruchstücke, scheinbar bedeutungslose persönliche Datensplitter. Splitter, die wiederauffindbar und konkretisierbar sind ...

Aber mittlerweile hätte der Pirat unsre aufbereitete Nachricht im Kasten zur Übertragung auf den Kommsat des Yakuza. Eine simple Nachricht: Pfeift eure Hunde zurück, oder wir machen euer Programm publik.

Das Programm. Ich hatte keine Ahnung, was es enthielt. Weiß es jetzt noch nicht. Ich leiere das Ding ohne jedes Verständnis runter. Es waren vermutlich Forschungsdaten, da der Yakuza forgeschrittenen Techniken der Industriespionage verfallen ist. Ein edles Geschäft, wenn man Ono-Sendai beklaut und die Daten bis zur Zahlung eines Lösegelds unter Verschluß hält, indem man androht, die Daten bekannt zu machen, um damit der Forschung des Konglomerats den Biß zu nehmen.

Aber warum lief diese Nummer nicht? Wären sie nicht besser dran, wenn sie Ono-Sendai was zurückverkaufen könnten, besser dran als mit irgend'nem toten Johnny von der Memory Lane?

Ihr Programm war unterwegs zu einer Adresse in Sydney, einem Laden, der die Post seiner Kunden aufbewahrte, ohne Fragen zu stellen, sobald man eine kleine Anzahlung leistete. Viertklassige Post. Ich hatte die andere Kopie größtenteils gelöscht und in die entstandene Lücke unsre Nachricht gesetzt, wobei ich vom Programm gerade so viel übrigließ, daß es als solches zu identifizieren war.

Mein Handgelenk tat weh. Ich wollte anhalten, mich hinlegen und schlafen. Ich wußte, daß ich bald den Halt verlieren und abstürzen würde, wußte, daß die flotten schwarzen Schuhe, die ich mir für meinen Abend als Eddie Bax gekauft hatte, abgleiten und mich hinunter in die Nighttown befördern würden. Aber da drängte er sich mir auf wie ein billiges religiöses Hologramm; der vergrößerte Chip auf seiner Hawaihemdbrust erinnerte an ein Aufklärungsfoto irgendeines todgeweihten Stadtkerns.

So folgte ich also Dog und Molly durch den Lo Tek-Himmel, der provisorisch aus Unrat gebaut war, den man nicht mal mehr in Nighttown haben wollte.

Das Killerparkett hatte acht Meter Seitenlänge. Ein Riese hatte es über einem Schrottplatz aus Drahtseilen geflochten und straff gespannt. Es quietschte beim Bewegen, und es bewegte sich ständig und wippte auf und ab, während die Lo Teks sich auf der Holztribüne ringsum versammelten. Das Holz war grau vor Alter, glänzte vom vielen Begehen silbern und war über und über mit eingeritzten Initialen, Drohparolen und Liebesschwüren bedeckt. Die Holztribüne war an eigenen Drahtseilen aufgehängt, die sich außerhalb des grellen Lichtkegels von zwei altertümlichen Flutlichtstrahlern über dem Parkett in der Dunkelheit verloren.

Ein Mädchen mit Zähnen wie Dog landete auf allen vieren auf dem Parkett. Die Brüste waren mit indigoblauen Spiralen tätowiert. Dann war das Mädchen auf der andern Seite des Parketts und raufte kichernd mit einem Jungen, der eine dunkle Flüssigkeit aus einer Literflasche trank.

Lo Tek-Mode, das waren Narben und Tätowierungen. Und Zähne. Daß sie Strom anzapften, um das Killerparkett zu beleuchten, schien eine Ausnahme ihrer allgemeinen Ästhetikauffassung zu sein, ein Kompromiß – zugunsten des Ritus, des Sports, der Kunst? Ich wußte es nicht, bemerkte aber, daß das Killerparkett etwas Besonderes darstellte. Es erweckte den Eindruck, über Generationen hinweg zusammengefügt worden zu sein.

Ich hielt die nutzlose Knarre unter meiner Jacke. Das harte Metall, der Griff wirkten beruhigend, auch wenn ich keine Patronen mehr hatte. Und dabei erkannte ich, daß ich keinerlei Ahnung hatte, was eigentlich passieren würde oder passieren sollte. Und das lag in der Natur meines Spiels, denn ich war im Leben meist blinder Empfänger des Wissens andrer Leute, das schließlich wieder abgerufen wurde, wobei ich in synthetischer Sprache aufsagte, was ich nicht verstand. Ein recht technischer Knabe. Klar.

Und dann fiel mir auf, wie leise die Lo Teks geworden waren.

Da stand er am Rande des Lichtkegels und betrachtete das Killerparkett und die Tribüne der stillen Lo Teks mit der Gelassenheit eines Touristen. Als unsre Blicke sich zum ersten Mal begegneten und wir einander wiedererkannten, wurde in mir die Erinnerung wach an Paris und die lange Fahrt im elektrischen Mercedes durch den Regen zur Notre Dame; an mobile Glashäuser, japanische Gesichter hinter den Scheiben und aberhundert Nikons, die in blindem Phototropismus als gläsern-stählerne Blumen aufragten. Hinter seinen Augen, die mich fixierten, surrten die gleichen Irisblenden.

Ich schaute mich nach Molly Millions um, aber sie war verschwunden.

Die Lo Teks teilten sich und ließen ihn auf die Tribüne. Er verbeugte sich lächelnd, stieg geschmeidig aus seinen Sandalen, die er fein säuberlich nebeneinander hinstellte und zurückließ, und trat hinunter aufs Killerparkett. Er näherte sich mir über das schwankende Alteisen-Trampolin, lässig wie ein Tourist über den Synthetic-Belag irgendeines anonymen Hotels wandelt.

Molly landete auf dem Parkett und machte eine Bewegung.

Das Parkett dröhnte.

Es war mit Mikros und Verstärkern bestückt; Tonabnehmer steckten auf den vier fetten Spiralfedern an den Ecken, und Kontaktmikros hafteten an beliebigen Stellen an rostigen Maschinenteilen. Irgendwo hatten die Lo Teks einen Verstärker samt Synthesizer, und mittlerweile entdeckte ich die Umrisse von Lautsprechern droben hinter dem gleißenden, unbarmherzigen Flutlicht.

Ein elektronischer Schlagzeugbeat setzte ein, hämmernd wie ein Herz, gleichmäßig wie ein Metronom.

Sie hatte ihre Lederjacke und Stiefel ausgezogen; ihr T-Shirt war ärmellos; schwache Spuren von Chiba

City-Elektronik liefen an ihren dünnen Armen entlang. Ihre Lederjeans glänzte im Flutlicht. Sie fing zu tanzen an.

Sie beugte, mit weißen Füßen auf einem plattgewalzten Benzinkanister stehend, die Knie, und das Killerparkett begann sich daraufhin zu heben und zu senken. Der dabei entstehende Lärm glich einem Weltuntergang, hörte sich an, als würden die Trosse, die das Firmament tragen, reißen, und durch den Himmel schnellen.

Er ließ sich einige Momente lang schaukeln, und dann bewegte er sich, wobei er die Bewegung des Parketts gewandt einschätzte, als würde er in einem Ziergarten von einem flachen Stein zum nächsten treten.

Er zog mit einer gelassenen, selbstverständlichen Geste die Spitze von seinem Daumen ab und warf sie nach ihr. Im Flutlicht schillerte die lichtbrechende Faser regenbogengleich. Molly warf sich flach hin, rollte und schnellte empor, als der Molekülstrang vorbeipeitschte, und riß in einer wohl automatischen Abwehrgeste die im Licht blitzenden Stahlklauen hoch.

Der Trommelrhythmus wurde schneller, und die hüpfende Molly hielt den Takt; ihre dunkle Mähne flog wild um die verspiegelten Gläser, der Mund war schmal, die Lippen vor Konzentration verkniffen. Das Killerparkett schaukelte und dröhnte, und die Lo Teks kreischten vor Aufregung.

Er zog die Faser ein bis auf eine Länge von einem Meter, die er als gespenstisch polychrome Scheibe vor sich kreisen ließ, wobei er die daumenlose Hand in Höhe des Brustbeins hielt. Ein Schild.

Und Molly schien etwas fallen zu lassen innerlich, und damit fing ihr Veitstanz erst richtig an. Sie hüpfte und drehte sich, schnellte zur Seite und landete mit beiden Füßen auf einem verchromten Motorblock, der direkt mit einer der Spiralfedern verdrahtet war. Ich hielt mir die Ohren zu und ging in die Knie, so schwindelig wurde mir vom Lärm, der mich glauben machte, Parkett und Tribüne stürzten nach unten in die Nighttown, so daß ich uns schon durch die Hütten, die nasse Wäsche brechen und am Pflaster aufschlagen und wie reife Früchte platzen sah. Aber die Drahtseile hielten, und das Killerparkett hob und senkte sich wie ein tobendes Metallmeer. Und Molly tanzte darauf.

Und unmittelbar vor seinem letzten Wurf mit der Faser sah ich zuletzt etwas in seinem Gesicht, einen Ausdruck, der wohl nicht hingehörte. Es war weder Furcht noch Zorn. Ich glaube, es war ungläubiges Staunen, verdutztes Unverständnis, gekoppelt mit der Abscheu eines Ästheten vor dem, was er sah, hörte – vor dem, was ihm geschah. Er zog die wirbelnde Faser zurück, so daß die gespenstische Scheibe auf Tellergröße schrumpfte, machte eine peitschende Bewegung über dem Kopf und riß die Hand nach unten, so daß die Daumenspitze wie etwas Lebendiges auf Molly zuschoß.

Das Parkett riß sie nach unten, so daß der Molekülstrang knapp über ihren Kopf hinwegzuckte. Schon schnellte das Parkett zurück und hob ihn in die Bahn der gestrafften Faser. Sie wäre normalerweise harmlos über seinem Kopf hinweg- und ins diamantharte Gehäuse zurückgeglitten. Nun schnitt sie ihm unmittelbar hinter dem Gelenk die Hand ab. Vor ihm tat sich eine Lücke im Parkett auf, durch die er segelte wie ein Taucher mit seltsam betonter Anmut, ein besiegter Kamikaze beim Sturz in die Nighttown. Zum Teil, wie ich glaube, nutzte er diesen Sturz, um sich ein paar Momente würdiger Stille zu erkaufen. Molly hatte ihn mit Kulturschock umgebracht.

Die Lo Teks grölten, aber da stellte jemand die Verstärker ab, und Molly ließ das Killerparkett ausschwingen und harrte mit blassem, leerem Gesicht aus, bis das Wippen aufhörte und nur noch ein leises Klirren vom vergewaltigten Metall und das Knirschen von Rost auf Rost zu hören war.

Wir suchten das Parkett nach der abgehackten Hand ab, fanden sie aber nicht. Wir fanden lediglich einen geschwungenen Einschnitt in einem rostigen Stahlteil, wo der Molekülstrang ausgetreten war. Die Schnittkante glänzte wie poliertes Chrom.

Wir haben nie erfahren, ob der Yakuza unsre Bedingungen akzeptierte oder unsre Nachricht überhaupt erhielt. So weit ich weiß, wartet ihr Programm immer noch in einem Regal im Hinterzimmer eines Souvenirladens im dritten Stock, Sydney Central-5, auf Eddie Bax. Vermutlich haben sie das Original vor Monaten an Ono-Sendai zurückverkauft. Vielleicht haben sie aber auch die Nachricht des Piraten erhalten, denn noch hat keiner nach mir gesucht, obwohl schon ein Jahr vergangen ist. Wenn sie noch kommen sollten, so haben sie jedenfalls einen langen Aufstieg durch die Dunkelheit vorbei an Dogs Wachen vor sich; außerdem habe ich neuerdings nicht mehr viel Ähnlichkeit mit Eddie Bax. Dafür ließ ich – unter örtlicher Betäubung – Molly sorgen. Und meine neuen Zähne sind schon beinahe festgewachsen.

Ich habe beschlossen, hier oben zu bleiben. Als ich unmittelbar vor seiner Ankunft über das Killerparkett schaute, sah ich, wie hohl mein Leben war. Und ich wußte, daß ich nicht länger Gefäß sein wollte. Jetzt steige ich fast allabendlich hinunter und besuche Jones.

Wir sind jetzt Partner, Jones und ich. Und Molly Millions auch. Molly erledigt unsre Geschäfte im Drome. Jones ist nach wie vor im Funland, aber hat nun ein größeres Becken, das wöchentlich mit einem Tankzug frischen Meerwassers aufgefüllt wird. Und er kriegt seinen Stoff, wenn er ihn braucht. Er redet nach wie vor über seine Lichter mit den Kindern, mit mir aber redet er über ein neues Display in einer Kabine, die ich angemietet habe, ein beßres Gerät als seine einstige Navy-Ausstattung.

Und wir verdienen alle gut dabei. Ich hab nie beßres

Geld verdient, denn die Squids von Jones spüren alles auf, das je in mir abgespeichert worden ist, und er wirft das auf dem Display in einer mir verständlichen Sprache aus. So lernen wir 'ne Menge über meine früheren Kunden. Und eines Tages laß ich mir von einem Chirurgen das ganze Silikon aus meinen Mandeln schürfen, damit ich, frei vom Gedächtnis andrer Leute, wieder mit den eigenen Erinnerungen lebe wie jeder andere auch. Aber das dauert noch 'ne Weile.

Bis dahin kann ich's echt aushalten hier oben, hoch oben im Dunkeln, wo ich meine chinesischen Filterzigaretten rauche und dem Kondenswasser lausche, das von den geodätischen Kuppeln tröpfelt. Es ist echt ruhig hier oben – wenn nicht gerade ein Lo Tek-Paar auf dem Killerparkett zu tanzen geruht.

Es ist lehrreich obendrein. Mit Hilfe von Jones, der mir einiges auseinanderklamüsert, werde ich zum technischsten Knaben in der Stadt.

Originaltitel: »Johnny Mnemonic«

WILLIAM GIBSON

Das Gernsback-Kontinuum

Zum Glück verblaßt die Sache allmählich, nimmt episodenhafte Züge an. Sollte ich dennoch seltsame Dinge sehen, so nur am Rande; bloße Fragmente irrenärztlicher Chromotypien, auf den Augenwinkel begrenzt. Da war letzte Woche dieses fliegende Flügelding über San Francisco, aber das war beinahe durchsichtig. Und die Haifischflossen-Roadster wurden seltener, und Autobahnen verzichteten diskreterweise darauf, sich in die leuchtenden achtzig-spurigen Monster aufzufächern, die ich im letzten Monat unfreiwillig in meinem Miet-Toyota befahren mußte. Und ich weiß, daß nichts davon mich nach New York verfolgen wird; mein Blickfeld reduziert sich auf eine einzige Wellenlänge der Wahrscheinlichkeit. Daran habe ich hart gearbeitet. Fernsehen hat sehr geholfen.

Ich glaube, es fing an in London, in jener kitschig imitierten griechischen Taverne an der Battersea Park Road bei einem Lunch auf Geschäftskosten von Cohen. Totgekochte, aufgewärmte Dampfkost; und es dauerte eine halbe Stunde, bis sie einen Eiskübel für den Retsina auftrieben. Cohen arbeitet bei Barris-Watford, wo große, schicke Paperbacks über Gebrauchskunst erscheinen: die illustrierte Geschichte der Leuchtreklame, des Flipper-Automaten, des Aufziehspielzeugs aus dem besetzten Japan. Ich war rübergekommen, um Aufnahmen für eine Schuh-Werbung zu schießen; kalifornische Girls mit braunen Beinen und fetzigen Jogging-Schuhen hatten für mich in den Aufzügen von St. John's Wood und auf den Steigen von Tooting Bec posiert. Ein schmächtiger und hungriger junger Agentur-Vertreter hatte beschlossen, das Mysterium von London Transport werde gewaffelte Nylonturnschuhe verkaufen. Sie beschließen; ich schieße die Bilder. Und Cohen, den ich flüchtig von früher her aus New York kannte, lud mich am Vortag meines Abflugs von Heathrow zum Lunch ein. Er brachte eine sehr modische junge Dame mit, namens Dialta Downes, die buchstäblich kinnlos und offenbar eine Kennerin der Popart-Geschichte war. Im nachhinein sehe ich sie noch hereinspazieren neben Cohen; eine Leuchtschrift schwebt über ihr, die in riesigen Druckbuchstaben blinkend THIS WAY LIES MADNESS verkündet.

Cohen machte uns bekannt und erklärte, daß Dialta federführend am neuesten Barris-Watford-Projekt arbeite, einer illustrierten Geschichte der »Stromlinienförmigen amerikanischen Moderne«, wie sie's nannte. Cohen sprach von »Laser-Gothic«. Ihr Arbeitstitel war *Die windschlüpfrige Futuropolis: Das Morgen, das nie war.*

Die Briten sind besessen von den eher barocken Elementen der amerikanischen Popkultur, vergleichbar mit dem irren Cowboy-und-Indianer-Fetischismus der Westdeutschen oder dem französischen Spleen für alte Jerry Lewis-Filme. In Dialta Downes manifestierte sich das als Manie für eine ausschließlich amerikanische Architekturform, die den meisten Amerikanern gar nicht auffällt. Zunächst war ich mir nicht ganz sicher, was sie überhaupt meinte, aber allmählich dämmerte es mir. Ich ertappte mich dabei, mich ans Sonntagmorgenprogramm des Fernsehens in den Fünfzigern zu erinnern.

Manchmal hatten sie, um Lücken zu füllen, alte Nachrichtenmagazine im Lokalsender gezeigt. Da saß man nun mit seinem Erdnußmus-Sandwich und einem Glas Milch, und ein von atmosphärischem Rauschen unterlegter Hollywood-Bariton erzählte dir was von einem Fliegenden Auto in deiner Zukunft. Und drei Detroiter Ingenieure werkelten an so'nem großen alten Nash mit Flügeln herum, und du sahst das Ding hektisch über eine leere Startbahn in Michigan düsen. Du konntest zwar nicht wirklich sehen, daß es abhob, trotzdem flog's schnurstracks in Dialta Downes' Niemalsland, der wahren Heimat einer ganzen Generation von völlig enthemmten Technophilen. Sie redete über die »futuristische« Architektur der Dreißiger und Vierziger, an der man täglich achtlos vorübergeht in den amerikanischen Städten: die Kinomarkisen sind gerippt, um eine geheimnisvolle Energie auszustrahlen, die Ramschläden sind mit geriffeltem Alu verblendet, die verchromten Stahlrohrstühle im Foyer der Durchgangshotels verstauben. Sie sah diese Dinge als Teile einer Traumwelt, denen man in der gleichgültigen Gegenwart keine Beachtung mehr schenkte; ich sollte diese Dinge für sie ablichten.

In den Dreißigern trat die erste Generation amerikanischer Industrie-Designer auf. Bis zu den Dreißigern hatten alle Bleistiftspitzer wie Bleistiftspitzer ausgesehen – im Prinzip die gleiche viktorianische Vorrichtung, höchstens mit ein paar Schnörkeln verziert. Nach der Ankunft der Designer sah so mancher Bleistiftspitzer aus, als stammte er aus dem Windkanal. Dabei waren die Veränderungen meist nur oberflächlich; unter der schnittigen Chromhülle fand sich der gleiche viktorianische Mechanismus. Was nicht weiter verwunderte, da die erfolgreichsten amerikanischen Designer sich aus den Reihen der Bühnenbildner des Broadway rekrutierten. Es war alles Bühnenbild, aufwendige Kulisse für das spielerische Erleben der Zukunft.

Beim Kaffee zog Cohen ein dickes Manilapapierkuvert voller Hochglanzbilder hervor. Ich sah die geflügelten Statuen, die über den Hoover Dam wachen, zwölf-Meter-Figuren, die sich standhaft einem imaginären Hurricane entgegenstellen. Ich sah ein Dutzend Aufnahmen des Johnson's Wax-Gebäudes von Frank Lloyd Wright in unmittelbarer Nachbarschaft zu Titelbildern alter *Amazing Stories*-Hefte, die ein gewisser Frank R. Paul gemalt hatte. Die Angestellten von Johnson's Wax mußten glauben, mitten in eine aufgesprühte

Pulp-Utopie von Paul zu treten. Wrights Gebäude sah aus, als wäre es für Menschen in weißer Toga und Lucite-Sandalen geschaffen. Ins Zögern kam ich bei einer besonders grandiosen Skizze eines Flugzeugs mit Propellerantrieb, das nur aus Flügel bestand und einem riesigen, symmetrischen Bumerang glich und an unwahrscheinlichen Stellen Fenster aufwies. Mit Pfeilen waren die Lage des Großen Ballsaals und der beiden Squash Courts bezeichnet. Als Jahreszahl war 1936 angegeben.

»Dieses Ding hätte nie fliegen können ...?« Ich sah zu Dialta Downes.

»Oh, nein, ganz unmöglich, auch nicht mit den zwölf riesigen Propellern. Aber das Bild gefiel, nicht wahr? New York – London in weniger als zwei Tagen, erstklassige Bordrestaurants, Einzelkabinen, Sonnendecks, abends Tanz zur Jazz Band ... Die Designer waren Populisten, nicht wahr? Sie versuchten, den Leuten zu geben, was sie wollten. Und die Leute wollten Zukunft.«

Ich war seit drei Tagen in Burbank und versuchte, einem echt öd dreinblickenden Rocker Charisma einzuflößen, als ich Cohens Päckchen bekam. Es ist möglich, zu fotografieren, was nicht da ist; es ist nur verdammt schwer und demzufolge besonders marketingfähig. Obwohl ich in der Beziehung nicht schlecht bin, ist es nicht gerade meine Stärke; der arme Kerl strapazierte die Glaubwürdigkeit meiner Nikon. Der Job war ein Frust für mich, weil ich gern eine gute Arbeit abliefere, aber nicht nur Frust, weil ich schon den Scheck für den Auftrag in der Tasche hatte und mir vornahm, mich am künstlerisch anspruchsvollen Barris-Watford-Projekt wieder aufzubauen. Cohen hatte mir einige Bücher über das Design der dreißiger Jahre, weitere Fotos von stromlinienförmigen Bauten und eine Liste mit Dialta Downes' fünfzig Lieblingsbeispielen dieses Stils in Kalifornien geschickt.

Architekturaufnahmen können zeitaufwendig sein;

das Gebäude wird quasi zur Sonnenuhr, während du darauf wartest, daß der Schatten von einem Detail weicht, das du festhalten willst, oder die Masse und Balance der Struktur sich in einer bestimmten Art abzeichnen. Während ich wartete, versetzte ich mich in Dialte Downes' Amerika zurück. Als ich einige der Fabrikgebäude auf der Mattscheibe der Hasselblad isoliert hatte, strahlten sie eine finstre, totalitäre Erhabenheit aus wie die von Albert Speer für Hitler gebauten Stadien. Aber der Rest erwies sich als unerhört ordinär: Eintagsfliegen, die das kollektive amerikanische Unterbewußtsein der Dreißiger ausgestoßen hatte und die vornehmlich entlang schäbiger, von staubigen Hotels, Großmarkthallen und kleinen Gebrauchtwagenhändlern gesäumten Straßenzüge erhalten blieben. Besonders aufwendig stieg ich in die Tankstellen ein.

Die Downes-Ära hatte ihren Höhepunkt erreicht, als sie Ming dem Gnadenlosen die Gestaltung der kalifornischen Tankstellen überließen. Von seiner ererbten Architektur überzeugt, fuhr er die Küste auf und ab und errichtete utopisch anmutende Geschützstellungen in weißem Stuck. Viele warteten mit einem völlig überflüssigen Turm auf, der seltsam gerippt war, was zu einem Merkmal dieses Baustils wurde und den Eindruck erweckte, damit ließen sich heftigste technische Begeisterungsstürme erzeugen, wenn man nur den Einschaltknopf fände. Ich fotografierte so'n Ding in San Jose – eine Stunde vor dem Eintreffen der Planierraupen, die die Fassade aus Gips und Lattenwerk und billigem Beton niederwalzten.

»Man hat es sich wie ein alternatives Amerika vorzustellen«, hatte Dialta Downes gesagt. »Ein 1980, das es nie gab. Eine Architektur aus zerbröckelten Träumen.«

Und das war meine Einstellung, als ich in meinem roten Toyota die Stationen ihres verwickelten sozialarchitektonischen Kreuzwegs abfuhr – als ich mich langsam einstimmte auf ihre Vorstellung von einem trüben nicht-existenten Amerika, von Coca-Cola-Fabriken, die wie gestrandete U-Boote aussahen, und von Kinos gleich Tempeln einer untergegangenen Sekte, die blaue Spiegel und geometrische Formen anbetete. Und als ich diese heimlichen Ruinen abfuhr, fragte ich mich, was die Bewohner dieser abhandengekommenen Zukunft von der Welt, in der ich lebte, halten würden. Die dreißiger Jahre träumten von weißem Marmor und hochglanzpoliertem Chrom, von unvergänglichem Kristallglas und patinierter Bronze, aber die Raketen auf den Titelseiten der Gernsbackschen Pulps waren in tiefster Nacht heulend auf London gefallen. Nach dem Krieg hatte jeder ein Auto – ohne Flügel dran – und die versprochene Superautobahn zur flotten Fahrt, so daß der Himmel selbst sich verfinsterte und die Auspuffgase den Marmor zerfraßen und das Wunderglas rußig schwärzten ...

Und als ich eines Tages nun am Rand von Bolinas die Aufnahme eines besonders üppigen Beispiels von Mings militärischer Architektur vorbereitete, durchstieß ich eine feine Membran, eine Wahrscheinlichkeitsmembran ...

Unheimlich sachte ging's mit mir über den *Rand* ...

Und ich blickte auf und sah ein zwölfmotoriges Gebilde, das einem aufgeblähten Bumerang glich und nur aus Flügel bestand. Mit elefantenhafter Anmut flog es so tief ostwärts, daß ich die Nieten in der matten, silbernen Hülle sehen und eine Art jazziges Echo hören konnte.

Ich konfrontierte Kihn damit.

Merv Kihn, freier Journalist mit ausgeprägtem Interesse an texanischen Flugsauriern, bäuerlichen UFO-Sichtern, zweitklassigen Loch Ness-Monstern und den zehn populärsten Verschwörungstheorien in den eher sehr bekloppten Winkeln des amerikanischen Massenhirns.

»Es ist gut«, sagte Kihn, der seine gelbe Polaroid-Brille mit dem Saum seines Hawaihemds putzte, »aber nichts Psychomäßiges; es fehlt der Pep.«

»Aber ich hab's gesehn, Mervin.« Wir saßen in der strahlenden Sonne Arizonas am Pool. Er war in Tucson und wartete auf eine Gruppe pensionierter Beamter aus Las Vegas, deren Führerin auf ihrem Mikrowellenherd Botschaften von Drüben erhielt. Ich war die ganze Nacht durchgefahren und fühlte mich entsprechend.

»Natürlich. Natürlich hast du's gesehn. Du hast meine Sachen gelesen; hast du denn meine allgemeine Erklärung zum UFO-Problem nicht kapiert? Es ist simpel, schlicht und einfach so, daß die Leute« – er plazierte die Brille sorgfältig auf der langen Hakennase und fixierte mich mit seinem besten Basiliskenblick – »derlei *sehen*. Sie sehen dergleichen. Es ist nichts da, aber die Leute *sehen* es trotzdem. Wohl aus einem Zwang heraus. Du hast Jung gelesen, du solltest wissen, was Sache ist. In deinem Fall ist es so offensichtlich: Du sagst selber, du hast über diese blöde Architektur nachgedacht, phantasiert ... Schau, ich wette, du hast dein Teil an Drogen reingezogen, richtig? Wie viele Kalifornier haben die Sechziger ohne Halluzination überstanden? Denk nur an die vielen Nächte, wo man feststellte, daß ganze Armeen von Disneyschen Trickkünstlern damit beschäftigt waren, belebte Hologramme ägyptischer Hieroglyphen in den Stoff deiner Jeans zu sticken, ja, oder an die vielen ...«

»Aber so war's nicht.«

»Natürlich nicht. Es war ganz und gar nicht so; es war alles klar in die Realität eingebettet, nicht wahr? Alles war normal, und dann erscheint das Monster, das Mandala, die Neonzigarre. In deinem Fall ein riesiger Tom Swift-Flieger. Es passiert *andauernd*. Du bist nicht mal verrückt. Das weißt du auch, nicht wahr?« Er angelte sich ein Bier aus der abgestoßenen Styropor-Kühlbox neben seinem Liegestuhl.

»Letzte Woche war ich in Virginia. Grayson County. Ich unterhielt mich mit einer Sechzehnjährigen, die ein Bärhaupt angefallen hatte.«

»Ein *was?*«

»Ein Bärhaupt. Abgetrenntes Haupt eines Bären. Das Bärhaupt schwirrte mit seiner kleinen fliegenden Untertasse herum, die aussah wie 'ne alte Caddy-Radkappe. Es hatte rotglühende Augen, die abstanden wie Zigarrenstummel, und verchromte Teleskopantennen, die hinter den Ohren aufragten.« Er rülpste.

»Und es ist über sie hergefallen? Wie?«

»Das ist nichts für sanfte Gemüter, wie du offenbar eins bist. ›Es war kalt‹« – er verfiel wieder in seinen schlimmen südlichen Akzent – »›und metallisch‹. Es machte elektronische Geräusche. Sache dabei ist, es kommt schnurstracks aus dem kollektiven Unbewußten, Freund; das Mädel ist 'ne Hexe. Es gibt halt keinen funktionellen Platz für sie in dieser Gesellschaft. Es wäre ihr der Teufel erschienen, wäre sie nicht mit ›The Bionic Man‹ und den vielen ›Star Trek‹-Wiederholungen groß geworden. Sie orientiert sich daran. Und sie weiß, daß es ihr passiert ist. Ich war keine zehn Minuten draußen, als die strammen UFO-Knaben mit dem Polygraphen auftauchten.«

Ich muß ein gequältes Gesicht gemacht haben, denn er stellte sein Bier vorsichtig neben der Kühlbox ab und setzte sich auf.

»Wenn du eine klassische Erklärung hören willst, dann würde ich sagen, du hast einen semiotischen Spuk gesehen. All diese Kontakt-Geschichten sind beispielsweise in sci-fi-mäßige Vorstellungen eingebettet, von denen unsre Kultur durchdrungen ist. Ich könnte Aliens kaufen, aber keine Aliens, die aussehen wie in den Comics der Fünfziger. Sie sind semiotische Phantome, die dem tiefverwurzelten Gedankengut unsrer Kultur entspringen, sich irgendwie absondern und ein eigenständiges Leben annehmen wie etwa Jules Vernes Luftschiffe, die ständig von alten Farmern in Kansas gesichtet wurden. Nun hast du eine andere Art von Spuk gesehen, das ist alles. Dieses Flugzeug war einmal Teil des kollektiven Unbewußten. Irgendwie bist du wieder darauf gestoßen. Wichtig ist jetzt, daß du dir deshalb keine Gedanken machst.«

Freilich machte ich mir Sorgen.

Kihn kämmte sich das schütter gewordene blonde Haar und brach auf, um sich anzuhören, was man derzeit von Drüben per Mikrowellenherd verlauten ließ. Ich zog in meinem Zimmer die Vorhänge zu und legte mich in die klimatisierte Dunkelheit, um mir Gedanken zu machen. Ich machte mir beim Aufwachen immer noch Gedanken. Kihn hatte eine Nachricht an meiner Tür hinterlassen; er fliege in einer Chartermaschine in den Norden, um der Meldung von einer Vieh-Verstümmelung nachzugehen (»Stümmel« nannte er sie; noch so eine journalistische Spezialität von ihm).

Ich aß was, duschte, schluckte eine bröselnde Appetitzüglerpille, die seit drei Jahren in meinem Waschbeutel herumlag, und machte mich auf den Weg nach Los Angeles.

Das Speed begrenzte mein Blickfeld auf die Lichtkegel meines Toyota. Der Körper kann fahren, sagte ich mir, während der Verstand die Stellung hält. Die Stellung hielt und die irre peripherische Deko aus Amphetamin und Erschöpfung mied, die spektrale, leuchtende Flora, die auf nächtlichen Autobahnen am Rande des geistigen Augenwinkels aufschießt. Aber der Verstand hatte eigene Ideen, und unablässig kreiste mir in straffem, schiefem Orbit Kihns Meinung zu dem, was ich bereits als mein »Gesicht« betrachtete, durch den Kopf. Semiotischer Spuk. Fragmente des Kollektivtraums, die im Fahrtwind vorüberhuschten. Irgendwie verstärkte diese Feedback-Schleife den Appetitzügler, und die Speed-Flora entlang der Straße begann die Farben von infraroten Satellitenbildern anzunehmen und als glühende Teilchen vor dem fahrenden Toyota auseinanderzustieben.

Nun fuhr ich rechts ran, und ein halbes Dutzend Bierdosen signalisierten Gute Nacht, als ich das Licht abstellte. Ich überlegte, was für eine Zeit es nun in London wäre, und versuchte mir Dialta Downes beim Frühstück in ihrer Hampstead-Wohnung inmitten von windschlüpfrigen Statuetten und Büchern über die amerikanische Kultur vorzustellen.

Eine Wüstennacht hierzulande ist beeindruckend; der Mond steht näher. Ich betrachtete den Mond lange und sah ein, daß Kihn recht hatte. Wichtig ist, daß man sich keine Gedanken macht. Tagtäglich wurden auf dem ganzen Kontinent von Leuten, die normaler sind, als ich es je geschafft habe, Riesenvögel, Ungetüme und fliegende Ölraffinierien gesichtet; sie versorgten Kihn mit Arbeit und Einkünften. Warum sollte ich mich aufregen, daß ich ein Gebilde aus den dreißiger Jahren über Bolinas spuken sah? Ich nahm mir vor zu schlafen; ich brauchte mir höchstens wegen Klapperschlangen und kannibalistischen Hippies Sorgen zu machen und wäre ansonsten sicher inmitten des Mülls am Straßenrand aus meinem eigenen Kontinuum. Morgen wollte ich nach Nogales runterfahren und die alten Hurenhäuser knipsen, was ich mir schon seit Jahren vorgenommen hatte. Der Appetitzügler klang in seiner Wirkung ab.

Das Licht weckte mich und dann die Stimmen.

Das Licht kam irgendwo von hinten und warf huschende Schatten in das Wageninnere. Die Stimmen waren ruhig; es waren undeutliche männliche und weibliche Stimmen im Gespräch.

Mein Hals war steif, und die Augen kratzten in den Augenhöhlen. Mein Bein, das gegen das Lenkrad drückte, war eingeschlafen. Ich tastete in der Hemdtasche nach meiner Brille, die ich dann endlich auf die Nase bekam.

Ich schaute um und sah die Stadt.

Die Bücher über den Stil der Dreißiger hatte ich im Kofferraum; eins davon enthielt Skizzen einer idealen Stadt mit Zeppelindocks am perfekten Architektenhimmel und kühnen Neontürmen. Diese Stadt war ein Modell derjenigen, die nun hinter mir aufragte. Turm an Turm reihte sich in strahlenden Pyramiden, die sich emporschwangen zu einem goldenen Tempelturm in der Mitte mit den verrückten Rippen der Mingschen Tankstelle. Man hätte das Empire State Building im kleinsten dieser Türme verstecken können. Kristallene Straßen spannten sich zwischen die Türme, worauf glatte, silbrige Gebilde wie Quecksilberperlen hin und her schwirrten. Der Himmel war voller Fluggerät: riesige Nur-Flügel-Flieger, kleine, flinke Silbergebilde (zuweilen schwebte eins der Quecksilbergefährte von den Himmelsbrücken auf und gesellte sich zu dem Reigen), kilometerlange Luftschiffe, schwebende libellenartige Dinger, Helikopter nämlich ...

Ich drückte die Augen zu und drehte mich auf dem Sitz nach vorn. Als ich die Augen wieder öffnete, zwang ich mich, auf den Tacho zu blicken, auf den hellen Straßenstaub auf dem Armaturenbrett aus schwarzem Kunststoff, auf den überquellenden Ascher.

»Amphetaminpsychose«, sagte ich. Ich riß die Augen auf. Die Armaturen waren noch da, der Staub, die zerdrückten Filterkippen. Mit großer Vorsicht schaltete ich, ohne mich umzuwenden, die Scheinwerfer an.

Und sah sie.

Sie waren blond. Sie standen neben ihrem Wagen, einer Aluminiumavocado mit einer haifischartigen Steuerflosse in der Mitte und glatten schwarzen Rändern wie an einem Spielzeugauto. Er hatte den Arm um ihre Hüfte geschlungen und deutete zur Stadt. Sie waren ganz in Weiß: wallende Gewänder, barfuß in makellos weißen Sandalen. Mein Scheinwerferlicht schien ihnen nicht aufzufallen. Er sprach weise und stark, und sie nickte, und mit einemmal bekam ich Angst, eine ganz andere Angst. Einsicht und Vernunft standen nicht mehr zur Debatte; ich wußte irgendwie, daß die Stadt hinter mir Tucson war – ein Traum-Tucson, aus der Kollektivsehnsucht einer Ära hervorgegangen. Daß sie real war, völlig real. Aber das Paar vor mir lebte darin, und das machte mir Angst.

Sie waren die Kinder von Dialta Downes' nichtexistenten 80ern; sie waren die Erben des Traums. Sie waren weiß, blond und vermutlich blauäugig. Sie waren Amerikaner. Dialta hatte gesagt, die Zukunft sei zuerst in Amerika angebrochen, das sie schließlich hinter sich gelassen habe. Aber nicht hier, nicht hier im Herzen des Traums. Hier war es mit uns unaufhörlich weitergegangen – mit der Logik des Traums, die nichts von Umweltverschmutzung ahnte, von den endlichen Vorräten fossiler Brennstoffe oder vom verlierbaren exportierten Krieg. Sie waren geschniegelt und gebügelt, glücklich und zufrieden mit sich und ihrer Welt. Und im Traum war's *ihre* Welt.

Hinter mir die erleuchtete Stadt: Suchscheinwerfer tasteten aus Spaß an der Freude den Himmel ab. Ich stellte mir vor, wie sie die Plazas aus weißem Marmor bevölkerten, geordnet und aufmerksam, in den strahlenden Augen die Begeisterung für die lichtdurchfluteten Straßen und die Silberwagen.

Es haftete dem die ungute Fruchtbarkeit von Hitlerjugendpropaganda an.

Ich legte den Gang ein und fuhr langsam an, bis sie kein Meter mehr von meiner Stoßstange trennte. Sie hatten mich noch immer nicht bemerkt. Ich kurbelte die Scheibe runter und hörte dem Mann zu. Seine Worte waren klangvoll und hohl wie die Anpreisungen in einer Handelskammerbroschüre, und ich wußte, daß er total an sie glaubte.

»John«, hörte ich die Frau sagen, »wir haben vergessen, unsre Eßpille zu nehmen.« Sie zog zwei helle Waffeln aus einem Ding an ihrem Gürtel und reichte ihm eine. Ich bog auf die Fahrbahn ein und machte mich achselzuckend und kopfschüttelnd auf den Weg nach Los Angeles.

Ich rief Kihn von einer Tankstelle an, einer neuen in schlechter Spanischer Moderne. Er war von seinem Ausflug zurück, und es schien ihn mein Anruf nicht zu stören.

»Tja, ganz schön verrückt. Hast du versucht, Fotos zu machen? Sie werden zwar nie was, aber es erhöht den Reiz der Geschichte, wenn die Bilder-Negative leer bleiben ...«

Aber was sollte ich tun?

»Sieh viel fern, vor allem Spielshows und rührselige Filme. Geh ins Pornokino! Schon mal *Nazi Love Motel* gesehn? Gibt's auf Kabel hier. Echt schlimm. Genau das, was du brauchst.«

Wovon redete er überhaupt?

»Schluß mit dem Schimpfen. Hör mir zu! Ich verrate dir ein Berufsgeheimnis: Mit wüstem Medienkonsum kannst du den semiotischen Spuk austreiben. Wenn's mir das Untertassen-Volk vom Leib hält, dann dir auch die ›Art Deco‹-Zukünftler. Probier's! Was hast du schon zu verlieren?«

Dann entschuldigte er sich, da er zeitig am Morgen ein Interview mit den Erwählten habe.

»Mit wem?«

»Diesen Senioren von Vegas; die mit der Mikrowelle.«

Ich überlegte, ob ich ein R-Gespräch nach London anmelden und Cohen bei Barris-Watford anrufen sollte, um ihm mitzuteilen, sein Fotograf reise zu einem längeren Aufenthalt in die Dämmerungszone*. Schließlich

* *Twilight Zone:* berühmtes amerikanisches Magazin für Horror- und SF-Stories in den achtziger Jahren.

ließ ich mir von einer Maschine eine wirklich unmögliche Tasse schwarzen Kaffee brauen und kletterte wieder in den Toyota für die Tour nach Los Angeles.

Los Angeles war eine schlechte Idee, und ich blieb zwei Wochen dort. Es war bestes Downes-Land; zu viel vom Traum war da zu sehen, zu viele Fragmente des Traums, die mich zu umstricken versuchten. Ich hätte beinahe den Wagen schrottreif gefahren an einer Überführung in Disneyland-Nähe, als die Straße sich wie in einem Origami-Trick auffächerte, so daß ich durch ein Dutzend schmaler Fahrbahnen kurvte, auf denen Chromgebilde in Tränenform mit Haiflossen umherdüsten. Noch schlimmer, Hollywood war voller Leute, die an das Paar erinnerten, das ich in Arizona gesehen hatte. Ich heuerte einen italienischen Regisseur an, der sich damit über Wasser hielt, daß er Dunkelkammerarbeiten erledigte und Markisen an Swimmingpools installierte, bis er den großen Fisch gelandet hätte; er machte die Abzüge von den Negativen, die ich für den Downes-Job belichtet hatte. Ich wollte das Zeug gar nicht selber sehen. Leonardo schien's freilich nichts auszumachen, und als er fertig war, checkte ich die Abzüge, die ich wie ein Kartenspiel durchblätterte, steckte sie in ein Kuvert und schickte sie per Luftpost nach London. Dann nahm ich ein Taxi zu dem Kino, wo *Nazi Love Motel* gezeigt wurde, und ließ unterwegs die Augen zu.

Cohens Glückwunschtelegramm wurde mir eine Woche später nach San Francisco weitergeleitet. Dialta sei begeistert von den Aufnahmen. Er bewundere, wie total ich »eingestiegen« sei und würde gern wieder mit mir zusammenarbeiten. An jenem Nachmittag bemerkte ich ein Flügelding über der Castro Street, das allerdings recht dünn wirkte, als wäre es nur halb da. Ich eilte zum nächsten Kiosk und nahm alles mit, was ich über die Ölkrise und die Gefahren der Kernenergie aufstöbern konnte. Ich hatte gerade beschlossen, ein Flugticket nach New York zu kaufen.

»Eine miese Welt, in der wir leben, was?« der Kioskbesitzer war ein schmächtiger Schwarzer mit schlechten Zähnen und einem nicht übersehbaren Toupet. Ich nickte und fischte Kleingeld aus meiner Jeans. Ich konnte es kaum erwarten, eine Parkbank zu finden, um mich auf die knallharten Beweise für die Beinahe-Dystophie, in der wir leben, zu stürzen. »Aber könnt schlimmer sein, was?«

»Stimmt«, sagte ich. »Oder – noch schlimmer – perfekt.«

Er sah mir nach, wie ich mit meinem kleinen Bündel verdichteter Katastrophen zur Straße davonging.

Originaltitel: »The Gernsback Continuum«

WILLIAM GIBSON

Fragmente einer Hologramm-Rose

In jenem Sommer hatte Parker Schlafprobleme.

Es kam zu Energiemangel; plötzlich setzte der Delta-Inducer aus und brachte jäh und schmerzhaft das Bewußtsein zurück.

Um das abzustellen, verwendete er Steckerschnüre, winzige Krokodilsklemmen und schwarzes Isolierband, um den Inducer an ein batteriebetriebenes ASP-Deck zu koppeln. Stromausfall im Inducer würde die Playback-Schaltung des Decks auslösen.

Er kaufte eine ASP-Kassette, die damit anfing, daß der Proband auf einem ruhigen Strand schlief. Sie war in 20-20-Optik aufgenommen von einem jungen blonden Yogi mit einem außergewöhnlich exakten Farbempfinden. Der Knabe war nach Barbados geflogen worden, um auf einem herrlichen Privatstrand ein Nickerchen und seine anschließende Morgenübung zu machen. Das Mikrofiche-Laminat im transparenten Kassettengehäuse behauptete, der Yogi könne sich ohne Inducer willentlich von Alpha nach Delta bewegen. Parker, der seit zwei Jahren überhaupt nicht mehr ohne Inducer schlafen konnte, fragte sich, ob so was möglich wäre.

Er hatte es nur einmal geschafft, das ganze Ding am Stück durchzumachen, obwohl er mittlerweile jede subjektive Empfindung der ersten fünf Minuten kannte. Die interessanteste Stelle dabei war für ihn ein kleiner Schnittfehler am Beginn der langwierigen Atemübung: ein kurzer Schwenk den weißen Strand hinunter zu einem Wachposten, der an einem Maschendrahtzaun patrouillierte und eine schwarze Maschinenpistole umgehängt hatte.

Als Parker schlief, fiel der Strom im städtischen Netz aus.

Der Übergang von Delta zu Delta-ASP war wie eine dunkle Implosion in andres Fleisch. Vertrautheit dämpfte den Schock. Er spürte den kühlen Sand unter den Schultern. Die Hosenbeine seiner ausgebeulten Jeans flatterten im Morgenwind gegen seine bloßen Knöchel. Bald würde der Junge ganz erwachen und sein Ardha-Matsyendra-Blabla beginnen; mit andern Händen tastete Parker im Dunkeln nach dem ASP-Deck.

Drei Uhr früh.

Machst dir im Dunkeln eine Tasse Kaffee, leuchtest mit 'ner Taschenlampe beim Eingießen des heißen Wassers.

Der aufgezeichnete Morgentraum, der verblaßt: durch andere Augen der dunkle Kondensstreifen eines kubanischen Frachters, der mit dem Horizont, dem er auf dem grauen geistigen Monitor zustrebt, verschwindet.

Drei Uhr früh.

Laß dich vom Gestern einhüllen in seichten, schematischen Bildern. Was du sagtest – sie sagte – wie sie packte – einen Wagen rief. Wie du sie auch anordnest, sie bilden stets den gleichen gedruckten Schaltkreis, Hieroglyphen, die auf eine zentrale Komponente hinauslaufen: dich, wie du im Regen stehst und den Fahrer anschreist.

Der Regen war sauer und ätzend, fast pißgelb. Der Fahrer nannte dich Arschloch; trotzdem mußtest du doppelte Taxe löhnen. Sie hatte drei Gepäckstücke. Mit seiner Atemmaske und der Schutzbrille sah der Mann aus wie eine Ameise. Er trat in die Pedale und fuhr in den Regen davon. Sie schaute nicht zurück.

Das letzte, was du von ihr zu sehen bekamst, war, daß dir die Riesenameise den abgespreizten Finger zeigte.

Parker sah seine erste ASP-Einheit in einer schäbigen texanischen Barackenstadt, die Judy's Jungle hieß. Es war eine massive Console mit billigem chromfarbenen Kunststoffgehäuse. Wenn man eine 10-Dollar-Note in den Schlitz steckte, bekam man fünf Minuten Freifall-Gymnastik in einem Schweizer Orbitalkurbad, wo man mit einem sechzehnjährigen *Vogue*-Model trampolinartig durch zwanzig Meter große Perihelien turnte – so was haute rein in Judy's Jungle, wo man leichter eine Pistole als ein heißes Bad auftreiben konnte.

Ein Jahr später war er mit gefälschten Papieren in New York, als zwei Marktführer die ersten tragbaren Decks rechtzeitig zum Weihnachtsgeschäft in den größeren Kaufhäusern hatten. Die ASP-Pornokinos, die in Kalifornien wie Pilze aus dem Boden geschossen waren, erholten sich von diesem Schlag nicht.

Mit der Holographie ging's ebenfalls dahin, und die Fuller-Kuppeln, die ganze Blöcke bildeten und die Holo-Tempel aus Parkers Kindheit waren, wurden vielgeschossige Supermärkte oder nahmen staubige Spielhallen auf, wo man nach wie vor die alten Consolen fand, über denen in blauem Zigarettendunst mit ausgebleichter Neonreklame APPARENT SENSORY PERCEPTION blinkte.

Jetzt ist Parker dreißig und schreibt ASP-Programme, wobei er die Augenbewegungen der in dieser Branche menschlichen Kameras programmiert.

Die Stromeinschränkung dauert an.

Im Schlafzimmer klopft Parker auf die gebürstete Alufront seines Sendai Sleep-Master. Das Funktionslicht flackert und erlischt schließlich. Mit dem Kaffee in der Hand geht er über den Teppich zum Einbauschrank, den sie tags zuvor leergeräumt hat. Der Taschenlampenstrahl sucht auf den leeren Regalböden Liebesbeweise und offenbart das gerissene Band einer Ledersandale, eine ASP-Kassette und eine Postkarte. Die Postkarte ist ein lichtreflektierendes Hologramm einer Rose.

An der Küchenspüle wirft er das Sandalenband in

den Müllschlucker. Durch die Stromeinschränkung träge, murrt er, schluckt aber und verdaut. Das Hologramm vorsichtig zwischen Daumen und Zeigefinger haltend, senkt er es in das versteckte Reißwolfmaul. Das Gerät quiekt, als die Stahlzähne ins laminierte Plastik beißen und die Rose in tausend Fragmente zerfetzt wird.

Später setzt er sich rauchend aufs ungemachte Bett. Ihre Kassette steckt abspielbereit im Deck. Zuweilen wirkt ein weibliches Tape verwirrend auf ihn, aber er bezweifelt, ob das der Grund ist, warum er nun zögert, die Maschine anzuwerfen.

Etwa ein Viertel aller ASP-Verwender sind nicht in der Lage, das subjektive Körperbild des andern Geschlechts ohne Unbehagen zu verarbeiten. Im Laufe der Jahre wurden einige ASP-Stars zunehmend zwitterig, um auch diesen Teil des Publikums zu erobern.

Vor Angelas Bändern hingegen hat er nie Scheu empfunden. (Aber was wäre, wenn sie einen Lover aufgenommen hätte?) Nein, das kann nicht sein – es ist nur, daß die Kassette halt eine völlig unbekannte Größe darstellt.

Als Parker fünfzehn war, gaben ihn seine Eltern bei der amerikanischen Niederlassung eines japanischen Kunststoffkombinats in die Lehre. Seinerzeit schätzte er sich glücklich; das Verhältnis der Bewerberr zu den verfügbaren Lehrstellen war überwältigend. Drei Jahre lebte er mit seiner Gruppe im Lehrlingsheim, trällerte allmorgendlich, in Reih und Glied aufgestellt, die Firmenhymne und schaffte es für gewöhnlich, wenigstens einmal monatlich über den Zaun des Firmengeländes zu klettern, um Mädchen aufzureißen oder ins Holodrom zu gehen.

Mit zwanzig hätte er die Lehre abgeschlossen gehabt und einen festen Arbeitsvertrag bekommen. Eine Woche vor seinem neunzehnten Geburtstag ging er mit zwei geklauten Credit Cards und einer zweiten Garnitur Klamotten zum letzten Mal über den Zaun. Drei Tage vor dem Zusammenbruch des chaotischen Neosezessionistischen Regimes kam er in Kalifornien an. In San Francisco lieferten sich Splittergruppen Straßenschlachten. Eine der vier »provisorischen« Stadtregierungen hatte in bezug auf Nahrungsmittelbevorratung ganze Arbeit geleistet, so daß in den Geschäften praktisch nichts mehr zu kriegen war.

Parker verbrachte die letzte Revolutionsnacht in einem ausgebrannten Tucson-Vorort, wo er mit einem dünnen Teenagergirl aus New Jersey schlief; zwischen fast lautlosen Weinkrämpfen, die mit dem, was er tat oder sagte, scheinbar überhaupt nichts zu tun hatten, erläuterte die Kleine die tiefsinnigen Aspekte ihres Horoskops.

Jahre danach fiel ihm auf, daß er das ursprüngliche Motiv für den Abbruch der Lehre nicht mehr wußte.

Die Kassette war bis aufs letzte Viertel gelöscht; du düst per Schnellvorlauf durch statisches Grau, wo Geschmacks- und Geruchssinn undefinierbar in einen Kanal münden. Die akkustische Einspeisung ist weißer Klang – der Nicht-Klang des ersten dunklen Meers ... (Längerer Konsum von gelöschtem Tape kann hypnagoge Halluzinationen auslösen.)

Parker duckte sich um Mitternacht in Neumexiko ins Gebüsch am Straßenrand und beobachtete den brennenden Panzer auf dem Highway. Die Flamme erhellte den ununterbrochenen weißen Streifen, dem er von Tucson gefolgt war. Aus zwei Meilen Entfernung war die Explosion sichtbar gewesen als gleißender Lichtblitz, der die bleichen Äste eines kahlen Baumes vor dem Nachthimmel ins fotografische Negativ verkehrte: Schwarzes Astwerk vor bleichem Himmel.

Viele der Flüchtlinge waren bewaffnet.

Texas hatte die Barackenstädte, die im warmen Golfregen dampften, der unbehaglichen Neutralität, die es angesichts der versuchten Sezession an der Küste bewahrt hatte, zu verdanken.

Die Städte bestanden aus Sperrholz, Pappe, Plastikfolie, die sich im Wind aufblähte, und alten Fahrzeugwracks. Sie hatten Namen wie Jump City und Sugaree und vage definierte Regierungen und Territorien, die sich ständig im heimlichen Wind der Schwarzmarkt-Wirtschaft drehten.

Bundes- und Landestruppen, die eingesetzt wurden, um die gesetzlosen Städte zu säubern, wurden selten fündig. Aber nach jeder Razzia fehlten ein paar Männer. Die einen hatten die Waffen verkauft und die Uniform verbrannt, die andern waren der Konterbande, die es auszuheben galt, zu nahe gekommen.

Nach drei Monaten wollte Parker raus, aber eine sichere Passage durch die militärische Postenkette war nur per Ware möglich. Die Gelegenheit bot sich ihm ganz zufällig: Als er eines späten Nachmittags durch die fetten Kochdunstschwaden streifte, die über Judy's Jungle lagen, stolperte er und wäre beinahe über eine Frauenleiche in einem ausgetrockneten Bachbett gefallen. Ein ganzer Schwarm von Fliegen stob zornig auf und ließ sich wieder nieder, ohne ihn zu beachten. Sie hatte eine Lederjacke, und Parker fror nachts meist. Er suchte in dem Bachbett nach einem Ast.

Im Rücken hatte die Jacke direkt unter dem linken Schulterblatt ein bleistiftdickes Loch. Das Innenfutter, ursprünglich rot, war schwarzglänzend mit geronnenem Blut verkrustet. Er balancierte die Jacke auf einem Stock vor sich her und machte sich auf die Suche nach Wasser.

Freilich wusch er die Jacke nicht; in der linken Tasche fand er fast eine Unze Kokain, das sorgfältig mit Plastik und transparentem Wundpflaster verpackt war. In der rechten Tasche steckten fünfzehn Ampullen Megacillin-D und ein 25 cm langes Springmesser mit Horngriff. Das Antibiotikum war nach dem Gewicht doppelt so viel wie Kokain wert.

Er trieb das Messer bis zum Anschlag in einen morschen Baumstumpf, den die Holzsammler in Judy's Jungle übersehen hatten, und hängte die Jacke daran auf, um die die Fliegen schwirrten, als er ging.

In einer Bar mit Wellblechdach wartete er an jenem Abend auf einen der »Anwälte«, die eine Passage der Postenkette arrangierten; dabei probierte er sein erstes ASP-Gerät aus. Es war eine riesige Maschine mit Chrom und Neon, und der Besitzer war sehr stolz darauf; er hatte selber beim Kapern des Lasters geholfen.

> Falls das Chaos in den Neunzigern eine radikale Wende widerspiegelt in den Mustern visueller Bildung, also die endgültige Abkehr von der Lascaux/Gutenberg-Tradition einer prä-holographischen Gesellschaft, was wäre dann von dieser jüngsten Technologie zu erwarten, die eine getrennte Entschlüsselung und nachfolgende Rekonstruktion des gesamten Spektrums sinnlicher Wahrnehmung verheißt?
>
> ROEBUCK und PIERHAL,
> *Jüngere amerikanische Geschichte: Eine Systembetrachtung*

Schnellvorlauf durch die surrende Nicht-Zeit von gelöschtem Tape ...

... in ihren Körper. Europäische Sonne. Straßen einer fremden Stadt.

Athen. Griechische Schriftzeichen und staubiger Mief.

... und staubiger Mief.

Blick durch ihre Augen (du glaubst, die Frau kennt dich noch nicht; bist eben erst aus Texas raus) aufs graue Monument, die steinernen Rösser mit den flatternden, kreisenden Tauben ...

... Und Statik erfaßt den geliebten Körper, wischt ihn aus, macht ihn grau. Weiße Klangwogen brechen sich an einem Strand, der nicht da ist. Und das Band hört auf.

Das Licht am Inducer brennt jetzt.

Parker liegt im Dunkeln und erinnert sich an die tausend Fragmente der Hologramm-Rose. Eine Hologramm-Rose hat diese Eigenschaft: Wiederhergeholt und beleuchtet, zeigt ein jedes Fragment das ganze Bild der Rose. Nach Delta fallend, sieht er sich als die Rose, wobei ein jedes seiner verstreuten Fragmente ein Ganzes offenbart, das er nicht kennt – geklaute Credit Cards – ein ausgebrannter Vorort – weltweite Verbindungen eines Fremden – ein brennender Panzer auf einem Highway – ein flaches Päckchen Drogen – ein peinlichst präzis an Beton geschliffenes Springmesser.

Er denkt: Wir sind Fragmente voneinander, und ist's immer so gewesen? Jener Moment einer Europa-Reise, einsam im grauen Meer von gelöschtem Band – ist sie jetzt näher oder realer, weil er dort gewesen ist?

Sie hatte ihm geholfen, seine Papiere zu bekommen, und ihm einen ersten Job im ASP-Geschäft verschafft. War das ihre Geschichte? Nein, Geschichte war die schwarze Front des Delta-Inducers, der leere Schrank und das ungemachte Bett. Geschichte war sein Widerwille gegen den vollkommenen Körper, in dem er erwachte, wenn der Strompegel sank, seine Wut auf den Radrikscha-Kuli und ihre Weigerung, durch den kontaminierten Regen zurückzuschauen.

Aber jedes Fragment offenbart die Rose aus einem andern Winkel, fiel ihm ein; aber Delta hatte ihn mitgerissen, bevor er sich fragen konnte, was das bedeuten könnte.

John Shirley und William Gibson

Zubehör

Es hätte im Club Justine oder Jimbo oder Sad Jack oder Rafters sein können; Coretti würde nie genau wissen, wo er sie zuerst gesehen hatte. Jederzeit hätte sie in jeder dieser Bars sein können. Sie ruderte durch das unterseebootartige Stilleben aus Flaschen und Gläsern und den trägen Zigarettenrauch ... sie bewegte sich in ihrem natürlichen Element, von Bar zu Bar.

Jetzt erinnerte sich Coretti an ihre erste Begegnung, als betrachtete er es durchs falsche Ende eines starken Teleskops: klein und klar und sehr weit weg.

Sie war ihm als erstes in der Backdoor Lounge aufgefallen. Die Bar hieß Backdoor, weil man sie von hinten durch eine schmale Gasse betrat. Die Mauern der Gasse waren mit Graffiti bekritzelt, und um die vergitterten Straßenlampen schwirrten Nachtfalter. Abgeblätterte Farbe von den gekalkten Ziegelmauern knirschte unter den Sohlen. Und dann der schummrige Raum mit der leicht irritierenden Atmosphäre von einem halben Dutzend andrer Bars, die an gleicher Stelle unter andrer Geschäftsleitung eröffnet und wieder dichtgemacht worden waren. Coretti kam manchmal hierher, weil ihm das müde Grinsen des schwarzen Barkeepers sympathisch war und weil von den wenigen Gästen kaum plumpe Vertraulichkeiten zu erwarten waren.

Es war für ihn ein Problem, mit Fremden zu plaudern auf Parties und in Bars.

Keine Probleme hatte er auf dem hiesigen College, wo er über Linguistik und Rhetorik dozierte; er konnte mit dem Leiter seiner Abteilung fachsimpeln, wie man schon in der Gesprächseröffnung Themenfolge und -wahl steuert. Aber mit Fremden in Bars oder auf Parties konnte er nicht reden. Auf Parties ging er selten. In Bars ging er oft.

Coretti wußte nicht, wie man sich anzieht. Sieht man Kleidung als Sprache an, so war Coretti diesbezüglich ein Stotterer, der zu keiner zusammenhängenden modischen Grundaussage fähig war, die fremde Menschen entkrampft hätte. Seine Ex-Frau sagte, er ziehe sich an wie ein Marsmensch; er sehe aus, als gehöre er nicht hierher. Diese Bemerkung hatte ihm mißfallen, da sie stimmte.

Er hatte noch nie so eine Frau gehabt wie die, die nun mit leicht gebeugtem Rücken im Unterwasserlicht saß, das sich vom Backdoor-Tresen ergoß. Das gleiche Licht war in den Brillengläsern des Barkeepers eingefangen, steckte in den Hälsen der aufgereihten Flaschen, sprenkelte den Spiegel. In diesem Licht war ihr Kleid grün wie junger Mais und zeigte wie ein halb geschälter Kolben viel Rücken und Bein durch die seitlichen Schlitze. Ihr Haar war kupferrot in jener Nacht. Und ihre Augen waren in jener Nacht grün.

Er zwängte sich entschlossen durch die leeren Chrom- und Formica-Tische, bis er zur Bar gelangte, wo er einen Bourbon pur bestellte. Er zog seinen Dufflecoat aus, der wie von selbst auf seinem Schoß zu liegen kam, als er sich auf den Hocker neben ihr setzte. Toll, dachte er, jetzt denkt sie, du willst 'ne Erektion verbergen. Und erschrocken stellte er fest, daß er eine zu verbergen hatte. Er betrachtete sich im Spiegel hinter der Bar: ein Typ in den Dreißigern mit lichter werdendem dunklen Haar und einem blassen, schmalen Gesicht auf einem langen Hals, der zu lang war für den offenen Kragen des Nylonhemds, das in drei grellen Farben mit Automobil-Gravuren von 1910 bedruckt war. Er trug dazu eine Krawatte mit breiten braun-schwarzen Diagonalstreifen, die vermutlich zu schmal war für die unmöglich langen Hemdkragenspitzen, wie er nun fand. Oder die Farbe stimmte nicht. Oder sonst was.

Die grünäugige Dame neben ihm sah im klaren, dunklen Spiegelbild aus wie Irma La Douce. Aber als er genauer hinschaute und ihr Gesicht studierte, schauderte er. Ein Tiergesicht. Ein hübsches Gesicht, aber einfach, niedlich, zweidimensional. Wenn sie merkt, daß du sie anstarrst, dachte Coretti, dann kriegst du ein Lächeln von ihr, ein verächtliches Grinsen – oder was immer du erwartest.

»Darf ich ... hm ... einen Drink spendieren?« platzte Coretti heraus.

In solchen Momenten war Coretti von einem pedantisch steifen, schulmeisterlichen Linguistik-Tick besessen. *Hm.* Er zuckte zusammen. *Hm.*

»Du möchtest mir ... hm ... einen Drink spendieren? Das ist aber nett von dir«, erwiderte sie zu seiner Überraschung. »Sehr nett.« Er registrierte nur entfernt, daß ihre Antwort nicht weniger steif und unsicher ausfiel. »Ein Tom Collins«, fügte sie hinzu, »wäre bei der Gelegenheit nett.«

Bei der Gelegenheit? Nett? Nervös bestellte Coretti zwei Drinks und bezahlte.

Eine kräftige Frau in Jeans und besticktem Cowboyhemd baute sich neben ihm an der Bar auf und verlangte Wechselgeld vom Barkeeper. »Dank dir«, sagte sie. Dann stapfte sie zur Jukebox und ließ Conway und Lorettas ›You're the reason our kids are ugly‹ spielen. Coretti wandte sich an die Frau in Grün und fragte zurückhaltend: »Liebst du Country-and-Western-Musik?« *Liebst du ...?* Er stöhnte insgeheim über den Ausdruck und rang sich ein Lächeln ab.

»Ja sicher«, antwortete sie. Ein hauchfeiner Mißklang verlieh ihrer Stimme Schärfe. »Klar doch.«

Das Cowgirl setzte sich neben ihn und fragte zwinkernd: »Nervt dich der Macker an?«

Und die tieräugige Lady in Grün erwiderte: »Oh, gar nicht, Süße. Ich steh auf ihn.« Und sie lachte. Lachte in passender Dosis. Der Dialektologe in Coretti wurde hellhörig; ein fliegender Wechsel in Ausdruck und Sprache. Schauspielerin? Begnadete Mime? Das Wort *›mimetisch‹* drängte sich ihm auf, aber er schob es beiseite, um ihr Spiegelbild zu studieren; die Flaschenreihen bedeckten ihr Dekolleté wie ein gläsernes Gewand.

»Ich heiße Coretti«, sagte er, wobei sein verbaler Poltergeist sich plötzlich in einen absolut unüberzeugenden Macho-Ton verwandelte. »Michael Coretti.«

»Freut mich«, sagte sie so leise, daß die andre Frau es nicht hören konnte; wieder war sie in eine lahme Emily Post-Parodie geschlüpft.

»Conway und Loretta«, sagte das Cowgirl, an niemand Bestimmtes gerichtet.

»Antoinette«, sagte die Frau in Grün und hielt den Kopf schief. Sie trank aus, tat so, als blicke sie auf die Uhr, bedankte sich viel zu scheißfreundlich für den Drink und ging.

Zehn Minuten später folgte Coretti ihr durch die Third Avenue. Er war noch nie in seinem Leben jemandem nachgegangen; er hatte Angst und fand es zugleich aufregend. Ein Dutzend Meter erschien ihm als diskreter Abstand, aber was sollte er tun, falls sie über die Schulter zurückblickte?

Die Third Avenue ist keine dunkle Straße, und es geschah mitten unter einer Straßenlampe, daß sie sich wie im Rampenlicht zu verwandeln begann. Die Straße war menschenleer.

Sie wollte die Straße überqueren. Kaum war sie vom Gehsteig auf die Fahrbahn getreten, fing es an. Es fing an mit bunten Tupfern im Haar, die er zunächst auf Lichtreflexe zurückführte. Aber da war keine Neonreklame, von der die Farbkleckse hätten stammen können, die schillernd ineinander verliefen wie ein Ölfilm. Dann verschwanden die Farben, und binnen dreier Sekunden war sie platinblond. Er hielt es für eine Lichtspiegelung, bis ihr Kleid anfing, sich zu verzerren und wie Vakuumfolie zu schrumpfen. Teile fielen ganz ab und lagen gekringelt am Boden wie die Haut eines Fabeltiers. Als Coretti vorbeiging, schäumten sie grün und lösten sich sprudelnd in der Luft auf. Er blickte wieder auf zu ihr, und das Kleid war ein ganz anderes grünes Kleid aus schimmerndem Satin. Ihre Schuhe hatten sich ebenfalls verwandelt. Ihre Schultern bedeckten nur zwei dünne Träger, die sich auf dem Rücken überkreuzten. Sie hatte jetzt eine kurze Igelfrisur.

Wie ihm nun bewußt wurde, hatte er sich gegen die Panzerglasscheibe einer Juwelierauslage gelehnt und schnaufte keuchend; der Atem dampfte in der Herbstnacht. Zwei Häuserblöcke weiter dröhnte aus einer Disco dumpfer Beat. Während sie sich der Disco näherte, stimmte sie in ihren Bewegungen unmerklich in den neuen Rhythmus ein – ihr Hüftschwung änderte sich und ihr klappernder Stöckelschuhgang. Der Türsteher ließ sie mit einem beiläufigen Nicken hinein. Er hielt Coretti auf und starrte auf seinen Führerschein und beäugte seinen Dufflecoat. Coretti schaute ungeduldig ins bunte Licht über einer milchglasfarbenen Acryltreppe hinter dem Türsteher. Dort im Lichterstakkato und Getöse war sie verschwunden.

Unwillig ließ der Türsteher ihn passieren, und er stürmte die Treppe hinauf und störte mit seiner Hektik die Lichter unter den transparenten Kunststoffstufen.

Coretti war noch nie in einer Disco gewesen; er fand sich in einer Umgebung wieder, die auf Unterhaltung total getrimmt war. Er watete nervös durchs Gewühl und den modischen Aufzug und den urbanen Leierkastensound aus der riesigen Anlage. Er suchte sie fast blind auf einer überfüllten Tanzfläche, wo man im Laserblitz posierte.

Und fand sie an der Bar, wo sie an einem trüben Longdrink süffelte und einem jungen Typ zuhörte, der ein weites helles Seidenhemd und eine knallenge schwarze Hose trug. Sie nickte in – wie Coretti fand – angemessenen Abständen. Coretti bestellte, indem er auf eine Bourbonflasche deutete. Sie leerte fünf hohe Gläser und folgte dem Knaben dann auf die Tanzfläche.

Sie bewegte sich in einer Reihe von Posen und hielt den Takt zur Musik; sie vollzog das ganze vorgegebene Programm; sie tanzte graziös, aber nicht kunstvoll, den andern total angepaßt. Immer total angepaßt. Ihr Partner tanzte mechanisch und quälte sich sichtlich durchs Ritual.

Als der Tanz zu Ende war, wandte sie sich plötzlich um und tauchte im Gewühl unter, wo sie mit der wogenden Menge zu verschmelzen schien.

Coretti stürzte sich ins Gedränge und ließ sie nicht aus den Augen: So war er der einzige, der die Verwandlung verfolgte. Bis sie zur Treppe kam, war ihr Haar kastanienbraun und trug sie ein langes blaues Kleid. Eine weiße Blüte schmückte hinterm rechten Ohr ihr Haar, das nun länger und glatter war. Ihr Busen war etwas fülliger und die Hüften eine Spur voller geworden. Sie eilte, zwei Stufen auf einmal nehmend, die Treppe hinunter, und da bekam er Angst um sie. Die vielen Drinks.

Aber der Alkohol schien nicht die geringste Wirkung auf sie zu haben.

Coretti, der sie keinen Moment aus den Augen ließ, folgte ihr; sein Herzschlag wurde schneller als der dumpfe Disco-Beat im Rücken. Er rechnete damit, daß sie jeden Moment sich umblicken, ihn sehen und um Hilfe rufen würde.

Zwei Blöcke weiter in der Third Avenue bog sie ins Lothario's ab. An ihrem Gang war nun etwas anders. Das Lothario's war ein stilles Lokal aus mehreren zusammenhängenden Räumen mit Farnampeln und Art Deco-Spiegeln. An der Decke hingen abwechselnd falsche Tiffany-Lampen und Ventilatoren mit Holzflügeln, die sich zu langsam drehten, um den Tabakdunst aufzuwirbeln, der sich durch das stets verhaltene Stimmengewirr schlängelte. Nach der Disco wirkte das Lothario's familiär und erholsam. Ein Jazzpianist mit Nadelstreifenhemd und loser Krawatte spielte leise gegen das Geplauder und Gelächter von den ein Dutzend Tischen an.

Sie war am Tresen; die Barhocker waren nur halb besetzt, aber Coretti entschied sich für einen Wandtisch im Schatten einer Topfpalme und bestellte einen Bourbon.

Er kippte den Bourbon und bestellte einen zweiten. Heute spürte er den Alkohol nicht recht.

Sie saß neben einem jungen Typ, wieder so'nem Typ mit leeren, ebenmäßigen Zügen. Er trug ein gelbes Poloshirt und eine faltenlose Jeans. Sie berührten sich leicht mit den Hüften. Obwohl sie offenbar nicht miteinander sprachen, hatte Coretti den Eindruck, daß irgendein Austausch zwischen ihnen stattfand. Sie lehnten sich leicht aneinander und waren still. Coretti fühlte sich komisch. Er ging auf die Toilette und wusch sich das Gesicht mit kaltem Wasser. Auf dem Rückweg richtete er es so ein, daß er keinen Meter an ihnen vorbeiging. Ihre Lippen bewegten sich nicht, bis er in Hörweite war.

Sie tauschten Alltägliches aus.

»... hab seine früheren Filme gesehn, aber ...«

»Aber er ist recht bequem, meinst du nicht auch?«

»Sicher, aber in dem Sinn, daß ...«

Und zum ersten Mal wußte Coretti, was sie waren, sein mußten. Sie waren von der Sorte, die man in Bars sieht, die dort anscheinend großgeworden sind, die dort echt zu Hause sind. Keine Säufer, sondern menschliches Inventar, Funktionen der Bar. Zubehör.

Irgend was in ihm wünschte sich eine Konfrontation. Er kam an seinen Tisch, aber konnte sich einfach nicht hinsetzen. Er drehte sich um, holte tief Luft und ging stocksteif zur Bar. Er wollte ihr auf die glatte Schulter tippen, um sie zu fragen, wer und was genau sie waren, und auf die kalte Ironie des Umstandes hinzuweisen, daß ausgerechnet er, Coretti der marsianisch Gekleidete, der heimliche Lauscher, der Outsider, dessen Konfektion und Konversation in keinem Einklang standen, es war, der ihr Geheimnis endlich erraten hatte.

Aber seine Nerven ließen ihn im Stich, so daß er sich lediglich neben sie setzte und einen Bourbon bestellte.

»Aber meinst du nicht«, fragte sie ihren Begleiter, »daß alles relativ ist?«

Die beiden Plätze neben ihrem Begleiter wurden bald von einem Pärchen eingenommen, das über Politik redete. Antoinette und Poloshirt übernahmen das politische Thema nahtlos und kauten es wieder, wobei sie eben so laut sprachen, daß man sie gerade noch verstand. Ihr Gesicht war beim Sprechen ausdruckslos. Ein zwitschernder Vogel auf einem Zweig.

Sie saß so sicher auf ihrem Hocker, als wäre er ein Nest. Poloshirt zahlte die Drinks. Er hatte immer die exakte Summe parat, es sei denn, er wollte ein Trinkgeld dazugeben. Coretti beobachtete, daß sie systematisch je sechs Cocktails wegputzten wie nektarsaugende Insekten. Aber sie hoben nie die Stimme, bekamen keine roten Backen und schwankten kein bißchen beim Aufstehen – keine Spur von Schwäche, wie Coretti meinte, kein Bruch in der Fassade.

Sie beachteten ihn überhaupt nicht, obwohl er ihnen nacheinander durch drei Bars folgte.

Als sie das Waylon's betraten, vollzog sich ihre Metamorphose so schnell, daß Coretti Mühe hatte, ihren Entwicklungsstadien zu folgen. Das Waylon's war so'n Laden mit nachttopffüllenden Figuren an den WC-Türen und einem kleinen Kunststoffschild in Kiefernachbildung über den Schüsseln mit Trockenfleisch und Pökelwurst: *Wir haben eine Abmachung mit der Bank. Sie zapft kein Bier, und wir nehmen keine Schecks.*

Sie war plump im Waylon's und hatte dunkle Ringe unter den Augen. Auf ihrem Nylonhosenanzug waren Kaffeeflecken. Ihr Begleiter trug Jeans, T-Shirt und eine rote Baseballmütze mit einem rot-weißen Peterbilt-Zeichen. Auf das Risiko, sie zu verlieren, verbrachte Coretti eine hektische Minute hinter der Tür mit dem stehenden Nachttopfpinkler, wo er verwirrt blinzelte angesichts der Papptafel vor der Nase, die in Handschrift verkündete: *Bitte werfen Sie keine Kippen ins Pissoir. Wir pinkeln auch nicht in Ihren Aschenbecher.*

Die Third Avenue verlor sich im Ziegelmauergewirr des Hafengebiets. Beim letzten Block war der Gehsteig hie und da vollgekotzt. Greise dösten in alle Ewigkeit vor Schwarzweißfernsehern hinter den trüben Fensterscheiben schäbiger Hotels.

Die Bar, die sie dort fanden, hatte keinen Namen. Glitzernd perlte es von der ungeputzten Fensterscheibe, und der Barkeeper hatte ein Gesicht wie eine geballte Faust. Ein Transistorradio mit elfenbeinfarbigem Plastikgehäuse trällerte seichten Rock auf die ungleichen Tischreihen, wo niemand saß. Sie tranken Bier und Schnaps. Alt waren sie jetzt, zwei Nullen, die im Schein blanker Glühlampen soffen und rauchten; hustend pafften sie aus einer zerknüllten Packung Camel, die sie aus der Tasche ihres dreckigen braunen Regenmantels gefischt hatte.

Um 2^{25} waren sie in der Bar auf dem Dach des neuen Hotels, das das Hafengebiet überragte. Sie trug ein Abendkleid und er einen dunklen Anzug. Sie tranken Cognac und gaben vor, die Aussicht über die erleuchtete Stadt zu bewundern. Sie hatten je drei Cognac, während Coretti sie beobachtete, der einen doppelten Wild Turkey aus einem Waterford-Longdrinkglas süffelte.

Sie zechten bis zur Schließung. Coretti folgte ihnen in den Lift. Sie lächelten höflich, beachteten ihn aber ansonsten nicht. Es standen zwei Taxis vor dem Hotel; sie nahmen das eine, Coretti das andere.

»Folgen Sie dem Taxi«, sagte Coretti heiser und steckte dem alternden Hippie am Steuer seinen letzten Zwanziger zu.

»Aber sicher, klar ...« Der Fahrer folgte dem andern Taxi an sechs Blöcken vorbei zu einem andern, eher bescheidenen Hotel. Sie stiegen aus und gingen hinein. Coretti kletterte, heftig schnaufend, aus seinem Taxi.

Er war rasend eifersüchtig: auf die Personifizierung der Konformität, diese Frau, die keine Frau war, diese Fassade von Mensch. Coretti wandte sich finster dem Hotel zu ... und verlor den Mut. Er kehrte sich ab.

Er ging heim. Sechzehn Blöcke weit. Irgendwo fiel ihm auf, daß er nicht betrunken war. Nicht mal angetrunken.

Am Morgen griff er zum Telefon und sagte die erste Vorlesung ab. Aber der Kater blieb eigentlich aus. Sein Mund war nicht ausgetrocknet, und mit einem Blick in den Badezimmerspiegel stellte er fest, daß seine Augen nicht gerötet waren.

Am Nachmittag legte er sich aufs Ohr und träumte von Leuten mit Schafsgesichtern im Spiegel hinter Flaschenreihen.

Am Abend ging er zum Essen – allein – und brachte keinen Bissen hinunter. Irgendwie starrte ihn das Essen im Teller an. Er stocherte darin herum, damit es nicht so aussähe, als hätte er es nicht mal angerührt, zahlte dann und ging in eine Bar. Und weiter in die nächste. Und die übernächste – auf der Suche nach ihr. Er verwendete jetzt seine Credit Card, obwohl er bei Visa schon arg in der Klemme steckte. Falls er sie sah, so erkannte er sie nicht.

Manchmal beobachtete er das Hotel, in das er sie hatte hineingehen sehen. Er sah sich die kommenden und gehenden Paare genau an. Freilich hätte er sie allein nach dem Aussehen nicht erkannt, aber er verließ sich da aufs *Gefühl,* eine Art Intuition. Er beobachtete die Paare und war sich keinesfalls sicher.

In den folgenden Wochen klapperte er systematisch

alle Spelunken in der Stadt ab. Zunächst mit Stadtplan und fünf herausgetrennten Gelben Seiten bewaffnet, drang er schließlich in die schummrigsten Lokale vor, die keinen Telefoneintrag hatten. Manche hatten nicht mal Telefon. Er trat in dubiose Privatclubs ein, entdeckte illegale Unterschlüpfe, wo man nach der Sperrstunde einkehrte und eigene Getränke mitbrachte, und hockte nervös in dunklen Zimmern herum, die bizarren Sexpraktiken gewidmet waren, von deren Existenz er nichts geahnt hatte.

Aber er setzte seine nächtliche Runde fort, die er aus Gewohnheit immer im Backdoor begann. Sie war nie dort; weder dort noch in der nächsten oder übernächsten Bar. Die Barkeeper kannten ihn und sahen ihn gern als Gast, denn er kaufte sich ständig Drinks und schien nie betrunken zu werden. Soso, er starrte schon mal auf andere Gäste – na und?

Coretti verlor seinen Job.

Er hatte zu oft seine Vorlesungen geschwänzt. Er hatte sich angewöhnt, so oft er konnte das Hotel zu beobachten, sogar tagsüber. Er war in zu vielen Bars gesehen worden. Er zog sich offenbar nicht mehr um. Er hatte sich geweigert, Abendkurse zu geben. Er hatte immer wieder mitten im Vortrag abgebrochen und geistesabwesend aus dem Fenster gestarrt.

Insgeheim war er froh über seine Entlassung. Man hatte ihn komisch angeguckt in der Mensa, wenn er keinen Bissen hinunterbrachte. Und jetzt blieb ihm mehr Zeit für die Suche.

Coretti fand sie an einem Mittwoch um 2^{15} früh in einer Schwulenkneipe namens Barn. Die Wände waren mit grobem Holz verkleidet und mit Schlingen und rostigem Farmgerät behängt. Parfüm und Lachen und Bierdunst schlugen einem aufdringlich entgegen. Sie spielte die Naive in ihrem blau-paillettierten Kleid und mit der grünen Feder im gestylten brünetten Haar. Das überwältigende Gefühl einer beinahe zellulären Erleichterung machte Coretti bewußt, daß er sie praktisch bewunderte, daß er merkwürdig stolz war auf sie – und ihresgleichen. Auch hierher gehörte sie. Sie war etwas zum Herumzeigen, eine Exotin, die keine Bedrohung für die Tunten oder deren kernige Beglücker darstellte. Ihr Begleiter war zu einem Mann ohne Alter mit silbergrauen Schläfen, Angorapulli und Trench geworden.

Sie tranken und tranken und gingen lachend mit genau der richtigen Lache – hinaus in den Regen. Ein Taxi stand da; die Scheibenwischer gingen im Takt mit Corettis Herzschlag.

Coretti watschelte über den nassen Gehsteig und schob sich, ihre Reaktion fürchtend, ins Taxi.

Da saß Coretti nun im Fond neben ihr.

Der Mann mit den grauen Schläfen sprach mit dem Fahrer. Der Fahrer murmelte was in sein Funkmikro und legte den Gang ein. Schon glitten sie durch den Regen und die dunklen Straßen. Die nächtliche Stadt hinterließ keinen Eindruck auf Coretti, denn sein Blick war nach innen gekehrt. So sah er das Taxi anhalten; der graue Mann und die Frau stoßen ihn hinaus und deuten grinsend aufs Tor einer Irrenanstalt. Oder: das Taxi hält an, und das Paar wendet sich mit einem traurigen Kopfschütteln ab. Und dutzendmal sieht er wohl das Taxi in einer verlassenen Seitenstraße anhalten, wo sie ihn systematisch erdrosseln. Coretti bleibt tot im Regen liegen. Weil er ein Außenseiter ist.

Aber schließlich waren sie bei Corettis Hotel.

Im trüben Licht der Wagenbeleuchtung beobachtete er genau, wie der Mann zum Bezahlen in den Mantel griff. Coretti sah deutlich das Mantelinnenfutter, das eine Einheit mit dem Angorapullover bildete. Da zeichnete sich weder Tasche noch Börse ab. Aber eine Art Schlitz tat sich auf. Er öffnete sich, als der Mann mit den Fingern hineingriff, und spie Geld aus. Drei gefaltete Scheine ließen sich mühelos herausziehen. Die Scheine waren noch etwas feucht. Sie trockneten, während der

Mann sie entfaltete, wie die Flügel eines frisch geschlüpften Schmetterlings.

»Stimmt so«, sagte der zugehörige Mann und kletterte aus dem Wagen. Antoinette stieg aus, danach Coretti, der nur den Schlitz vor Augen hatte. Die feuchte, rotgefaßte Kiemenspalte.

Das Foyer war leer, und der Nachtportier saß über einem Kreuzworträtsel. Das Paar glitt lautlos durchs Foyer und in einen der Aufzüge, und Coretti folgte ihnen dichtauf. Einmal versuchte er, einen Blick von ihr zu erhaschen, aber sie ignorierte ihn. Und während der Aufzug sieben Etagen höher fuhr, als wie Coretti hätte müssen, beugte sie sich einmal vor und schnupperte am Aschenbecher, der in die verchromte Wand eingelassen war, wie ein Hund am Boden schnuppert.

Im Hotel ist es spät nachts nie still. In den Korridoren ist's nie geanz ruhig. Da wird tausendfach leise gestöhnt, mit dem Bettzeug geraschelt oder fragmentarisch im Schlaf gesprochen. Im Flur des neunten Stocks jedoch schien Coretti lautlos durch ein völliges Vakuum zu gleiten; seine Schuhe machten keinerlei Geräusch auf dem farblosen Teppich, und selbst das Schlagen seines Außenseiterherzens wurde aufgesogen vom vagen Muster auf den Tapeten.

Er versuchte die kleinen Plastikovale zu zählen, die an die Tür geschraubt waren und jeweils drei Ziffern aufwiesen, aber der Korridor schien endlos weiterzugehen. Schließlich hielt der Mann vor einer Tür an, die wie alle andern mit Rosenholznachbildung furniert war, und drückte die flache Hand aufs Metallschloß. Nach einem kurzen Kratzgeräusch klickte das Schloß und sprang die Tür auf. Als der Mann die Hand zurückzog, sah Coretti einen pinkgrauen, schlüsselförmigen Knochenspan naß im blassen Fleisch verschwinden.

Kein Licht brannte in dem Zimmer, aber der schwache Neonlichterschein der Stadt fiel durch die Jalousien herein, so daß er zumindest die Gesichter von einem

Dutzend oder mehr Leuten sehen konnte, die auf dem Bett und dem Sofa und in den Sesseln und auf den Stühlen in der Küchenzeile hockten. Zuerst glaubte er, ihre Augen seien offen, aber dann bemerkte er, daß die trüben Pupillen von einer Nickhaut verschlossen waren, einem dritten Lid, das den bunten Neonschein vom Fenster reflektierte. Ihre Kleidung war ganz auf die letztbesuchte Bar abgestimmt: formlose Heilsarmeemäntel saßen da neben greller City-Freizeitmode, Abendkleider neben staubigen Arbeitsklamotten, Lederkluft neben Harris-Tweed. Mit dem Schlaf war die falsche Menschlichkeit verschwunden.

Sie hockten da wie die Hühner auf der Stange.

Sein Paar setzte sich auf die Formica-Arbeitsfläche der Küchenzeile, und Coretti blieb zögernd auf dem leeren Teppich stehen. Lichtjahre von Teppich schienen ihn von den andern zu trennen, aber irgend was rief ihm über die Kluft zu und verhieß Ruhe und Frieden und Zugehörigkeit. Und trotzdem zögerte er noch, zitterte vor Unschlüssigkeit, die vom genetischen Kern einer jeden seiner Körperzellen auszugehen schien.

Bis sie die Augen öffneten – alle gleichzeitig. Die Nickhaut schob sich zur Seite und enthüllte die befremdende Ruhe der Bewohner des dunkelsten Meeresgrabens.

Coretti schrie und rannte fort, floh durch Korridore und Betontreppen hinunter in den kühlen Regen und die fast menschenleeren Straßen.

Coretti kehrte nie in sein Zimmer im dritten Stock dieses Hotels zurück. Ein gelangweilter Hausdetektiv kassierte die Linguistik-Bücher und den einzigen Koffer mit Kleidung ein und gab's zur Versteigerung. Coretti nahm ein Zimmer in einer Pension, die von einer verbitterten baptistischen Abstinenzlerin geführt wurde, die ihre Zimmerbewohner betend zum verkochten Dinner führte. Es störte sie nicht, daß Coretti nie an diesen Mahlzeiten teilnahm; er entschuldigte sich damit, daß er in der Arbeit freies Essen bekomme. Er log viel und gut. In der Pension trank er keinen Tropfen und kam nie angetrunken heim. Mr. Coretti war ein bißchen komisch, aber er zahlte stets pünktlich die Miete. Und er war sehr leise.

Coretti suchte nicht mehr nach ihr. Er ging in keine Bars mehr. Er trank aus der Tüte auf dem Weg von oder zur Arbeit. Er war Lagerarbeiter bei einem Verlag in einem Gewerbegebiet, wo für Bars wenig Platz war.

Er arbeitete Nachtschicht.

Wenn er dann beim Morgengrauen auf der Kante seines ungemachten Betts kauerte und langsam eindöste – er schlief neuerdings nicht mehr im Liegen –, dann dachte er zuweilen an sie. Antoinette. Und die andern. Die Zugehörigen. Manchmal phantasierte er verträumt ... Vielleicht waren sie wie die Hausmaus, wie das kleine Getier, das sich in der Evolution menschliche Behausungen zum Lebensraum erkor.

Eine Spezies, die nur von alkoholischen Getränken lebt. Ihr eigenartiger Metabolismus gewinnt aus dem Alkohol und den diversen Proteinen in Cocktails, Wein und Bier alle erforderlichen Lebensbausteine. Und sie verändern zur Tarnung die Erscheinung wie das Chamäleon oder der Steinfisch. Damit sie unter uns leben können. Und vielleicht wachsen sie in Schüben heran. Im Anfangsstadium erscheinen sie wie Menschen und essen, was die Menschen essen, wobei sie den Unterschied nur durch die unbehagliche Einsicht ahnen, daß sie Außenseiter sind.

Eine Spezies mit eigenen Listen, eigenen urbanen Instinkten. Und der Fähigkeit, seinesgleichen zu erkennen, wenn in der Nähe. Vielleicht.

Vielleicht auch nicht.

Coretti schlief ein.

An einem Mittwoch in der dritten Woche nach Antritt der Stelle öffnete die Vermieterin, die nie anklopfte, seine Zimmertür und sagte, es sei jemand für ihn am

Telefon. In ihrer Stimme schwang das übliche Mißtrauen mit. Coretti ließ sich durch den düsteren Flur zum Wohnzimmer im zweiten Stock führen, wo das Telefon stand.

Als er den altmodischen schwarzen Hörer ans Ohr schob, hörte er zunächst nur Musik, dann eine Geräuschkulisse, die sich in fragmentarisches Stimmengewirr auflöste. Lachen. Niemand meldete sich im Kneipenlärm, aber der Song im Hintergrund war: »You're the reason our kids are ugly.«

Und das Besetztzeichen, nachdem aufgelegt worden war.

Später, als Coretti wieder in seinem Zimmer war und den Schritten der Vermieterin im Raum darunter lauschte, sah er ein, daß er hier nicht länger zu bleiben brauchte. Der Ruf war erfolgt. Allerdings verlangte die Vermieterin die Kündigung drei Wochen im voraus, wenn jemand ausziehen wollte. Das bedeutete, daß Coretti noch eine Mietschuld hatte. Sein Instinkt sagte ihm, ihr den Betrag dazulassen.

Ein christlich angehauchter Arbeiter im Nachbarzimmer hustete im Schlaf, als Coretti aufstand und hinunter zum Münztelefon in der Diele ging. Coretti erklärte dem Nachtschichtleiter, daß er seinen Job hinschmeiße. Er hängte ein und ging in sein Zimmer zurück, schloß die Tür hinter sich ab und zog sich langsam aus, bis er nackt vor dem üppig gerahmten Jesusbild über dem braunen Aktenschrank aus Stahl stand.

Und dann zählte er neun Zehner in die Hand und legte sie neben die Plakette mit den Betenden Händen auf den Aktenschrank.

Es war tadelloses Geld. Völlig in Ordnung. Er machte es selber.

Diesmal war ihm nicht nach alberner Konversation zumute. Sie hatte einen Margarita getrunken, und er bestellte sich das gleiche. Sie bezahlte, indem sie flugs in den knappen Ausschnitt mit dem hüpfenden Busen faßte. Er sah gerade noch, wie sich die Kiemenspalte dort schloß. Erregung machte sich in ihm breit, aber irgendwie führte sie diesmal nicht zu einer Erektion.

Nach dem dritten Margarita berührten sich ihre Hüften, und er wurde von einem langsam aufwogenden Orgasmus durchzuckt. Es war klebrig, wo sie sich berührten; an einer daumenbreiten Stelle hatte sich die Kleidung geöffnet. Er war zwei Menschen; der innere, der sich in vollständiger zellularer Verschmelzung mit ihr vereinigte, und der äußere, der als Hülle lässig auf dem Barhocker saß, die Ellbogen links und rechts von seinem Drink aufstützte und mit dem Rührstäbchen spielte. Gelassen vor sich hin lächelte im kühlen Halbdunkel.

Und ein Mal, ein Mal nur meldete sich eine besorgte innere Stimme und veranlaßte Coretti, hinunterzublikken, wo rubinrote Röhren pulsierten, scharflippige Tentakel im Dunkeln zwischen ihnen zugange waren. Wie die zueinander greifenden Tentakel zweier wunderlicher Seeanemonen.

Sie paarten sich, und keiner merkte es.

Und der Barkeeper, der den nächsten Drink brachte, setzte sein müdes Lächeln auf und sagte: »Gießt schon wieder, was? Hört wohl nie mehr auf.«

»Geht schon die ganze verdammte Woche so«, erwiderte Coretti. »Pißt um die Wette.«

Und er sagte es richtig. Wie ein echter Mensch.

Originaltitel: »The Belonging Kind«

(aus: »Shadows 4«)

WILLIAM GIBSON

Hinterwäldler

Als Hiro den Knopf drückte, träumte ich gerade von Paris, träumte von nassen, dunklen Winterstraßen. Der Schmerz stieg oszillierend vom Schädelboden hoch und explodierte als blaue Neonfront hinter meinen Augen; ich klappte wie ein Springmesser in meiner Hängematte hoch und schrie. Ich schreie immer; darauf lege ich Wert. Die Rückkopplung wütete in meinem Schädel. Der Schmerzknopf ist als Nebenschaltung ins implantierte Osphon integriert, mündet direkt in die Schmerzzentren und ist genau das richtige Mittel, um durch den Barbituratnebel eines Surrogats zu dringen. Es dauerte einige Sekunden, bis mein Leben Gestalt annahm und die Eisberge meiner Biographie durch den Nebel leuchteten: wer ich war, wo ich war, was ich hier machte und wer mich weckte.

Hiros Stimme knatterte durch den am Knochen implantierten Impulsleiter in meinen Kopf. »Verdammt, Toby. Weißt du, was mit meinen Ohren passiert, wenn du so schreist?«

»Was jucken mich andre Ohren, Dr. Nagashima? Die sind mir ...«

»Keine Zeit für fromme Flüche, Freund. Wir haben zu tun. Aber was soll das mit den 50-Mikrovolt-Zacken in deiner Schläfenableitung, heh? Mixt wohl was in deine Sedativa, damit die Sache etwas Farbe kriegt?«

»Dein EEG spinnt, Hiro. Du hast sie nicht alle. Ich will nur schlafen ...« Ich sackte in die Hängematte zurück und versuchte, die Dunkelheit über mich zu ziehen, aber seine Stimme war nach wie vor da.

»Tut mir leid, Mann, aber du arbeitest heut'. Ist'n Schiff zurück vor 'ner Stunde. Schleusenpersonal ist draußen und sägt den Reaktionsmotor ab, damit's besser durch die Tür paßt.«

»Wer ist es?«

»Leni Hofmannstahl, Toby. Physikalische Chemie. Westdeutsche.« Er wartete ab, bis ich mein Jaulen einstellte. »Fleisch bestätigt.«

Hübschen Umgangston haben wir hier draußen entwickelt. Er meinte ein zurückkehrendes Schiff mit aktiven, telemetrisch gewonnenen Körperfunktionen, Inhalt eine (1) Person, warm, mit ungewisser seelischer Verfassung. Ich schloß die Augen und schaukelte im Dunkeln hin und her.

»Wie's aussieht, bist du ihr Surrogat, Toby. Ihr Profil paßt eher auf Taylor, aber der ist beurlaubt.«

Ich wußte Bescheid über Taylors »Urlaub«. Er war draußen in den Pflanzenzuchtcontainern und machte, mit Amitriptylin vollgepumpt, Aerobic, um seiner jüngsten Depressionsphase abzuhelfen. Eins der Berufsrisiken eines Surrogats. Taylor und ich kommen nicht miteinander aus. Komisch, daß man normalerweise nicht auskommt, wenn man ein ähnliches Psychosexualprofil hat.

»Heh, Toby, wo kriegst du nur den vielen Stoff her?« Es war eine rhetorische Frage. »Von Charmian?«

»Von deiner Mami, Hiro.« Er weiß so gut wie ich, daß es Charmian ist.

»Danke, Toby. Sei in fünf Minuten am himmelwärtigen Aufzug, oder ich schick dir, um dir auf die Sprünge zu helfen, das russische Pflegepersonal. Das männliche.«

Ich schaukelte weiter in meiner Matte und spielte das Spiel, das ich »Tony Halperts Platz im Universum« nenne. Da ich kein Egoist bin, setze ich die Sonne ins Zentrum als Lichtspender. Um sie herum lasse ich blitzsaubere Planeten kreisen, unser gemütliches Heimatsystem. Aber hierhin hänge ich an einem Fixpunkt ungefähr bei einem Achtel der Distanz zur Marsumlaufbahn einen dicken Metallzylinder, ein auf ein Viertel verkleinertes Modell von Tsiolkowsky 1, dem Arbeiterparadies hinten in L-5. Tsiolkowsky 1 ist am Scheidepunkt zwischen Erd- und Mondanziehung festgemacht, aber wir brauchen ein Lichtsegel, um die Position zu halten mit unseren zwanzig Tonnen Alulegierung, die zu einem Hexagon mit zehn Kilometern Durchmesser gegossen sind. Dieses Segel hat uns aus der Erdumlaufbahn herausgeschleppt und ist nun unser Anker. Wir brauchen es, um gegen den Photonenstrom unsre Position zu halten bei dem Ding – der Stelle, der Singularität – das wir Straße nennen.

Die Franzosen nennen die U-Bahn *métro,* und die Russen sagen ›Fluß‹ dazu, aber U-Bahn besagt nichts von der Distanz, und mit ›Fluß‹ verbinden wir Amerikaner längst nicht die gleiche Einsamkeit. Reden wir von Tovjewsky-Anomalie-Koordinaten, wenn es uns nicht stört, Olga ins Spiel zu bringen. Olga Tovjewsky, unsre liebe Frau der Singularitäten, Schutzpatronin der Straße.

Hiro verließ sich nicht darauf, daß ich von selber aufstand. Unmittelbar vor dem Eintreffen der russischen Ordonnanz machte er per Fernbedienung Licht an in meiner Kabine und ließ die Lampen ein paar Sekunden an- und ausgehen, bis dann ihr grelles Licht auf die Bilder der Heiligen Olga fiel, die Charmian aufs Schott geklebt hatte. Dutzende Bilder, Porträts aus Zeitungen und Hochglanzmagazinen. Unsre liebe Frau der Straße.

Oberstleutnant Olga Tovjewsky, jüngste Frau dieses Ranges im russischen Weltprogramm, war solo in einer modifizierten Aljut 6 unterwegs zum Mars. Durch die Umrüstung war es möglich, den Prototyp eines neuen Luftwäschers mitzuführen, der im für vier Mann ausgelegten Marsorbit-Labor der UdSSR getestet werden sollte. Sie hätten die Aljut ebensogut von Tsiolkowsky fernsteuern können, aber Olga wollte genau Logbuch führen. Freilich wurde dafür gesorgt, daß sie ausreichend beschäftigt war; man verpaßte ihr eine Reihe von Strahlungsversuchen im Wasserstoff-Band, wobei es sich um eins der letzten Experimente in einem sowjetisch-australischen Austauschprojekt wissenschaftlicher Art handelte. Olga wußte, daß ihre Funktion bei den Versuchen von jedem ordinären Zeitschalter hätte erledigt werden können. Aber sie war ein gewissenhafter Arbeiter; sie drückte die Knöpfe exakt in den vorgeschriebenen Intervallen.

Sie trug das zurückgekämmte braune Haar in einem Netz, womit sie wohl aussah wie das *Prawda*-Idol vom Arbeiter im All und leicht der fotogenste Kosmonaut unabhängig vom Geschlecht war. Den Blick auf den Zeitmesser der Aljut gerichtet, hielt sie die Hand über den Knöpfen, die den ersten Strahlungsblitz auslösen würden. Oberstleutnant Tovjewsky hatte keine Ahnung, daß sie sich der Stelle im All näherte, die bald als Straße bekannt sein würde.

Als sie mit einer Kombination aus sechs Knöpfen den Auslöser betätigte, überwand die Aljut diese letzten Kilometer und strahlte den Blitz ab, einen Dauerblitz von Strahlungsenergie bei 1420 Megahertz, der radiologischen Frequenz des Wasserstoffatoms. Tsiolkowskys Radioteleskop empfing das Signal und leitete es weiter auf geosynchrone Fernmeldesatelliten, die es verstärkten und auf Stationen im Ural und in New South Wales abstrahlten. 3,8 Sekunden lang wurde das Bild der Aljut vom Nachbild des Blitzes überblendet.

Als das Nachbild von den Erdmonitoren verschwand, war auch die Aljut verschwunden.

Im Ural biß ein georgischer Techniker das Mundstück seiner liebsten Meerschaumpfeife ab. In New South Wales begann ein junger Physiker auf seinen Monitor einzuhämmern wie ein Flipperspieler, der sich übers AUS ärgert.

Der Aufzug, der mich in den Himmel bringen sollte, sah aus wie Hollywoods beste Bauhaus-Kulisse von einem Mumienschrein – ein schmaler, aufrechter Sarkophag mit Plexiglasdeckel. Dahinter schloß sich eine Flucht identischer Consolen mit bilderbuchmäßiger Perspektive an. Das übliche Volk von Technikern in gelben, papierenen Clownanzügen schwirrte zielstrebig umher. Ich bemerkte Hiro in blauem Denim; unter dem offenen Cowboyhemd mit Perlmuttknöpfen trug er ein ausgewaschenes UCLA-Sweatshirt. Da er sich ganz auf einen Menschenstrom im Monitor konzentrierte, bemerkte er mich nicht. Niemand bemerkte mich.

Da stand ich also und starrte zur Decke, zum Boden des Himmels. Es war nichts Besonderes zu sehen. Unser dicker Zylinder besteht eigentlich aus zwei ineinandergeschobenen Zylindern. Hier unten im äußeren – wir erzeugen unser eigenes »Unten« durch Axialrotation – befinden sich die profanen Komponenten unsrer Operation: Schlafräume, Cafeterias, das Luftschleusendeck, wo zurückkehrende Schiffe andocken, die Fernmeldezentrale und die psychiatrischen Stationen, die ich geflissentlich meide.

Himmel, der innere Zylinder, das unwahrscheinlich grüne Herz dieser Anlage, ist der reife Disney-Traum der Heimkehr, das gierige Ohr der informationshungrigen Globalwirtschaft. Ein ständiger Strom roher Daten ergießt sich auf die Erde, eine Flut von Gerüchten und Getuschel über transgalaktischen Verkehr. Ich lag oft steif in meiner Hängematte und spürte den Druck der vielen Daten, spürte sie durch die Leitungen huschen, die ich mir hinter den Schotten vorstellte, Leitungen wie Sehnen, die sich dehnend spannen, um sich plötzlich zusammenzuziehen und mich zu erdrücken. Dann zog Charmian bei mir ein, und als ich ihr von meinen Ängsten erzählte, machte sie einen Zauber dagegen, indem sie die Bilder der Heiligen Olga aufhängte. Und damit legte sich der Druck und verschwand.

»Schalt 'nen Dolmetscher zu, Toby! Brauchst heut' morgen vielleicht Deutsch.« Seine Stimme rieselte wie Sand durch meinen Schädel, eine trockene Version von statischem Rauschen. »Hillary ...«

»Dran, Dr. Nagashima«, sagte eine BBC-Stimme, klar wie Eiskristall. »Französisch hast du, nicht wahr, Toby? Hofmannstahl hat Französisch und Englisch.«

»Du gehst mir nicht ins Haar, Hillary. Red, wenn du gefragt wirst, verdammt noch mal!« Ihr Schweigen legte sich als weitere Lage über das vielschichtige, ständige statische Rauschen. Hiro warf mir über zwei Dutzend Consolen hinweg einen anzüglichen Blick zu. Ich grinste.

Und nun ging's los: freudige Erregung, Adrenalinstoß. Ich konnte es durch die letzten Barbituratschwaden spüren. Ein Bursche mit einem hübschen, blonden Surfer-Gesicht half mir in den Strampler. Der Anzug roch; er war alt-neu, vorsichtig mit Dellen versehen und mit künstlichem Schweiß und angepaßten Pheromonen getränkt. Die Ärmel trugen von der Manschette bis zur Schulter eingestickte Abzeichen, meist Firmenembleme der kleineren Sponsoren einer imaginären Expedition in die Straße, während das viel größere Warenzeichen des Hauptsponsors quer über den Schultern prunkte, als würde die Firma HALPERT, TOBY mich in dieses Rendezvous mit den Sternen entsenden. Immerhin stimmte mein Name, der in roten Nylongroßbuchstaben über dem Herzen eingestickt war.

Der Surferknabe hatte das quasi genormte gute Aussehen, das ich mit den jüngeren Kollegen von der CIA assoziiere, aber sein Namensschild lautete auf NEVSKY und war zusätzlich kyrillisch geschrieben. KGB also. Er war kein *Tsiolnik;* dazu fehlte ihm die schlaksige Art, die man von zwanzig Jahren Aufenthalt in ihrer L-5-Behausung erwirbt. Der Knabe war einwandfrei aus Moskau, ein höflicher Checklistenabhaker, der wahrscheinlich acht Möglichkeiten kannte, mit einer eingerollten Zeitung zu töten. Nun machte er sich ans Ritual von Drogen und Taschen; er steckte eine Mikrokanüle mit einem der neuesten Euphorohalluzinogene in die Tasche am linken Unterarm, trat einen Schritt zurück und hakte den Punkt auf der Liste ab. Die auf seinem Spezialblock abgebildeten Umrisse eines Surrogats im Springeranzug erinnerten an eine Zielfigur für Handfeuerwaffen. Er nahm ein 5-g-Röhrchen mit Opium aus dem Aktenkoffer, der an sein Handgelenk gekettet war, und fand die entsprechende Tasche dafür. Und abgehakt. Vierzehn Taschen. Das Kokain kam zum Schluß.

Hiro kam rüber, als der Russe gerade letzte Hand anlegte. »Vielleicht hat sie ein paar harte Fakten, Toby. Ihr Fach ist wohlgemerkt physikalische Chemie.« Es war komisch, ihn akustisch zu hören, und nicht als Knochenvibration aus dem Implantat.

»Alles ist hart hier oben, Hiro.«

»Als ob ich das nicht wüßte.« Auch er spürte sie, diese besondere Aufregung. Wir konnten einfach keinen Blickkontakt herstellen. Um die peinliche Situation nicht zu vertiefen, wandte er sich ab und gab einem seiner papiergewandeten Clowns mit erhobenem Daumen das Okay-Zeichen.

Zwei davon halfen mir in den Bauhaus-Sarg und traten zurück, als der Deckel sich wie das Helmvisier eines Riesen zischend herunterschob. Ich begann meine Himmelfahrt, meine Reise zu einer heimkehrenden Fremden namens Leni Hofmannstahl. Eine kurze Fahrt, die aber eine Ewigkeit zu dauern schien.

Olga, unsre erste Tramperin, die auf der Wellenlänge des Wasserstoffs den Daumen rausstreckte, schaffte die Heimkehr in zwei Jahren. In Tyuratam, Kasachstan, wurde eines grauen Wintermorgens ihre Rückkehr auf achtzehn Zentimetern Magnetband festgehalten.

Falls ein gläubiger Mensch – einer mit Ahnung von Filmtechnik – die Stelle im All beobachtet hätte, wo die

Aljut vor zwei Jahren verschwunden war, so hätte er vielleicht den Eindruck gewonnen, daß der liebe Gott Filmmeter mit leerem All an Filmmeter mit ihrem Raumschiff geklebt hätte. Es tauchte ihr Radarecho wieder auf wie in einer fürchterlichen Trickszene eines Amateurfilmers. Eine Woche später, und man hätte sie zeitlich verpaßt; der Globus hätte sich auf seiner Bahn weitergedreht, so daß sie auf die Sonne zugetrieben wäre. 53 Stunden nach ihrer Rückkehr stieg ein aufgeregter Freiwilliger namens Kurtz in einem gepanzerten Schutzanzug durch die Luke in die Aljut ein. Es war ein ostdeutscher Spezialist für Raumfahrtmedizin, dessen geheimes Laster amerikanische Zigaretten waren. Er hätte dringend eine gebraucht, als er sich durch die Luftschleuse kämpfte, an einem rechteckigen Bauteil des Luftwäschers vorbeizwängte und mit dem Kinn seine Helmlichter anknipste. Die Aljut schien noch nach zwei Jahren voller Atemluft zu sein. Im doppelten Lichtkegel des massiven Helms sah er winzige Kügelchen von Blut und Erbrochenem, die träge umhertrieben und hinter ihm aufwirbelten, als er den wuchtigen Raumanzug aus dem Schleusengang zog und in die Steuerkapsel vordrang. Dort fand er sie.

Sie schwebte über dem Navigationsdisplay, nackt und zur Fötushaltung erstarrt. Ihre Augen waren offen, aber worauf sie starrten, würde Kurtz nie erfahren. Ihre Hände waren blutig und zur Faust verkrampft, und das nun lose braune Haar umschwebte ihr Gesicht wie Seetang. Sehr langsam und sehr vorsichtig zog er sich über die weißen Tasten der Steuerkonsole und sicherte seinen Anzug am Navigationsdisplay. Sie hatte mit bloßen Händen am Funk hantiert, wie er fand. Er deaktivierte die rechte Klaue seines Schutzanzugs; sie löste sich automatisch wie die beiden Backen einer Greifzange, wie eine sich entfaltende Blüte. Er streckte die Hand aus, die noch in einem luftgefüllten grauen Gummihandschuh steckte.

Dann öffnete er so behutsam wie möglich die Finger ihrer linken Hand. Nichts.

Aber als er die rechte Hand öffnete, löste sich etwas und purzelte in Zeitlupe wenige Zentimeter vor sein Helmvisier aus Kunstquartzglas. Es sah aus wie eine Meeresmuschel.

Olga kehrte heim, aber sie kehrte nicht mehr ins Leben zurück hinter jenen blauen Augen. Es wurde natürlich versucht, aber je mehr sie es versuchten, desto weniger blieb übrig von ihr, bis sie sie in ihrem Wissensdurst immer feiner zerlegten, so daß schließlich ihr Martyrium Vollendung fand und ihre kostbaren Relikte kühlhausweise ganze Bibliotheken füllten. Kein Heiliger ist je so fein zerschabt worden; allein in den Plesetsk-Laboratorien war sie durch mehr als zwei Millionen Gewebsproben vertreten, die katalogisiert und numeriert das Untergeschoß eines bombensicheren Biologie-Komplexes beanspruchten.

Mit der Meeresmuschel hatten sie mehr Glück. Die Exobiologen befanden sich mit einemmal in aufregend neuem Gelände: 1,7 Gramm hoch organisierter biologischer Information von definitiv außerirdischem Ursprung. Olgas Meeresmuschel rief einen ganz neuen Wissenschaftszweig ins Leben, der sich ausschließlich der Erforschung von ... Olgas Muschel widmete.

Die ersten Entdeckungen über die Muschel machten zwei Dinge klar. Es handelte sich um das Produkt keiner bekannten terrestrischen Biosphäre, und da keine andern Biosphären im Sonnensystem bekannt waren, kam es von einem andern Stern. Olga hatte entweder seinen Ursprungsort besucht oder war – wenn auch nur entfernt – mit etwas in Berührung gekommen, das zu dieser Reise imstande war oder gewesen war.

Es wurde in einer speziell umgerüsteten Aljut 9 ein Major Grosz zu den Tovjewsky-Koordinaten hinausgeschickt. Ein weiteres Schiff folgte ihm. Er war bei den letzten seiner zwanzig Wasserstoffblitze, als sein Schiff verschwand. Sie registrierten das Verschwinden und warteten. 234 Tage später kam er zurück. Mittlerweile hatten sie das Gebiet unentwegt erkundet und verzweifelt nach Anhaltspunkten für die eigentliche Anomalie gesucht, das Störfeld, um das sich eine Theorie aufbauen ließe. Da war nichts: nur Grosz' außer Kontrolle geratenes Schiff. Er beging Selbstmord, bis sie zu ihm gelangten: der Straße zweites Opfer.

Als sie die Aljut an Tsiolkowsky festmachten, stellten sie fest, daß das aufwendige Aufzeichnungsgerät leer war. Obwohl alles funktionierte, hatte es versagt. Grosz wurde tiefgefroren mit dem nächsten Shuttle nach Plesetsk verfrachtet, wo die Bagger schon die Baugrube für ein neues Kellergeschoß aushoben.

Drei Jahre später – am Morgen nach dem Tod des siebten Kosmonauten – klingelte in Moskau ein Telefon. Der Anrufer stellte sich vor. Direktor der CIA der Vereinigten Staaten von Amerika. Er sei beauftragt, sagte er, ein gewisses Angebot zu unterbreiten. Unter bestimmten, sehr spezifischen Voraussetzungen könnte sich die Sowjetunion der Größen der westlichen Psychiatrie bedienen. Man sei bei der CIA der Meinung, fuhr er fort, daß eine solche Hilfe derzeit sehr willkommen wäre.

Sein Russisch war ausgezeichnet.

Das statische Rauschen im Osphon war ein unterschwelliger Sandsturm. Der Aufzug glitt durch seinen schmalen Schacht hinauf durch den Boden des Himmels. Ich zählte blaue Lichter im 2m-Abstand. Nach dem fünften Licht Dunkelheit, Stillstand.

In der hohlen Steuerconsole des Straßenschiffsmodells verborgen, wartete ich im Aufzug wie das Geheimnis hinter der drehbaren Bücherwand in einem Kinderkrimi. Das Schiff war Kulisse, eine Requisite wie die bayerische Hütte auf der Gips-Alm irgendeines Vergnügungsparks – ein hübscher, aber überflüssiger Schnörkel. Falls die Heimkehrenden uns akzeptieren, dann als selbstverständlich; unsre Geschichten und Requisiten machen da wohl auch keinen großen Unterschied.

»Alles klar«, sagte Hiro. »Keine Kundschaft da.« Reflexartig rieb ich mir die Narbe hinter dem linken Ohr, wo sie reingegangen waren, um das Osphon einzusetzen. Die Seite der Modellconsole klappte auf und ließ das Morgengrauen des Himmels ein. Das Innere des falschen Schiffs war vertraut und fremd zugleich, wie das eigene Apartment, wenn man eine Woche nicht daheimgewesen ist. Russischer Wein rankte seit meinem letzten Besuch hier über die linke Aussichtsluke, aber das schien schon die einzige Veränderung in der ganzen Szenerie zu sein.

Gab viel Streit wegen der Ranken bei den biotektonischen Konferenzen, da die Amis aufgrund drohender Luftstickstoffverluste viel Geschrei veranstalteten. Die Russen sind bezüglich Biodesign sehr vorsichtig, seit sie amerikanische Hilfe für ihr biotisches Programm auf Tsiolkowsky 1 in Anspruch nehmen mußten. Hatten arge Probleme, weil ihnen der Hydro-Weizen faulte. Auch mit ihrer ganzen tollen Technik konnten die Sowjets kein funktionierendes Ökosystem hinzaubern. Daß jenes Debakel zu Anfang den Weg für unsre Anwesenheit hier draußen bei ihnen ebnete, hilft da auch nichts. Sie sind irritiert; also bestehen sie auf den Russischen Wein – oder was sonst auch immer, um Anlaß zu Streit zu haben. Mir freilich gefällt der Wein. Das Laub ist herzförmig und duftet nach Zimt, wenn man es zwischen den Fingern zerreibt.

Ich stand an der Luke und beobachtete, wie die Lichtung Gestalt annahm, während reflektiertes Sonnenlicht in den Himmel einfiel. Der Himmel hat Greenwicher Zeit; große Mylar-Spiegel drehten sich draußen im Vakuum pünktlich zum Sonnenaufgang per Greenwicher Zeit. In den Bäumen setzten die Vogelstimmen vom Band ein. Vögel tun sich ohne richtige Schwerkraft furchtbar schwer. Wir können keine echten Vögel halten, weil sie uns bei der Zentrifugalkraft durchdrehen würden.

Wenn man ihn das erste Mal sieht, wird er seinem Namen gerecht, der Himmel, der üppig gedeihende, kühle, strahlende mit seinen blühenden Wiesen. Es hilft, wenn man nicht weiß, daß die Bäume meist künstlich sind oder welch sorgfältige Pflege vonnöten ist, um so was wie ein optimales Gleichgewicht zwischen grünblauen Algen und Kieselalgen in den Teichen aufrechtzuerhalten. Charmian sagt, sie sehe schon Bambi aus dem Wald gehüpft kommen, und Hiro behauptet, er wisse genau, wie viele Disneyland-Baumeister unter dem National Security Act zum Geheimhaltungseid herangezogen wurden.

»Wir bekommen Fragmente von Hofmannstahl«, sagte Hiro. Es war beinahe so, als spreche er zu sich selber; die Lenker-Surrogat-Gestalt trat in Funktion, und bald wären wir uns einander gar nicht mehr bewußt. Der Adrenalinstoß klang ab. »Nichts Zusammenhängendes. ›*Schöne Maschine*‹ oder so was ... Hillary meint, sie klingt recht ruhig, aber irgendwie daneben.«

»Ich will so was nicht hören. Keine Erwartungen, klar? Wir wollen locker rangehen.« Ich öffnete den Dekkel und atmete Himmelsluft; sie schmeckte wie kühler Wein. »Wo ist Charmian?«

Er seufzte, was als statische Bö herüberkam. »Charmian sollte in Lichtung 5 sein und sich um einen Chilenen kümmern, der seit drei Tagen zurück ist, aber dem ist nicht so, da sie hörte, daß du kommst. Also wartet sie beim Karpfenteich auf dich. Stures Weibsbild«, fügte er hinzu.

Charmian warf mit Kieselsteinen nach dem chinesischen Spiegelkarpfen. Hinters eine Ohr hatte sie sich weiße Blüten, hinters andre eine krumme Marlboro gesteckt. Ihre bloßen Füße waren schmutzig, und die

Overall-Beine hatte sie überm Knie abgetrennt. Das schwarze Haar war zum Pferdeschwanz gebunden.

Zum ersten Mal begegnet waren wir uns auf einer Party in einer der Schweißwerkstätten draußen: hallendes Stimmengewirr in der hohlen Metallkugel und selbstgebrannter Wodka bei Null Schwerkraft. Jemand hatte einen Wasserbeutel zum Fangenspielen, drückte eine doppelte Handvoll heraus und formte die Masse mit einer schnellen Drehbewegung zu einer kreiselnden, schlotterigen Kugel aus Oberflächenspannung. Alte Witze übers Wasserreichen. Aber ich bin tollpatschig bei Null g. Griff hindurch, als der Ball zu mir kam. Schüttelte tausend silberne Wasserperlen aus meinem Haar, schlug torkelnd danach. Die Frau neben mir lachte und drehte langsam Purzelbäume; langes, schlankes Mädchen mit schwarzem Haar. Trug so 'ne weite Hose mit Zugband, wie sie die Touris von Tsiolkowsky mit heimnehmen, und ein NASA-T-Shirt, das drei Nummern zu groß war. In der nächsten Minute erzählte sie mir vom Drachenfliegen mit zehn *Tsiolnik,* und wie stolz sie auf das mickrige Marihuana waren, das sie in einem der Maiscontainer zogen. Ich merkte erst, daß sie auch ein Surrogat war, als Hiro sich einschaltete, um zu sagen, daß die Party vorbei sei. Eine Woche später zog sie bei mir ein.

»Eine Minute, okay?« Hiro knirschte mit den Zähnen, ein schauerliches Geräusch. »Eine. *Uno.*« Dann war er weg, hatte sich total ausgeschaltet, hörte vielleicht nicht mal zu.

»Wie steht's in Lichtung fünf?« Ich hockte mich neben sie und suchte mir auch ein paar Kiesel.

»Weiter nichts los. Mußte 'ne Weile weg von ihm, hab ihn mit Hypnotika vollgepumpt. Mein Dolmetscher sagte mir, du bist auf dem Weg rauf.« Sie hat diesen texanischen Akzent, bei dem *ice* wie *ass* klingt.

»Dachte, du kannst Spanisch? Typ ist Chilene, nicht wahr?« Ich warf einen der Kiesel in den Teich.

»Ich spreche Mexikanisch. Die Kulturbonzen sagten, mein Akzent würde ihn stören. Bin direkt froh. Versteh kein Wort, wenn er schnell spricht.« Nun platschte wieder ein Kiesel von ihr ins Wasser und kräuselte die Oberfläche mit Ringen. »Was er ständig tut«, fügte sie hinzu. Ein Karpfen kam angerudert, um den Kiesel auf Eßbarkeit zu untersuchen. »Er wird's nicht schaffen.« Sie schaute mich nicht an. Ihr Tonfall war völlig neutral. »Der kleine Jorge schafft's echt nicht.«

Ich suchte einen flachen Stein aus und wollte ihn übers Wasser hüpfen lassen, aber er ging unter. Je weniger ich über den Chilenen Jorge wußte, desto besser. Ich wußte, daß er einer der Lebenden war, einer der zehn Prozent. Unsre Rate der bei Ankunft Toten liegt bei zwanzig Prozent. Selbstmord. Siebzig Prozent der lebend Ankommenden sind automatisch Kandidaten für die Anstalt; Bettnässer, Laller, völlig Weggetretene. Charmian und ich sind Surrogate für die restlichen zehn Prozent.

Falls die ersten Heimkehrer nur mit Meeresmuscheln zurückgekommen wären, so gäb's heute den Himmel hier draußen nicht, wie ich meine. Der Himmel wurde gebaut, nachdem ein toter Franzose mit einem 12-cm-Ring aus magnetisch codiertem Stahl in der kalten Hand zurückgekommen war. Wir werden vielleicht nie erfahren, wo oder wie er an den Ring kam, der sich jedenfalls als »Stein von Rosette« für Krebs entpuppte. Nun genießen die angeschleppten Stücke kultischen Wert für die Menschheit. Wir können dort Dinge auflesen, die uns in tausendjähriger Forschung vielleicht nicht unterkommen würden. Charmian sagt, wir sind wie diese armen Schweine auf ihren Inseln, die die ganze Zeit Landungsstreifen bauen, damit die großen Silbervögel zurückkommen. Charmian sagt, so'nen Kontakt mit »überlegenen« Zivilisationen würde man seinem schlimmsten Feind nicht wünschen.

»Schon mal überlegt, wie sie auf diesen Schwindel

gekommen sind, Toby?« Sie spähte ins Sonnenlicht, östlich durch unsre zylindrische Landschaft, die horizontlose, grüne. »Sie haben bestimmt die ganzen Asse hinzugezogen, die Psychiatrie-Elite an einem langen Tisch mit echtem Rosenholzfurnier, wie halt im Pentagon üblich, versammelt. Jeder kriegte 'nen leeren Notizblock und einen nagelneuen, extra dünn gespitzten Bleistift. Alle waren sie da: Anhänger Freuds, Jungs, Adlers, Skinners und so weiter. Und jedes dieser Arschlöcher wußte genau, daß es Zeit wäre, die Trümpfe auszuspielen. Als Berufsstand, nicht als Anhänger einer Schule. Da hocken sie als Verkörperung der westlichen Psychiatrie. Und nichts passiert! Nach wie vor purzeln die Leute tot von der Straße oder völlig vertrottelt, Abzählreime lallend. Die Überlebenden halten etwa drei Tage durch, sagen keine Silbe und erschießen sich dann oder werden katatonisch.« Sie holte eine kleine Taschenlampe aus dem Gürtel, knackte beiläufig das Plastikgehäuse und pulte den parabolischen Reflektor heraus. »Der Kremel rast. Die CIA tobt. Und was am schlimmsten ist, die Multis, die die ganze Show finanzieren, kriegen kalte Füße. ›Tote Raumfahrer? Keine Daten? Ohne uns, Freunde!‹ Sie werden also langsam nervös, die Starpsychiater, und da kommt so'n Heini, so'n Spinner aus Berkeley, sagen wir, daher und meint:« – und ihr Tonfall wurde zur säuselnden Parodie – »Heh, warum stecken wir diese Leute nicht in eine echt hübsche Umgebung mit reichlich astreinem Dope und einer echt *verläßlichen* Bezugsperson, eh?« Sie lachte kopfschüttelnd. Sie benutzte den Reflektor, mit dem sie das Sonnenlicht konzentrierte, zum Anzünden der Zigarette. Streichhölzer kriegen wir nicht; Feuer stört das Sauerstoff-Kohlendioxid-Verhältnis. Ein winziger Rauchfaden stieg vom weißglühenden Brennpunkt auf.

»Okay«, sagte Hiro, »das war die Minute.« Ich checkte auf der Armbanduhr; es waren eher drei Minuten gewesen.

»Viel Glück, Baby«, flüsterte sie und gab vor, sich auf die Zigarette zu konzentrieren. »Alles Gute.«

Drohender Schmerz. Jedesmal so. Du weißt, es passiert, aber du weißt nicht, wann oder wie genau. Du versuchst, dich an sie zu klammern; du rüttelst sie im Dunkeln. Aber wenn du dich für den Schmerz stählst, kannst du nicht funktionieren.

Wir sind wie intelligente Stubenfliegen, die durch einen internationalen Flughafen schwirren; manche von uns schaffen es, versehentlich in ein Flugzeug nach London oder Rio zu kommen, die Reise vielleicht zu überstehen und sogar zurückzukehren. »Heh«, sagten die andern Fliegen, »was ist auf der andern Seite der Tür? Was wissen die, das wir nicht wissen?« Am Rande der Straße löst sich jede menschliche Sprache in den Händen auf – außer vielleicht die Sprache des Schamanen, des Kabbalisten, die Sprache des Mystikers, die sich beschreibend auf die Hierarchie von Dämonen, Engeln, Heiligen bezieht.

Allerdings gelten auf der Straße Regeln, wovon wir einige in Erfahrung gebracht haben. Daran können wir uns klammern.

Erste Regel: Eine Entität pro Flug; keine Teams, keine Paare.

Zweite Regel: Keine künstlichen Intelligenzen; was immer da draußen ist, läßt keine klugen Maschinen mit, wenigstens nicht der Sorte, wie wir sie bauen können.

Dritte Regel: Aufzeichnungsinstrumente sind Platzverschwendung; sie kommen stets leer zurück.

Dutzende von neuen Psycho-Schulen sind im Sog der Heiligen Olga entstanden, bizarrere und elegantere Ketzerlehren, die sich alle auf die Überholspur drängen wollten. Aber eine nach der andern stürzte ab. In der lauschigen Stille der Himmelsnächte stellt man sich vor, man könne die Paradigmen zerschellen hören, die Trümmer der Theorie in glitzernden Staub zerfallen sehen, wenn das Lebenswerk irgendeiner betriebseigenen Denkmaschine zur knappen Fußnote in der Geschichtsschreibung reduziert wird – und das alles in der Zeit, die der strapazierte Reisende braucht, um ein paar Silben ins Dunkel zu hauchen.

Trampende Fliegen in einem Flughafen. Den Fliegen ist zu raten, nicht zu viele Fragen zu stellen; den Fliegen ist zu raten, nicht hinterm *Gesamtbild* her zu sein. Wiederholte Versuche in dieser Richtung führen zwangsläufig zur allmählich fortschreitenden Paranoia, so daß dein Hirn riesige dunkle Muster an die Mauern der Nacht projiziert, Muster, die sich irgendwie verfestigen, zum Wahnsinn werden, zur Religion. Schlaue Fliegen halten es da mit der Blackbox-Theorie. Blackbox ist die sanktionierte Metapher: die Straße bleibt x in jeder vernünftigen Gleichung. Wir sollen uns nicht den Kopf zerbrechen, was es mit der Straße auf sich hat oder wer sie eingerichtet hat. Vielmehr konzentrieren wir uns darauf, was wir in die Blackbox hineinstecken und was wir wieder rausholen. Da sind die Dinge, die wir auf die Straße schicken (eine gewisse Olga, ihr Schiff, viele mehr, die folgten), und die Dinge, die zu uns kommen (eine Irre, eine Meeresmuschel, Artefakte, Fragmente fremdartiger Technologie). Die Blackbox-Theoretiker versichern uns, daß unsre Hauptsorge es sein soll, diesen Austausch zu optimieren. Wir sind hier draußen, um sicherzustellen, daß unsre Spezies was Anständiges bekommt für ihr Geld. Dennoch tritt manches immer deutlicher zutage; daß wir beispielsweise nicht die einzigen Fliegen sind, die den Weg in den Flugplatz gefunden haben. Wir haben Artefakte von wenigstens einem Dutzend grundverschiedenster Kulturen aufgelesen. Charmian spricht von »anderen Hinterwäldlern«. Wir sind wie Ratten im Laderaum eines Frachters, die mit Ratten aus andern Häfen Tauschhandel treiben, von den hellen Lichtern träumen, der Stadt.

Schlicht gesagt ist's ein Rein und Raus. Leni Hofmannstahl: raus.

Wir inszenierten die Heimkehr von Leni Hofmannstahl in Lichtung 3, auch Elysium genannt. Ich duckte mich in einen Hain peinlichst genau reproduzierter kleinblättriger Ahornschößlinge und betrachtete ihr Schiff. Es hatte ursprünglich wie eine flügellose Libelle ausgesehen, wobei der zehn Meter lange Hinterleib den Reaktionsantrieb barg. Mit entferntem Antrieb glich es nun einer weißhäutig verpuppten Larve, deren Augenausbuchtungen mit der traditionell nutzlosen Palette von Sensoren und Sonden vollgestopft waren. Es lag auf der kleinen Anhöhe inmitten der Lichtung, einer besonders geformten Kuppe, die eine ganze Reihe verschiedener Schiffsformen tragen konnte. Die neueren Fahrzeuge sind wie die Testsieger-Waschmaschinen kompakter geworden: Minimalstformat ohne Ansprüche eines Forschungsschiffs. Fleischkapseln.

»Gefällt mir nicht«, sagte Hiro. »Gefällt mir diesmal gar nicht. Hab so'n Gefühl ...« Er hätte zu sich sprechen können; er hätte fast *ich* sein können beim Selbstgespräch, was bedeutete, daß die Lenker-Surrogat-Gestalt ziemlich ausgeprägt war. In meiner Rolle fixiert, bin ich nicht länger die Vorhut fürs hungrige Ohr des Himmels, eine spezialisierte Sonde, die per Funk mit einem noch weiter spezialisierten Psychiater in Verbindung steht; wenn die Gestalt einklinkt, verschmelzen Hiro und ich zu etwas andrem, das wir uns nicht eingestehen können, wenn es sich vollzieht. Unsere Beziehung würde einem klassischen Freudianer Alpträume machen. Aber ich wußte, daß er recht hatte: diesmal schien etwas furchtbar faul zu sein.

Die Lichtung war ziemlich rund. Das mußte so sein; es handelte sich nämlich in Wirklichkeit um einen Einschnitt in den Boden des Himmels von fünfzehn Metern Durchmesser, eine kreisrunde Aufzugsplattform, die als Almwiese getarnt war. Sie hatten Lenis Antrieb abgesägt, ihr Schiff in den Außenzylinder gepackt, die Lichtung zur Luftschleuse abgesenkt und das Schiff dann auf einem überdimensionalen Präsentierteller in Form einer blühenden Wiese in den Himmel erhoben. Sie hatten ihre Sensoren durch Störfrequenzen blockiert und ihre Luken verschlossen; der Himmel soll für den Neuankömmling eine Überraschung sein.

Ich ertappte mich dabei, zu überlegen, ob Charmian schon wieder bei Jorge sei. Vielleicht machte sie ihm gerade was zu Essen, kochte einen Fisch, den wir »fangen«, indem er aus einem Käfig am Teichgrund direkt in unsre Hände freigelassen wird. Ich stellte mir vor, wie bratender Fisch riecht, schloß die Augen, stellte mir vor, wie Charmian mit naßglänzenden Schenkeln durchs seichte Wasser watet. Langbeiniges Mädchen in einem himmlischen Fischteich.

»Los, Toby! Rein!«

Mir brummte der Schädel, so laut war die Stimme. Training und Gestalt-Reflex hatten mich schon halb über die Lichtung getragen. »Scheiße, Scheiße, Scheiße ...« Hiros Mantra. Und jetzt wußte ich, daß es trotz allem schiefgelaufen war. Hillary, die Dolmetscherin, war ein schriller Unterton; das BBC-Eis zerklirrte, als sie in Höchsttempo etwas herunterrasselte, etwas von anatomischen Karten. Hiro hatte wohl per Fernbedienung die Luke geöffnet, aber nicht gewartet, bis sie sich selbsttätig aufschraubte. Er zündete sechs Explosivbolzen an der Hülle und sprengte die Luke als Ganzes ab. Sie verfehlte mich nur knapp. Ich war instinktiv ausgewichen. Dann kletterte ich an der glatten Hülle ins

Schiff hinauf, wobei ich mich an den wabenartig gelöcherten Streben am Eingangsbereich festhielt; die Alutreppe war mit dem Lukenverschluß davongeflogen.

Und da erstarrte ich, ging im Plastikgestank der Bolzen in die Hocke, denn nun ereilte mich die *Furcht,* ereilte mich nachhaltig zum ersten Mal.

Ich hatte sie schon früher gespürt, die *Furcht,* aber nur im Ansatz, nur ganz am Rande. Nun war sie gewaltig, der Schlund der Nacht, eine Leere, kalt und unangreifbar. Sie war letztes Wort, tiefstes All, jeder lange Abschied in der Geschichte unsrer Spezies. Ich duckte mich winselnd. Kroch zitternd, schluchzend zu Boden. Sie halten uns Vorträge, warnen uns vor ihr, zerreden sie als einen vorübergehenden Anfall von Platzangst, wie's in unserm Beruf ständig vorkommt. Aber wir wissen, was es ist; Surrogate wissen's, Lenker können es nicht wissen. Keine Erklärung war auch nur annähernd richtig.

Es ist die *Furcht.* Der Zeigefinger der *Großen Nacht,* die Finsternis, die die lallenden Verdammten in den sanften, weißen Schlund der *Anstalten* verfüttert. Olga erfuhr's als erste, Sankt Olga. Sie versuchte, uns davor zu bewahren, indem sie ihr Funkgerät zerkrallte und sich die Hände blutig scheuerte, um den Funk des Schiffs zu zerstören, und betete, daß die Erde sie verlieren, sie sterben lassen würde ...

Hiro tobte, aber sicher verstand er und wußte, was zu tun war.

Er beutelte mich mit der Schmerzschaltung. Kräftig. Gab's mir ordentlich wie mit einem elektrischen Viehtreiberstock. Er trieb mich ins Schiff. Er trieb mich durch die *Furcht.*

Jenseits der *Furcht* war Raum. Stille und der Geruch eines Fremden, einer Frau.

Das vollgepackte Modul war abgenutzt, beinahe anheimelnd; das strapazierte Plastik der Beschleunigungsliege war mit abblätterndem Silberband geflickt. Aber worum sich das alles schmiegte fehlte. Sie war nicht da. Dann sah ich an der Wand das irre Kugelschreibergekritzel wie von Gänsefüßen, abertausend winzige, krumme Rechtecke in Reihen und Überlappungen. Das klägliche Geschmiere bedeckte fast das ganze hintere Schott.

Hiros statisches Rauschen flüsterte flehend: *Find sie, Toby, bitte! Find sie, Toby, find sie ...!*

Ich fand sie in der OP-Kabine, einem engen Kabäuschen beim Einstiegschacht. Über ihr die *schöne Maschine,* der funkelnde OP-Automat, die dünnen Arme, verchromte Glieder einer Seespinne, hübsch gefaltet und mit Arterienklemmen, Pinzetten, Laserskalpellen bestückt. Hillary war hysterisch, halb weggetreten auf einem schwachen Kanal, wo's irgendwie um die Anatomie des menschlichen Arms ging, um die Sehnen, die Arterien, die grundlegende Taxonomie. Hillary kreischte.

Es war kein Blut da. Der Automat ist eine reinliche Maschine, die in der Schwerelosigkeit absolut sauber arbeiten kann und das Blut absaugt. Leni war gestorben, bevor Hiro die Luke absprengte. Ihr rechter Arm war über die weiße Kunststoffarbeitsfläche ausgebreitet, wie in einer mittelalterlichen Zeichnung abgehäutet; Muskeln und anderes Gewebe waren sauber freigelegt und gleichmäßig präpariert mit einem Dutzend rostfreier Nadeln. Sie war verblutet. Ein OP-Automat ist sorgfältig gegen Selbstmord programmiert, läßt sich aber im Bedarfsfall als Sezierroboter zur Konservierung biologischen Materials einsetzen.

Sie hatte eine Möglichkeit gefunden, ihn in die Irre zu führen. Das läßt sich durchaus bewerkstelligen, wenn man das Gerät und die Zeit hat. Sie hatte acht Jahre gehabt.

Da lag sie auf einer klappbaren Liege, die ans fossile Gestell eines Zahnarztstuhls erinnerte; durch die Liege war die ausgebleichte Inschrift quer über dem Rücken ihres Overalls zu sehen, das Warenzeichen eines westdeutschen Elektronik-Konzerns. Ich versuchte, es ihr zu sagen. Ich sagte: »Bitte, du bist tot. Verzeih uns, wir sind gekommen, um dir zu helfen, Hiro und ich. Verstehst du? Er *kennt* dich, mußt du wissen. Hiro ist hier in meinem Kopf. Er kennt deine Unterlagen, dein Sexualprofil, deine Lieblingsfarben; er kennt deine Kindheitsängste, deinen ersten Freund, den Namen deines Lieblingslehrers. Und ich hab genau die richtigen Pheromone und bin ein wandelndes Drogenarsenal. Ist bestimmt was nach deinem Geschmack darunter. Und wir können lügen, Hiro und ich; da sind wir Klasse. Bitte. Du mußt das einsehen. Wir sind vollkommen Fremde, Hiro und ich, vollkommen Fremde für dich, Leni.«

Sie war eine kleine Frau mit glattem blonden Haar, das bereits graue Strähnen zeigte. Ich faßte das Haar einmal an und ging dann auf die Lichtung hinaus. Als ich da stand, begann das hohe Gras zu schaukeln und fing unser Abstieg an. Das Schiff ruhte mitten auf dem landschaftlich gestalteten Aufzugteller. Die Lichtung senkte sich aus dem Himmel herab, und das Sonnenlicht wurde überblendet von großen Dampfbogenlampen, die harte Schatten aufs breite Deck der Luftschleuse warfen. Gestalten in Rot rannten umher. Ein roter Karren auf dicken Gummirädern wich uns mit einer U-förmigen Kehrtwendung aus.

Nevsky, der KGB-Surfer, wartete schon am Fuß der Gangway, die zum Rand der Lichtung gerollt wurde. Ich sah ihn erst, als ich unten war.

»Ich muß die Drogen wieder an mich nehmen, Mr. Halpert.«

Da stand ich nun taumelnd und hatte Tränen in den Augen. Er griff zu und stützte mich. Ich überlegte, ob er überhaupt wußte, warum er hier auf dem Schleusendeck war als Gelbgewandeteter in rotem Bereich. Aber das war ihm wohl egal; anscheinend war ihm ziemlich alles egal; er hatte die Checkliste parat.

»Ich muß sie an mich nehmen, Mr. Halpert.«

Ich stieg aus dem Overall, rollte ihn zusammen und reichte ihn ihm. Er stopfte ihn in einen verschließbaren Plastikbeutel, verstaute den Beutel in einem Aktenkoffer, der an sein Handgelenk gekettet war, und verdrehte die Kombination.

»Nimm sie nicht alle auf einmal, Freund«, riet ich ihm. Dann fiel ich in Ohnmacht.

Spät in jener Nacht brachte Charmian eine besondere Art von Dunkelheit in meine Kabine, die als Einzeldosen in dicker Folie versiegelt war. Es war nicht zu vergleichen mit der Dunkelheit der *großen Nacht*, der empfindungsfähigen Finsternis, die darauf lauert, die Anhalter in die Anstalten zu zerren, der Finsternis, der die *Furcht* entspringt. Es war eine Dunkelheit wie die Schatten, die über die Rückbank im Wagen der Eltern huschen in einer regnerischen Nacht, wenn du fünf bist, warm eingepackt und geborgen. Charmian ist viel gerissener, wenn es darum geht, die Checklistenabhaker, die Typen wie Nevsky, übers Ohr zu hauen.

Ich fragte sie nicht, warum sie nicht mehr im Himmel war oder was mit Jorge passiert war. Sie erkundigte sich ihrerseits nicht nach Leni.

Hiro war weg, totale Funkstille. Ich hatte ihn bei der Nachbesprechung an jenem Nachmittag gesehen; wie üblich schauten wir uns nicht in die Augen. Freilich hatte seine Abwesenheit nichts zu bedeuten. Ich wußte, daß er sich wieder melden würde. Es war an sich ein Routinefall gewesen. Ein schlimmer Tag im Himmel, aber wer hat's schon leicht? Es ist hart, wenn man zum ersten Mal die *Furcht* spürt; dabei habe ich immer gewußt, daß sie da lauert. Es wurde über Lenis Werte geredet und über die Kugelschreiberzeichnungen von molekularen Ketten, die auf Befehl wechseln. Moleküle, die wie Schalter funktionieren können, wie logische Elemente, wie Leiter und sich schichtweise zu einem einzigen Riesenmolekül zusammentun, einem winzigen Computer. Wir werden wahrscheinlich nie erfahren, was ihr da draußen begegnet ist; auch die Details ihrer Transaktion werden wir wahrscheinlich nie erfahren. Wir würden es vielleicht schwer bereuen, sollten wir's doch herausfinden. Wir sind nicht der einzige Hinterwäldler-Stamm, der Brosamen aufliest.

Zum Teufel mit Leni, zum Teufel mit dem Franzosen, zum Teufel mit allen, die Sachen heimbringen, die Krebsmittel anschleppen, Meeresmuscheln, namenloses Zeugs – die uns hier warten lassen, die Anstalten füllen, die uns die *Furcht* bringen! Klammere dich ans Dunkle, Warme, Nahe, an Charmians ruhiges Atmen, ans Rauschen des Meers! Hier draußen wirste durchaus high; du hörst das Meer tief hinter dem ständigen Muschelrauschen des Osphons. Wir tragen das mit uns herum, auch wenn wir der Heimat noch so fern sind.

Charmian drehte sich neben mir im Schlaf und murmelte den Namen eines Fremden, den Namen eines gebrochenen Raumfahrers, der längst in die Anstalten verschwunden ist. Sie hält gegenwärtig den Rekord; sie hat einen Mann zwei Wochen lang am Leben erhalten, bis er sich die Daumen in die Augen stieß. Sie schrie den ganzen Weg hinunter, brach sich am Plastikdeckel des Aufzugs sämtliche Nägel ab. Sie bekam dann ein Beruhigungsmittel.

Freilich haben wir beide den Drive, den irren Antrieb, der uns immer wieder in den Himmel zurückschickt. Wir sind beide auf gleiche Weise dazu gekommen, lagen wochenlang im kleinen Schiff draußen und warteten darauf, von der Straße fortgetragen zu werden. Und als unser letzter Blitz verbraucht war, wurden wir hierher zurückgeschleppt. Manche Leute werden einfach nicht genommen, und keiner weiß warum. Und eine zweite Chance kriegt man nicht. Sei zu teuer, sagen sie, aber an sich meinen sie, wenn sie deine verbundenen Handgelenke beäugen, daß du jetzt viel zu wertvoll, viel zu nützlich als potentielles Surrogat bist. Solltest dir keine Sorgen machen wegen des Selbstmordversuchs, sagen sie dir; so was komme laufend vor. Völlig verständlich: Gefühl starker Zurückweisung. Aber ich wollte aus dem Leben scheiden, unbedingt. Charmian auch. Sie versuchte es mit Tabletten. Aber sie arbeiteten an uns, drehten uns zurecht, brachten unsren Drive in Schuß, pflanzten das Osphon ein, paarten uns mit einem Lenker.

Olga muß irgendwie alles gewußt, alles gesehen haben; sie versuchte, uns davor zu bewahren, den Weg nach draußen zu finden, wo sie gewesen war. Sie wußte, falls wir sie fänden, müßten wir gehn. Selbst jetzt noch – und obwohl ich weiß, was ich weiß – möchte ich gehn. Aber das wird nie der Fall sein. Dafür können wir hier schaukeln im Dunkeln, das sich ewig über uns auftürmt, und Charmians Hand halten. Zwischen unsern Handflächen das zerrissene Folienpapier des Mittelchens. Und Sankt Olga lächelt uns von den Wänden entgegen; du kannst sie fühlen. Die vielen Bilder vom gleichen Schnappschuß, herausgetrennt und an die Wände der Nacht geheftet. Ihr weißes Lächeln; immerfort.

Originaltitel: »Hinterlands«

Bruce Sterling und William Gibson

Roter Stern, Winterorbit

Korolew, der vom Winter und von der Schwerkraft träumte, drehte sich langsam in seinem Gurtzeug. Wieder jung und Kadett, jagte er sein Pferd über die spätnovemberliche Steppe von Kasachstan ins trockene Mars-Abendrot.

Da stimmt was nicht, dachte er ...

Und erwachte – im Museum des sowjetischen Triumphs im Weltraum – von den Lauten von Romanenko und der Frau des KGB-Manns. Hinter der Trennwand im hintern Ende der Saljut legten sie wieder los, daß es nur so ächzte in den Gurten und rhythmisch gegen die gepolsterte Hülle klatschte. Hufe im Schnee.

Nachdem er das Gurtwerk gelöst hatte, stieß sich Korolew gekonnt ab und landete mit einem Überschlag in der Naßzelle. Er schlüpfte aus dem abgetragenen Overall, klappte sich den Toilettenschrank um die Lenden und wischte den beschlagenen Spiegel blank. Seine arthritische Hand war beim Schlafen wieder angeschwollen; das Handgelenk war spindeldürr durch Kalziumverlust; er war alt geworden im Orbit.

Er ging mit einem Rasierer mit Absaugung über den Bart. Ein Mosaik geplatzter Äderchen überzog linke Wange und Schläfe: noch so'n Erbe des Platzers, der ihn zum Krüppel gemacht hatte.

Als er herauskam, waren die Ehebrecher fertig. Romanenko ordnete seine Kleidung. Valentina, die Frau des politischen Offiziers, hatte die Ärmel ihres braunen Overalls abgetrennt; auf ihren blassen Armen glänzte der Schweiß von der kraftraubenden Übung. Ihr aschblondes Haar wehte im Luftzug eines Ventilators. Ihre Augen, die ein wenig zu eng beieinander saßen, strahlten kornblumenblau und wirkten teils verlegen, teils konspirativ. »Guck doch mal, was wir dir mitgebracht haben.«

Sie gab ihm ein Probefläschchen Cognac.

Verdutzt betrachtete Korolew das Air France-Emblem auf dem Plastikverschluß.

»Kam mit der letzten Sojus. In einer Gurke, wie mein Mann sagt.« Sie kicherte. »Hat's mir geschenkt.«

»Wir finden, daß du sie kriegen sollst«, meinte Romanenko und grinste übers ganze Gesicht. »Schließlich können wir jederzeit Urlaub nehmen.« Korolew ignorierte den betroffenen Seitenblick auf seine verkümmerten Beine und blassen, baumelnden Füße.

Er öffnete das Fläschchen, und der aromatische Duft ließ ihm kribbelnd das Blut in die Wangen steigen. Er setzte das Fläschchen sorgsam an und saugte ein paar Millimeter Schnaps heraus. Er brannte wie Säure. »Huuuuh«, keuchte er, »ist schon Jahre her. Da werd ich blau von!« sagte er lachend. Tränen verschleierten seinen Blick.

»Mein Vater sagt, du hast getrunken wie ein Weltmeister seinerzeit.«

»Ja«, sagte Korolew und kostete noch mal, »hab ich.« Der Cognac durchströmte ihn wie flüssiges Gold. Er mochte Romanenko nicht. Auch seinen Vater hatte er nie gemocht, diesen leichtlebigen Parteigänger, der sich längst auf Vortragsreisen eingerichtet hatte, eine Datscha am Schwarzen Meer besaß, amerikanischen Schnaps hatte, französische Anzüge, italienische Schuhe ... Der Junge hatte die gleiche Visage wie der Vater, die gleichen grauen Augen, die immer strahlten und nie von Zweifel getrübt waren.

Der Alkohol ging Korolew rasch ins dünne Blut. »Ihr seid zu großzügig«, sagte er. Er stieß sich sachte ab, genau ein Mal, und landete an seiner Console. »Ihr müßt euch *Samisdata* mitnehmen, amerikanisches Programm, eben abgefangen. Tolles Zeug! Direkt verschwendet bei 'nem Greis wie mir.« Er steckte eine schwarze Kassette in den Schlitz und holte das Material heraus.

»Ich geb's den Schützen«, sagte Romanenko grinsend. »Die können's auf den Sucher-Consolen im Kanonenboot abspielen.« Die Partikelstrahl-Station hieß seit jeher Kanonenboot. Die Soldaten, die dort Dienst taten, waren besonders gierig auf solches Zeug. Korolew machte eine zweite Kopie für Valentina.

»Schweinkram?« Sie machte ein entsetztes und zugleich neugieriges Gesicht. »Dürfen wir wieder kommen? Donnerstag um 24 Uhr?«

Korolew lächelte sie an. Sie war Fabrikarbeiterin gewesen, bevor man sie für den Weltraum auswählte. Ihre Schönheit ließ sich für Propagandazwecke ausschlachten, ihre Rolle hatte Modellcharakter fürs Proletariat. Sie tat ihm nun leid; mit dem Schnaps im Blut fand er sich nicht imstande, ihr die kleine Freude zu verwehren. »Ein mitternächtliches Rendezvous im Museum, Valentina? Wie romantisch.«

Sie küßte ihn, wacklig schwebend, auf die Wange. »Danke, lieber Korolew.«

»Du bist ein Schatz, Korolew«, bemerkte Romanenko und klopfte ihm so behutsam wie möglich auf die zaundürre Schulter. Nach zahllosen Stunden an der Kraftmaschine strotzten seine Arme von Muskeln.

Korolew verfolgte, wie sich das Pärchen vorsichtig ins kugelförmige Zentraldock vorarbeitete, wo die drei gealterten Saljuts und die beiden Korridore aneinandergekoppelt waren. Romanenko nahm den »Nord«-Korridor zum Kanonenboot, während Valentina entgegengesetzt zur nächsten Gelenkkugel mit der Saljut, in der ihr Mann schlief, verschwand.

Es gab fünf kugelförmige Docks in Kosmograd, an die jeweils drei Saljuts gekoppelt waren. An den entgegengesetzten Enden des Komplexes befanden sich die militärischen Einrichtungen und die Satelliten-Starter. Die brummende, surrende, pfeifende Station hatte die Geräuschkulisse einer U-Bahn und den modrigen, metallischen Gestank eines Trampdampfers.

Korolew saugte wieder am Fläschchen. Nun war es halb leer. Er versteckte es in einem der Museumsexponate, einer NASA-Hasselblad, die am Apollo-Landeplatz gefunden worden war. Seit seinem letzten Urlaub hatte er keinen Schnaps mehr getrunken, und das war vor dem Platzer gewesen. Ein schöner, schmerzlicher Taumel machte sich breit in seinem Kopf, berauschte Nostalgie.

Nachdem er zu seiner Console geschwebt war, sichtete er einen Speicherabschnitt, wo die Gesammelten Reden von Alexei Kossygin insgeheim gelöscht und ersetzt worden waren durch eine persönliche *Samisdata*-Sammlung von digitaler Pop Music, den Lieblingsnummern aus den Achtzigern. Er hatte britische Gruppen von einem westdeutschen Sender mitgeschnitten, Heavy Metal aus dem Warschauer Pakt, amerikanische Schwarzmarkt-Importe. Während er sich die Kopfhörer überzog, ließ er tschechoslowakischen Reggae von Brygada Cryzis anlaufen.

Nach all den Jahren hörte er die Musik gar nicht mehr richtig, sondern erging sich in wehmütigen Erinnerungen. In den Achtzigern war er das langhaarige Kind der sowjetischen Elite gewesen, das die Stellung des Vaters vor dem Zugriff der Moskauer Polizei bewahrte. Er erinnerte sich an die dröhnenden Lautsprecher in einem finsteren Kellerlokal, wo ein zwielichtiges Volk mit Denimjeans und blondierten Haaren verkehrte. Er hatte Marlboros geraucht, die mit pulverisiertem afghanischen Hasch durchsetzt waren. Er erinnerte sich an den Mund einer amerikanischen Diplomatentochter im Fond des väterlichen schwarzen Lincoln. Namen und Gesichter tauchten im warmen Cognac-Dunst vor ihm auf. Nina, die Ostdeutsche, die ihm ihre vervielfältigten Übersetzungen polnischer Dissidentenblätter gezeigt hatte ...

Bis sie an jenem Abend nicht im Café auftauchte. Getuschel von parasitären Umtrieben, anti-sowjetischen Aktivitäten, vom lauernden chemischen Grauen der *Psikuska* ...

Korolew fing an zu zittern. Er wischte sich übers Gesicht, das mit einemmal schweißnaß war. Er zog die Kopfhörer ab.

Es war schon fünfzig Jahre her, und dennoch überkam ihn plötzlich nackte Angst. So hatte er sich noch nie gefürchtet, nicht mal beim Platzer, der ihm die Hüfte zertrümmerte. Er zitterte am ganzen Leib. Die Lichter. Die Lichter in der Saljut waren zu hell, aber er wollte nicht zu den Schaltern gehn. Eine simple Verrichtung, die er regelmäßig ausführte, aber ... Die Schalter mit den isolierten Leitungen kamen ihm plötzlich bedrohlich vor. Er starrte verdutzt vor sich hin. Das kleine Aufziehmodell eines Lunokhod-Mondjeeps, das mit seinen Klettbandrändern an der gekrümmten Wand haftete, lauerte scheinbar, zum Sprung geduckt. Die Augen der sowjetischen Weltraumpioniere in den offiziellen Porträts fixierten ihn verächtlich.

Der Cognac. Die vielen Jahre in der Schwerelosigkeit hatten seinen Metabolismus verdorben. Er war nicht mehr der alte. Aber er nahm sich vor, nicht in Panik zu geraten und die Sache durchzustehen. Würde er das Handtuch schmeißen, lachten ihn alle aus.

Jemand klopfte am Museumseingang, und Nikita der Klempner, Kosmograds erster Techniker, bugsierte sich mit einem tadellosen Hechtsprung in Zeitlupe durch die offene Luke. Der junge Ingenieur machte ein finsteres Gesicht, was Korolew Respekt einflößte. »Früh auf den Beinen, Klempner«, sagte er und wartete gespannt auf irgendein äußeres Zeichen der Normalität.

»Kleines Leck in Delta drei.« Er runzelte die Stirn. »Verstehst du Japanisch?« Der Klempner zog eine Kassette aus einer der dutzend ausgebeulten Taschen an seiner dreckigen Arbeitsweste und fuchtelte ihm damit vor der Nase herum. Er trug eine sorgfältig gebügelte Levis und ausgelatschte Adidas-Laufschuhe. »Haben das letzte Nacht aufgeschnappt.«

Korolew wich zurück, als wäre die Kassette eine Waffe. »Nein, kann kein Japanisch.« Sein frommer Tonfall überraschte ihn selber. »Nur Englisch und Polnisch.« Er spürte, daß er rot wurde. Der Klempner war sein Freund; er kannte den Klempner gut und vertraute ihm, aber ...

»Alles klar mit dir?« Der Klempner legte die Kassette ein und tippte mit flinken, schwieligen Fingern ein Wörterbuchprogramm in die Maschine. »Siehst aus, als hättest du was Unrechtes gegessen. Hör dir das mal an!«

Korolew verfolgte nervös, wie flimmernd das Bild kam mitten in einer Reklame für Baseball-Handschuhe. Die kyrillischen Untertitel vom Wörterbuchprogramm rasten über den Bildschirm, während ein japanischer Sprecher wie ein Irrer seine Anpreisungen vom Stapel ließ.

»Gleich gehn die Nachrichten los«, sagte der Klempner nägelkauend.

Korolew starrte gespannt auf den Text, der durchs Gesicht des japanischen Sprechers lief:

AMERIKANISCHE ABRÜSTUNGSGRUPPE MELDET ... DIE VORKEHRUNGEN IM BAIKONUR-KOSMODROM BEDEUTEN ... DASS MAN ENDLICH DARAN GEHT ... DIE BEWAFFNETE KOSMISCHE RAUMSTATION ZU VERSCHROTTEN ...

»Kosmisch«, meinte der Klempner. »Fehler im Wörterbuchprogramm.«

DIE ZUR JAHRHUNDERTWENDE ALS BRÜCKENKOPF INS ALL GEBAUT WORDEN IST ... DAS AUFWENDIGE PROJEKT SCHEITERTE MIT DEN MONDMINEN ... DIE KOSTENINTENSIVE STATION IST LÄNGST VERALTET ANGESICHTS UNSRER UNBEMANNTEN WELTRAUMFABRIKEN ... DIE KRISTALLE, HALBLEITER UND REINE DROGEN UND ARZNEIMITTEL ERZEUGEN ...

»Klugscheißer.« Der Klempner prustete. »Ich sag, da hat dieser Scheiß KGB-Mann Jefremow die Hand im Spiel.«

GRAVIERENDES SOWJETISCHES AUSSENHANDELSDEFIZIT ... ALLGEMEINE UNZUFRIEDENHEIT MIT DEM WELTRAUMPROGRAMM ... JÜNGSTE BESCHLÜSSE DES POLITBÜROS UND DES SEKRETÄRS DES ZENTRALKOMITEES ...

»Die machen hier dicht!« Der Klempner verzog wütend das Gesicht.

Korolew, der zuckte und zitterte, wandte sich vom Bildschirm ab. Tränen schossen ihm in die Augen und perlten schwerelos von den Wimpern. »Laß mich in Ruhe damit! Ich kann's nicht ändern!«

»Was hast du denn?« Der Klempner packte ihn an der Schulter. »Schau mir in die Augen. Jemand hat dich mit der *Furcht* geimpft!«

»Verschwinde«, bat Korolew.

»Dieser Fiesling mit seinem faulen Zauber! Was hat er dir gegeben? Tabletten? Eine Spritze?«

Korolew schauderte. »Ich habe getrunken.«

»Er hat dir die *Furcht* gegeben! Einem alten Mann wie dir! Ich brech ihm das Kreuz!« Der Klempner zog die Knie an, machte eine Rolle rückwärts, stieß sich von einem Haltegriff oben ab und katapultierte sich aus dem Raum hinaus.

»Warte! Klempner!« Aber der Klempner flitzte wie ein Wiesel durch die Kugel und verschwand im Korridor. Jetzt merkte Korolew, daß er das Alleinsein nicht ertrug. In der Ferne hörte er das hohle Echo verzerrter, aufgebrachter Stimmen.

Zitternd schloß er die Augen und wartete, daß ihm jemand zu Hilfe käme.

Er hatte den Psychiatrischen Offizier Bychkow gebeten, ihm zu helfen beim Anziehen der alten Uniform, der mit dem Stern des Tsiolkowsky-Ordens über der linken

Brusttasche. Die schwarzen Paradestiefel aus dickem, gestepptem Nylon mit der Klettbandsohle paßten ihm nicht mehr; also blieben seine verkrüppelten Füße bloß.

Bychkows Injektion hatte ihn binnen einer Stunde wieder auf die Beine gestellt, aber machte ihn abwechselnd depressiv und fuchsteufelswild. Nun wartete er im Museum, um Jefremow Rede und Antwort zu stehen.

Sie bezeichneten sein Heim als Museum des sowjetischen Triumphs im Weltraum, und als seine Wut verpuffte und einer alten Trostlosigkeit Platz machte, kam er sich selber vor wie eins seiner Ausstellungsstücke. Er starrte betrübt auf die goldgerahmten Porträts der großen Visionäre des Weltraums, auf Tsiolkowsky, Rynin, Tupolew. Darunter hingen, ein klein wenig schlichter gerahmt, die Porträts von Verne, Goddard und O'Neill.

In Augenblicken tiefster Depression hatte er sich zuweilen eingebildet, einen gemeinsamen Zug, ein fremdartiges Entrücktsein in diesen Augen, insbesondere in den Augen der beiden Amis, zu sehen. War es der blanke Wahnsinn, wie er zuweilen in zynischer Laune dachte? Oder durfte er da eine subtile Manifestation der unbändigen, unausgewogenen Kraft schauen, als die er die stattfindende menschliche Evolution stets angesehen hatte?

Ein Mal, ein Mal nur hatte Korolew diesen Blick in seinen eigenen Augen gesehen – an dem Tag, an dem er den Fuß auf den Boden des Coprates-Beckens setzte. Das marsianische Sonnenlicht, das in sein Helmvisier schien, hatte ein fremdes Augenpaar – mit unerschrokkenem, aber gehetztem Blick – reflektiert, und der stille, heimliche Schock dieser Erscheinung war, wie er nun erkannte, der denkwürdigste, transzendentalste Augenblick seines Lebens gewesen.

Über den Porträts hing in starrem Öl ein Bild dieser Landung mit Farben, die an Borscht und Bratensoße erinnerten. Die marsianische Landschaft war, dem sozialistischen Realismus entsprechend, kitschig verklärt dargestellt. Der Maler hatte die Gestalt im Raumanzug neben das Landefahrzeug plaziert und nicht gespart mit den vulgär wirkenden Details des offiziellen Stils.

Er fühlte sich besudelt, als er da auf Jefremow wartete, den KGB-Mann und politischen Offizier von Kosmograd.

Als Jefremow endlich in die Saljut kam, fiel Korolew auf, daß er eine geplatzte Lippe und frische Blessuren am Hals hatte. Er trug einen blauen Kansai-Overall aus japanischer Seide und modische italienische Slipper. Er räusperte sich diskret. »Guten Morgen, Genosse Korolew.«

Korolew starrte nur. Er ließ das Schweigen zur Pause werden. »Jefremow«, sagte er dann. »Mit dir werd ich nicht froh.«

Jefremow wurde rot, hielt seinen Blicken aber stand. »Sprechen wir offen miteinander, von Russe zu Russe! Es war natürlich nicht für dich gedacht.«

»Die *Furcht*, Jefremow?«

»Das Beta-Carbolin, ja. Wenn du ihrem Treiben nicht Vorschub geleistet hättest, wenn du dich nicht hättest bestechen lassen, wäre es nicht passiert.«

»Ich bin also ein Kuppler, Jefremow? Ein Kuppler und Säufer? Du bist ein Hahnrei, ein Schmuggler und ein Informant. Laß dir das gesagt sein«, fügte er hinzu, »von Russe zu Russe!«

Nun setzte der KGB-Mann seine offizielle Unfehlbarkeitsmiene auf.

»Sag doch mal, Jefremow, was es mit dir auf sich hat! Was hast du hier getan, seitdem du in Kosmograd bist? Wir wissen, daß die Station verschrottet wird. Was erwartet die Zivilmannschaft bei der Rückkehr nach Baikonur? Ein Korruptionsverfahren?«

»Es wird Ermittlungen geben, sicher. In gewissen Fällen vielleicht die Einweisung. Willst du behaupten, Genosse Korolew, daß die Sowjetunion praktisch schuld sei am Scheitern von Kosmograd?«

Korolew schwieg.

»Kosmograd war ein Traum. Ein Traum, der nicht hielt, was er versprach. Wie der Weltraum. Es besteht keine Notwendigkeit mehr für unser Hiersein. Wir haben eine ganze Welt, die's zu ordnen gilt. Moskau ist die größte Macht in der Geschichte. Wir dürfen keinesfalls die globale Perspektive aus den Augen verlieren.«

»Glaubst du, wir lassen uns einfach wegräumen? Wir sind eine Elite, eine hochspezialisierte technische Elite.«

»Eine Minderheit, Korolew, eine hinter der Zeit zurückgebliebene Minderheit. Was leistet ihr schon, außer daß ihr in rauhen Mengen den Giftmüll der Amis aufsammelt? Die Besatzung hier war als ein Team von Arbeitern gedacht, nicht als Schwarzhändlerbande, die Jazz und Porno verhökert.« Jefremows glattes Gesicht war gelassen. »Die Besatzung wird nach Baikonur zurückkehren. Die Waffensysteme lassen sich auch vom Boden aus steuern. Du selber bleibst natürlich hier und empfängst gelegentlich Gastkosmonauten: Afrikaner, Südamerikaner. Für solche Leute genießt der Weltraum noch ein gewisses Prestige.«

Korolew knirschte mit den Zähnen. »Was hast du mit dem Jungen gemacht?«

»Deinem Klempner?« Der politische Offizier runzelte die Stirn. »Er hat einen Offizier des Komitees für Staatssicherheit tätlich angegriffen. Er steht unter Arrest bis zur Verlegung nach Baikonur.«

Korolew bemühte sich um ein unwilliges Lachen. »Laß ihn laufen. Du kriegst selber genug Ärger, also reite nicht auf den Vergehen anderer herum. Ich werde mit Marschall Gubarew persönlich sprechen. Auch wenn ich nur ehrenhalber Uniform trage, Jefremow, so besitze ich doch einen gewissen Einfluß.«

Der KGB-Mann zuckte die Achseln. »Die Schützen haben von Baikonur Befehl erhalten, das Kommunikationsmodul unter Verschluß zu halten. Bei Zuwiderhandlungen drohen strengste Disziplinarmaßnahmen.«

»Also ist der Ausnahmezustand verhängt?«

»Wir sind hier nicht in Kabul, Korolew. Es sind schwere Zeiten. Du bist hier die moralische Autorität; du solltest bemüht sein, mit gutem Beispiel voranzugehen.«

»Wir werden sehen«, sagte Korolew.

Kosmograd schwenkte aus dem Erdschatten ins rohe Sonnenlicht. Die Wände von Korolews Saljut klirrten und klapperten wie ein Berg von Glasflaschen. Die Beobachtungsfenster einer Saljut, dachte Korolew, der geistesabwesend die geplatzten Äderchen an der Schläfe betastete, gehn immer als erstes kaputt.

Der junge Grischkin schien den gleichen Gedanken zu haben. Er zog eine Tube mit Dichtungsmasse aus der Knöcheltasche und machte sich daran, die Dichtheit des Fensters zu überprüfen. Er war der Assistent und beste Freund des Klempners.

»Wir müssen jetzt abstimmen«, sagte Korolew müde. Elf der insgesamt vierundzwanzig zivilen Besatzungsmitglieder von Kosmograd waren zur Versammlung erschienen – zwölf, wenn er sich mitrechnete. Somit blieben dreizehn, die nicht in die Sache verwickelt werden wollten oder grundsätzlich gegen Streik waren. Mit Jefremow und den sechs Schützen belief sich die Zahl der Nichtanwesenden auf insgesamt zwanzig. »Wir haben unsre Forderungen diskutiert. Alle, die dafür sind …« Er hob seine Rechte. Drei weitere hoben die Hand. Grischkin, der am Fenster hantierte, hob den Fuß.

Korolew seufzte. »Sind sowieso schon wenige. Da sollten wir uns einig sein. Laßt mal hören, was ihr einzuwenden habt!«

»Der Ausdruck *Militärgewahrsam*«, sagte ein Biotechniker namens Korowkin, »ließe sich so auffassen, als wäre das Militär, und nicht der kriminelle Jefremow, für die Situation verantwortlich.« Dem Mann war unwohl dabei, wie sein Gesicht verriet. »Ansonsten habt ihr unsre Sympathie. Allerdings unterschreiben wir nicht. Wir sind Parteimitglieder.« Er wollte offenbar noch was hinzufügen, behielt es aber dann für sich. »Meine Mutter«, merkte seine Frau leise an, »war Jüdin.«

Korolew nickte wortlos.

»Es ist dumm und kriminell«, sagte Gluschko, der Botaniker. Weder er noch seine Frau hatten dafür gestimmt. »Ein Wahnsinn. Kosmograd ist am Ende, das wissen wir alle, und je eher es heimwärts geht, desto besser. Was war dieser Laden hier je anderes als ein Gefängnis?« Die Schwerelosigkeit war mit seinem Stoffwechsel auf Kriegsfuß: das Blut staute sich in seinem Hals und Gesicht, so daß er aussah wie einer seiner Versuchskürbisse.

»Du bist Botaniker, Vasili«, meinte seine Frau starrköpfig, »während ich, wie du wohl weißt, Sojus-Pilotin bin. Deine berufliche Laufbahn steht nicht auf dem Spiel.«

»Ich unterstütze dieses idiotische Spiel *nicht!*« Gluschko trat zornig gegen das Schott, so daß es ihn aus dem Raum schleuderte. Seine Frau folgte ihm und schimpfte mit verhaltener Stimme auf ihn ein, wie es – und das lernte man rasch – an Bord üblich war bei persönlichen Differenzen.

»Fünf sind bereit zu unterschreiben«, sagte Korolew, »von den insgesamt vierundzwanzig Zivilisten in der Besatzung.«

»Sechs«, bemerkte Tatjana, die andere Sojus-Pilotin, die das schwarze Haar mit einem geflochtenen grünen Nylonband nach hinten gebunden hatte. »Du vergißt den Klempner.«

»Die Sonnenballons!« rief Grischkin und deutete zur Erde. »Seht!«

Kosmograd befand sich nun über Kalifornien mit der klaren Küstenlinie, tiefgrünen Feldern und verfallenden Städten, deren Namen einen seltsamen Zauber bargen. Hoch über einer Stratokumulus-Bank schwebten fünf

Solarballons, verspiegelte geodätische Kugeln, die an Starkstromleitungen hingen. Sie waren ein kostengünstiger Ersatz für den einstmals grandiosen amerikanischen Plan zum Bau von Solarsatelliten. Die Dinger funktionierten, vermutete Korolew, denn in den letzten zehn Jahren tauchten sie zusehends häufiger auf.

»Und man hört, daß in diesen Dingern Menschen leben.« Systemanalytiker Stoiko hatte sich zu Grischkin ans Beobachtungsfenster begeben.

Korolew erinnerte sich an den kläglichen Aufschwung seltsamer amerikanischer Energiesysteme als Folge des Wiener Vertrags. Da die Ölförderung weltweit fest in sowjetischer Hand war, schienen die Amis zu jedem Experiment bereit. Dann hatte sie die Reaktorschmelze in Kansas der Atomkraft abspenstig gemacht. Über drei Jahrzehnte waren sie allmählich in eine Politik der Isolation und wirtschaftlichen Verfall abgerutscht. *Weltraum,* dachte er wehmütig. *Sie hätten in den Weltraum gehen sollen.* Er hatte die seltsame Willenslähmung, die sie trotz der brillanten Anfangserfolge erfaßte, nie verstanden. Vielleicht war es nur mangelnde Phantasie gewesen, ein Defizit visionärer Weitsicht. *Seht ihr, Amis,* sagte er für sich, *ihr hättet wirklich versuchen sollen, euch uns hier in unsrer glorreichen Zukunft, in Kosmograd anzuschließen.*

»Wer möchte schon in so 'nem Ding leben?« fragte Stoiko, klopfte Grischkin auf die Schulter und lachte mit der stillen Kraft der Verzweiflung.

»Das soll wohl ein Witz sein«, sagte Jefremow. »Wir haben bereits Ärger genug, nicht wahr?«

»Das ist kein Witz, Jefremow, und so lauten unsre Forderungen.« Die fünf Dissidenten hatten sich in die Saljut gezwängt, die der politische Offizier mit Valentina bewohnte, und drückten ihn nun gegen die rückwärtige Trennwand. Die Trennwand zierte ein sorgsam abgestaubtes Foto des Staatschefs, der von einem Traktor herunterwinkte. Valentina war im Moment, wie Korolew wußte, mit Romanenko im Museum, wo sie sich kräftig in die Gurte legten. Korolew fragte sich, wie Romanenko es schaffte, sich so regelmäßig um den Wachdienst im Kanonenboot zu drücken.

Jefremow zuckte die Achseln. Er überflog die Liste der Forderungen. »Der Klempner muß in Gewahrsam bleiben. Es liegen klare Befehle vor. Und was den Rest dieses Dokuments angeht ...«

»Du hast eigenmächtig psychiatrische Drogen gegeben!« schrie Grischkin.

»Das war eine ganz und gar persönliche Angelegenheit«, erwiderte Jefremow gelassen.

»Ein Verbrechen war das«, sagte Tatjana.

»Pilotin Tatjana, wir wissen beide, daß unser Grischkin hier der aktivste *Samisdata*-Pirat auf dieser Station ist! Wir sind alle Verbrecher, nicht? Das ist ja das Schöne an unserm System, nicht?« Das Grinsen, das er plötzlich aufsetzte, war ungemein zynisch. »Kosmograd ist nicht der *Potemkin,* und ihr seid keine Revolutionäre. Und ihr *verlangt* ein Gespräch mit Marschall Gubarew? Er steht in Baikonur unter Gewahrsam. Und ihr *verlangt,* mit dem Technologie-Minister zu sprechen? Der Minister leitet die Räumung.« Mit einer entschlossenen Geste zerriß er das ausgedruckte Blatt in Stücke, so daß die gelben Fetzen wie Schmetterlinge in Zeitlupe durch die Schwerelosigkeit segelten.

Am neunten Tag des Streiks trafen sich Korolew, Grischkin und Stoiko in der Saljut, die normalerweise Grischkin und der Klempner bewohnten.

Seit vierzig Jahren führten die Bewohner von Kosmograd einen antiseptischen Krieg gegen Moder und Schimmel. Staub, Fettpartikel und Dampf setzten sich in der Schwerelosigkeit nicht ab, und Sporen lauerten überall – in der Polsterung, in der Kleidung, in den Lüftungsschächten. Unter warmfeuchten Kulturbedingungen breiteten sie sich aus wie Ölpfützen. Im Moment roch es nach Trockenfäule; daneben stank es verdächtig nach durchgeschmorten Kabeln.

Korolews Schlaf war gestört worden vom hohlen Getöse einer abfliegenden Sojus. Gluschko und seine Frau, vermutete er. In den vergangenen 48 Stunden hatte Jefremow die Evakuierung der Besatzungsmitglieder überwacht, die am Streik nicht teilnehmen wollten. Die Schützen blieben im Kanonenboot und Quartierring, wo sie nach wie vor Nikita den Klempner festhielten.

Grischkins Saljut war zur Streik-Zentrale geworden. Keiner der männlichen Streikenden rasierte sich, und Stoiko hatte sich eine Staphylokokken-Infektion zugezogen, die in Striemen auf seinen Unterarmen wütete. Umringt von düsteren Pin-ups aus dem amerikanischen TV, wirkten sie wie ein verkommenes Trio von Porno-Betrachtern. Die Lichter waren gedämpft; Kosmograd lief mit halber Energie. »Wenn die andern weg sind«, sagte Stoika, »ist unsere Position stärker.«

Grischkin stöhnte. Seine Nasenlöcher waren mit weißem Mullverband zugestopft. Er war überzeugt, daß Jefremow versuchen würde, den Streik mit Beta-Carbolin-Begasung zu beenden. Die Mullpfropfe waren nur ein Symptom für die allgemein gespannte, paranoide Stimmung. Bevor der Evakuierungsbefehl von Baikonur kam, hatte einer der Techniker stundenlang Tschaikowskis Ouvertüre »1812« mit ohrenbetäubender Lautstärke gespielt. Und Gluschko hatte seine Frau, die nackt war und blaue Flecken hatte und kreischte, durch ganz Kosmograd gejagt. Stoiko hatte die Akten des KGB-Manns und Bychkows psychiatrische Aufzeichnungen gesichtet; viele Meter von gelbem Endlospapier schlängelten sich träge durch die Korridore und flatterten leise im Luftzug der Ventilatoren.

»Stellt euch vor, was auf ihre Aussagen hin mit uns passieren wird auf der Erde«, meinte Grischkin leise.

»Wir kriegen nicht mal 'nen Prozeß. Schnurstracks *Psikuska.*« Der finstere Spitzname für die politischen Psychiatrie-Einrichtungen schien dem Jungen ordentlich Angst zu machen. Korolew stocherte lustlos in seinem gestockten Chlorella-Pudding herum.

Stoika schnappte sich eine daherschwebende Schleife Endlospapier und las laut vor: »Verfolgungswahn, gepaart mit einer Tendenz zur Überbewertung eigener Ideen. Revisionistische Phantasien, die dem Sozialstaat abträglich sind.« Er zerknüllte das Papier. »Wenn wir das Kommunikationsmodul in die Hand bekämen, könnten wir uns an einen amerikanischen Fernmeldesatelliten hängen und ihnen die ganze Kiste zuspielen. Vielleicht würde das Moskau beweisen, wir abträglich wir wirklich sind.«

Korolew fischte eine gestrandete Fliege aus seinem Grünalgenpudding. Die doppelten Flügelpaare und der gegabelte Thorax waren stumme Zeugen für Kosmograds hohe Strahlungswerte. Die Insekten waren bei einem längst vergessenen Experiment entschlüpft; seit Jahrzehnten bevölkerten sie nun die Station. »Die Amis haben kein Interesse an uns«, sagte Korolew. »Moskau kann eine solche Enthüllung nicht länger in Verlegenheit bringen.«

»Außer wenn die Getreidelieferungen fällig sind«, wandte Grischkin ein.

»Die Amis sind auf den Verkauf ebenso angewiesen wie wir auf den Zukauf.« Korolew löffelte finster Grünalgen in den Mund, kaute mechanisch und schluckte. »Die Amis könnten gar nicht zu uns kommen, selbst wenn sie wollten. Canaveral ist eine Ruine.«

»Wir sind knapp mit Treibstoff«, sagte Stoika.

»Den können wir von den verbliebenen Fähren nehmen«, meinte Korolew.

»Und wie, zum Teufel, sollen wir dann je runterkommen?« Grischkins Fäuste zitterten. »Selbst in Sibirien stehn Bäume, Bäume. Der Himmel! Verdammt noch mal! Lassen wir es abstürzen! Abstürzen und verglühn!«

Korolew spritzte Pudding aufs Schott.

»O Gott«, sagte Grischkin, »tut mir leid, Korolew. Ich weiß, du kannst nicht zurück.«

Als er das Museum betrat, sah er die Pilotin Tatjana vor dem verhaßten Bild der Marslandung schweben; ihre Wangen waren feucht von Tränen.

»Weißt du, Korolew, daß in Baikonur eine Büste von dir steht? In Bronze. Ich bin auf dem Weg zum Unterricht immer daran vorbeigegangen.« Ihre Augen waren blutunterlaufen vom fehlenden Schlaf.

»Gibt immer Büsten. Eine Akademie braucht sie.« Er nahm lächelnd ihre Hand.

»Wie war das seinerzeit?« Sie betrachtete nach wie vor das Bild.

»Kann mich kaum noch erinnern. Ich hab inzwischen so oft die Filme gesehen, daß ich mich statt dessen an sie erinnere. Heute weiß ich nicht mehr über den Mars als ein Schulkind.« Wieder lächelte er sie an. »Aber so wie auf diesem schlechten Bild war's nicht. Trotz allem weiß ich das jedenfalls ganz genau.«

»Warum hat es sich so entwickelt, Korolew? Warum hört es hier auf? Als ich ein Kind war, sah ich das alles im Fernsehen. Unsre Zukunft im Weltraum schien ewig zu währen ...«

»Vielleicht hatten die Amis recht. Die Japaner schickten ersatzweise Maschinen hoch, Roboter, die ihre Fabriken im Orbit bauten. Der Bergbau auf dem Mond war ein Fehlschlag für uns, aber wir rechneten uns immerhin permanente Forschungsmöglichkeiten aus. Hängt wohl alles von denen ab, die den Geldbeutel verwalten, die am grünen Tisch sitzen und Entscheidungen treffen.«

»Das ist ihre endgültige Entscheidung bezüglich Kosmograd.« Sie reichte ihm einen gefalteten Zettel.

»Fand ich unter Jefremows ausgedruckten Befehlen von Moskau. Sie lassen in den kommenden drei Monaten Kosmograds Umlaufbahn abfallen.«

Er ertappte sich dabei, jetzt selber auf das verabscheute Bild zu starren. »Spielt auch keine Rolle mehr«, hörte er sich sagen.

Und dann brach sie schluchzend in Tränen aus und vergrub das Gesicht in Korolews verkrüppelter Schulter.

»Aber ich hab da einen Plan, Tatjana«, sagte er und streichelte ihr Haar. »Hör zu!«

Er blickte auf seine alte Rolex. Sie waren gerade über Ostsibirien. Er erinnerte sich gut, wie der Schweizer Botschafter ihm die Uhr in einem grandiosen Kuppelsaal des Großen Kremlpalastes präsentiert hatte.

Es war Zeit zu beginnen.

Er glitt aus seiner Saljut ins Kugeldock, wobei er nach der Endlospapierfahne schlug, die sich um seinen Kopf wickeln wollte.

Er konnte trotz allem noch schnell und gut arbeiten mit seiner gesunden Hand. Lächelnd holte er eine große Sauerstoffflasche aus ihrem Haltenetz. Er verkeilte sich an einem Haltegriff und schleuderte die Flasche dann mit aller Wucht durch die Kugel. Sie prallte an der andern Seite mit einem hellen Peng ab, ohne Schaden anzurichten. Er holte sie zurück und schleuderte sie ein zweites Mal.

Nun traf er den Dekompressionsalarm.

Staub wirbelte aus den Lautsprechern, als die Sirene zu heulen anfing. Durch den Alarm ausgelöst, schoben sich die Schotten der Kugel mit hydraulischem Zischen zu. Korolew bekam Überdruck in den Ohren. Er nieste und fing dann die Flasche wieder ein.

Die Beleuchtung ging voll an und verlosch flackernd. Er lächelte und tastete im Dunkeln nach der Stahlflasche. Stoika hatte einen Systemzusammenbruch provoziert, was nicht schwer war. Die Datenspeicher waren bereits bis zur Grenze des Zusammenbruchs gestört durch schwarz eingeschmuggelte Fernsehsendungen. »Knallhartes Zeug«, murmelte er, während er die Flasche gegen die Wand knallte. Die Lichter schalteten auf Notbeleuchtung, als die Notstromversorgung einsetzte.

Seine Schulter schmerzte. Unerschütterlich hämmerte er weiter und dachte dabei an das Klappern, das ein echter Platzer verursacht. Es mußte ordentlich scheppern, wollte er Jefremow und die Schützen täuschen.

Quietschend begann das Handrad an einer der Luken sich zu drehen. Mit einem dumpfen Laut ging sie schließlich auf; Tatjana erschien mit einem zaghaften Lächeln.

»Ist der Klempner frei?« fragte er und ließ die Flasche los.

»Stoiko und Umansky verhandeln mit dem Bewacher.« Sie schlug mit der Faust in die offene Hand. »Grischkin macht die Landefähren bereit.«

Er folgte ihr hinauf ins nächste Kugeldock. Stoiko half dem Klempner durch die Luke, die zum Quartierring führte. Der Klempner war barfuß, sein Gesicht fahl unter dem spärlich sprießenden Bart. Der Meteorologe Umansky, der einen leblosen Soldaten hinter sich herschleppte, folgte ihnen.

»Wie geht's, Klempner?« erkundigte sich Korolew.

»Bin noch'n bißchen schwach auf der Brust. Sie haben mich auf *Furcht* gesetzt. Keine großen Dosen, aber immerhin. War schlimmer als'n echter Platzer, du.«

Grischkin glitt aus der Sojus-Fähre neben Korolew und zog ein Bündel mit Werkzeug und Meßgerät an einer Nylonleine hinter sich her. »Alles gecheckt. Durch den Systemzusammenbruch ist jeweils die Bordautomatik in Betrieb. An der Fernsteuerung war ich mit dem Schraubenzieher zugange, damit sie die Lenkung nicht vom Boden aus beeinflussen können. Wie geht's, Nikita?« fragte er den Klempner. »Ab nach Zentralchina mit dir.«

Der Klempner erschrak, schüttelte sich und schauderte. »Ich kann kein Wort Chinesisch.«

Stoiko reichte ihm einen Ausdruck. »Phonetisches Mandarin. ICH MÖCHTE ÜBERWECHSELN UND BITTE, ZUR NÄCHSTEN JAPANISCHEN BOTSCHAFT GEBRACHT ZU WERDEN.«

Der Klempner grinste und fuhr sich durch seinen fettigen, verschwitzten Haarschopf. »Wie steht's mit euch übrigen?« fragte er.

»Glaubst du, wir tun das alles nur deinetwegen?« Tatjana zog eine Grimasse. »Sieh zu, daß der chinesische Nachrichtendienst die beigefügte Erklärung kriegt, Klempner! Jeder von uns hat 'ne Kopie davon. Wir wollen dafür sorgen, daß die Welt erfährt, was die Sowjetunion Juri Wasilewitsch Korolew, dem ersten Menschen auf dem Mars, antut!« Sie warf dem Klempner eine Kußhand zu.

»Wie steht's mit Filipschenko hier?« fragte Umansky. Einige dunkle Kügelchen aus geronnenem Blut kreisten schwabbelig um die Backe des bewußtlosen Soldaten.

»Warum nimmst du den armen Kerl nicht einfach mit?« meinte Korolew.

»Also komm, du Arsch!« sagte der Klempner, der Filipschenko am Gürtel packte und durch die Luke in die Sojus bugsierte. »Ich, Nikita der Klempner, tu dir den Gefallen deines Lebens.«

Korolew sah zu, wie Stoiko und Grischkin die Luke dichtmachten.

»Wo sind Romanenko und Valentina?« fragte Korolew, der wieder auf seine Uhr blickte.

»Hier, mein Lieber«, sagte Valentina, die das vom blonden Haar umschwebte Gesicht aus der Luke einer weiteren Sojus steckte. »Wir haben die hier ausprobiert.« Sie kicherte.

»Dafür habt ihr in Tokio Zeit genug«, schimpfte Korolew. »Es werden binnen Minuten in Wladiwostock und Hanoi Abwehrjäger losbrausen.«

Romanenkos bloßer, muskulöser Arm erschien in der Öffnung und zog Valentina in die Sojus zurück. Stoika und Grischkin machten die Luke dicht.

»Bauern im All.« Tatjana gab einen verächtlichen Spucklaut von sich.

Kosmograd dröhnte hohl, als der Klempner mit dem bewußtlosen Filipschenko startete. Ein zweites Dröhnen, und das Liebespaar setzte sich ab.

»Komm schon, lieber Umansky!« sagte Stoika. »Und adieu, Korolew.« Die beiden Männer begaben sich zum Korridor.

»Ich komm mit dir«, sagte Grischkin zu Tatjana. Er lächelte. »Immerhin bist du Pilotin.«

»Nein«, wandte sie ein. »Allein. Risikostreuung. Die Automatik bringt dich sicher runter. Du darfst nur nichts anrühren am Instrumentenfeld.«

Korolew sah zu, wie sie ihm in die letzte Sojus dieser Kugel half.

»Ich führ dich zum Tanzen aus, Tatjana«, sagte Grischkin, »in Tokio.« Sie machte seine Luke dicht. Wieder ein Dröhnen, und damit waren Stoiko und Umansky vom nächsten Kugeldock gestartet.

»Geh jetzt, Tatjana«, sagte Korolew. »Beeil dich! Ich will nicht, daß sie dich über internationalem Gewässer abschießen.«

»Dann bist du allein hier, Korolew, allein mit unsern Feinden.«

»Wenn ihr alle weg seid, düsen die ebenfalls los«, sagte er. »Und meine weitere Existenz hängt davon ab, ob ihr den Kreml durch entsprechende Öffentlichkeitsarbeit dazu nötigt, mich hier am Leben zu lassen.«

»Und was soll ich ihnen sagen in Tokio, Korolew? Hast du eine Botschaft für die Welt?«

»Sag ihnen ...« Und sämtliche Cliches drängten sich ihm auf mit einer absoluten Berechtigung, so daß er am liebsten hysterisch losgelacht hätte: *Ein kleiner Schritt ... Wir kamen in Frieden ... Arbeiter der Welt ...* »Du mußt ihnen sagen ...«, begann er und kniff sich ins verkümmerte Handgelenk, »das brauchen meine Knochen.«

Sie umarmte ihn und brach auf.

Er wartete allein im kugelförmigen Dock. Die Stille sägte an seinen Nerven; durch den Systemzusammenbruch war die Belüftungsanlage ausgefallen, deren Hintergrundgesumm ihn zwanzig Jahre begleitet hatte. Schließlich hörte er Tatjanas Sojus starten.

Da kam jemand durch den Korridor. Es war Jefremow, der sich plump im Raumanzug näherte. Korolew lächelte.

Jefremow hatte seine leere, offizielle Miene aufgesetzt hinter dem Lexan-Helmvisier, mied aber Korolews Blick beim Passieren. Er wollte in das Kanonenboot.

»Nein«, schrie Korolew.

Die aufheulende Sirene versetzte die Station in höchste Alarmbereitschaft.

Die Luke zum Kanonenboot stand offen, als er dort ankam. Drinnen vollführten die Soldaten zackig die laufend gedrillten Reflexe und spannten die breiten Sitzgurte an ihren Consolen über die wuchtige Raumanzugbrust.

»Nicht!« Er klammerte sich an das steife Ziehharmonikagewebe von Jefremows Anzug. Einer der Beschleuniger lud sich stakkato winselnd auf. Auf einem Radarschirm rückten feine grüne Kreuze über einen roten Punkt.

Jefremow setzte seinen Helm ab. Seelenruhig und ohne Regung im Gesicht stieß er Korolew mit dem Helm weg.

»Die sollen aufhören!« bettelte Korolew. Die Wände bebten, als mit einem Peitschenknall ein Strahl losbrach. »Deine Frau, Jefremow! Sie ist auch da draußen!«

»Raus, Korolew!« Jefremow packte Korolews arthritische Hand und drückte sie kräftig. Korolew schrie. »Raus!« Eine behandschuhte Faust fuhr ihm gegen die Brust.

Korolew trommelte hilflos auf den Raumanzug ein, als er in den Korridor geschoben wurde. »Nicht mal ich, Korolew, wage es, mich zwischen die Rote Armee und ihre Befehle zu stellen.« Nun war ihm anzusehen, daß er sich nicht wohl fühlte; die Maske war gefallen. »Netter Sport«, sagte er. »Wart draußen, bis es vorbei ist!«

Nun prallte Tatjanas Sojus in das Waffensystem und den Quartierring. Für den Bruchteil einer Sekunde sah Korolew im Daguerreotyp aus rohem Sonnenlicht das Kanonenboot schrumpfen und einkrachen wie eine Bierdose unter einer Stiefelsohle; er sah den enthaupteten Rumpf eines Soldaten von einer Console aufwirbeln; er sah Jefremow den Mund aufreißen, um was zu sagen, und sein Haar zu Berge stehen im Vakuum, das die Luft durch den offenen Helmring aus dem Anzug saugte. Ein feiner doppelter Blutstrahl schoß aus Korolews Nasenlöchern, während das Brausen der ausströmenden Luft vom Tosen in seinem Kopf übertönt wurde.

Das letzte, was Korolew hörte, war die dichtmachende Luke.

Als er wieder zu sich kam, war es dunkel; hinter seinen Augen wütete pochender Schmerz; alte Lektionen fielen ihm wieder ein. Dies sei eine ebensogroße Gefahr wie der Platzer selbst, der Stickstoff im Blut schlage mit brennendem, lähmendem Schmerz zu ...

Aber es war alles so entrückt, so akademisch. Als er die Räder der Luken drehte, so lediglich aus einem Gefühl von *noblesse oblige* heraus. Es war eine beschwerliche Verrichtung; sein größter Wunsch war, ins Museum zurückzukehren und zu schlafen.

Die Leckstellen konnte er mit Dichtungsmasse schließen, gegen die zusammengebrochenen Systeme konnte er allerdings nichts ausrichten. Er hatte immerhin Gluschkos Garten. Gemüse und Algen stellten sicher, daß er nicht verhungern oder ersticken würde. Das Kommunikationsmodul war mit dem Kanonenboot und dem Quartierring draufgegangen, als Tatjanas Sojus selbstmörderisch gegen diese prallte und sie von der Station absprengte. Er vermutete, daß der Zusammenprall die Umlaufbahn von Kosmograd nachteilig beeinflußt hatte, konnte aber nicht bestimmen, wann es zur letzten heißen Begegnung der Station mit der oberen Erdatmosphäre kommen würde. Er war neuerdings oft krank und glaubte schon, vor dem Verglühen sterben zu müssen, was ihn bedrückte.

Er verbrachte ungezählte Stunden vor dem Bildschirm, wo er die Videobänder der Museumsbibliothek sichtete. Eine passende Beschäftigung für den letzten Menschen im All, der einst der erste Mensch auf dem Mars gewesen war.

Zur Obsession wurde das Material über Gagarin; immer wieder schaute er sich die körnigen Fernsehbilder aus den Sechzigern an, die Nachrichtensendungen, die unweigerlich auf den Tod des Kosmonauten hinausliefen. Die stickige Luft von Kosmograd atmete Märtyrergeist. Gagarin, die erste Saljut-Besatzung, die Amerikaner, die bei lebendigem Leibe in ihrer plumpen Apollo gebraten wurden ...

Oft träumte er von Tatjana, von ihren Augen, die den gleichen Blick hatten, den er in die Augen der Porträts im Museum hineininterpretierte. Und einmal erwachte er – oder träumte davon – in der Saljut, in der sie geschlafen hatte; er trug seine alte Uniform und auf der Stirn eine batteriebetriebene Arbeitslampe. Aus der Ferne – wie auf dem Monitor im Museum – sah er sich den Stern des Tsiolkowsky-Ordens von der Brust reißen und an Tatjanas Pilotendiplom heften.

Als das Klopfen ertönte, wußte er, das müsse auch ein Traum sein.

Die Luke wurde aufgedreht.

Im bläulich flackernden Lichtschein eines alten Films sah er, daß die Frau eine Schwarze war. Lange Korkenzieher aus krausem Haar standen von ihrem Kopf ab wie Kobras. Sie trug eine Schutzbrille und einen seidenen Fliegerschal, der in der Schwerelosigkeit hintendreinschwebte. »Andy«, sagte sie in Englisch, »sieh dir das mal an!«

Ein kleiner, muskulöser, fast kahlköpfiger Mann, der nur ein Sportsuspensorium und einen Werkzeuggürtel am Körper trug, tauchte hinter ihr auf und lugte herein. »Lebt er?«

»Natürlich lebe ich«, sagte Korolew in fast akzentfreiem Englisch.

Der Mann, der Andy hieß, schwebte über ihren Kopf hinweg herein. »Alles okay, Freund?« Sein rechter Bizeps war tätowiert mit einem geodätischen Ballon über gekreuzten Blitzen und dem Text SUNSPARK 15, UTAH. »Wir haben nicht damit gerechnet.«

»Ich auch nicht«, erwiderte Korolew zwinkernd.

»Wir wollen hier wohnen und leben«, sagte die Frau, die näherkam.

»Wir kommen von den Ballons. Sind praktisch Instandbesetzer. Haben gehört, daß die Station aufgegeben wurde. Weißt du, daß die Kiste an Höhe verliert?« Der Mann schlug tollpatschig einen Purzelbaum, daß das Werkzeug am Gurt nur so klapperte. »Die Schwerelosigkeit ist einfach toll.«

»Mein Gott«, meinte die Frau, »kann mich gar nicht daran gewöhnen. Ein herrliches Gefühl. Wie der freie Fall beim Fallschirmspringen, aber ohne Wind.«

Korolew sah den Mann an, der den unbändigen, sorglosen Blick eines Draufgängers hatte, der seine Freiheit liebt. »Aber ihr habt nicht mal 'ne Raketenabschußbahn«, bemerkte er.

»'ne Raketenabschußbahn?« sagte der Mann lachend. »Wir machen das so, daß wir diese Antriebsaggregate an den Leitungen zu den Ballons hochziehen, fallenlassen und mitten in der Luft zünden.«

»Das ist verrückt«, meinte Korolew.

»Hat uns raufgebracht, nicht wahr?«

Korolew nickte. Wenn das ein Traum war, so ein sehr eigentümlicher. »Ich bin Juri Wasilewitsch Korolew.«

»Mars!« Die Frau klatschte in die Hände. »Wenn das die Kinder hören!« Sie zog den kleinen Lunokhod-Mondjeep von der Wand und zog ihn auf.

»Heh«, sagte der Mann, »ich muß was tun. Wir haben ein paar Antriebsaggregate draußen. Müssen die Kiste hochhieven, bevor sie zu glühen anfängt.«

Etwas prallte gegen die Außenhülle, und Kosmograd dröhnte. »Das wird Tulsa sein«, sagte Andy nach einem Blick auf seine Armbanduhr. »Recht pünktlich.«

»Aber warum?« Korolew schüttelte verdutzt den Kopf. »Warum seid ihr gekommen?«

»Wir sagten doch, um hier zu leben. Wir können dieses Ding vergrößern, vielleicht auch weitere bauen. Sie sagten, wir würden es nie lebend schaffen in den Ballons, aber wir waren die einzigen, die das deichseln konnten. Es war *die* Chance, hier rauszukommen. Wer möchte schon hier draußen leben, nur um der Sache einer Regierung, einer Handvoll Militärbonzen oder Bürohengsten zu dienen? Man muß Grenzen ziehen *wollen* – bis in die Knochen, nicht?«

Korolew lächelte. Andy lächelte zurück. »Wir haben uns an die Stromleitungen gehängt und uns einfach dran hochgezogen. Und wenn man an die Spitze kommt, Mann, macht man entweder den großen Sprung oder vermodert dort.« Seine Stimme wurde lauter. »Und da schaut man nicht zurück, nein! Wir haben den Sprung gemacht und wollen hier bleiben!«

Die Frau setzte das Modellauto mit den Klettbandrädern auf die gekrümmte Wand und ließ es los. Munter surrend, flitzte es über ihren Köpfen dahin. »Ist das nicht drollig? Die Kinder werden es lieben.«

Korolew starrte Andy ins Gesicht. Wieder erschütterte ein Dröhnen Kosmograd und schubste das kleine Lunokhod-Modell auf einen neuen Kurs.

»East Los Angeles«, sagte die Frau. »Das ist der Ballon mit den Kindern drin.« Sie zog ihre Schutzbrille ab, und Korolew sah, daß aus ihren Augen herrlicher Wahnsinn lugte.

»So«, sagte Andy und rasselte an seinem Werkzeuggurt, »bist du soweit fit, daß du uns herumführen kannst?«

William Gibson

New Rose Hotel

Sieben Nächte in einem gemieteten Sarg, Sandii. New Rose Hotel. Wie ich dich jetzt will! Manchmal peil ich dich an. Spiel's wieder ab – so langsam und süß und gemein, daß ich's fast spüren kann. Manchmal hol ich deine kleine Automatik aus meiner Tasche, laß den Daumen übers glatte, billige Chrom wandern. Chinesische 22er, Bohrung nicht größer als die verkleinerten Pupillen deiner verschwundenen Augen.

Fox ist jetzt tot, Sandii.

Fox sagte, ich soll dich vergessen.

Ich erinnere mich an Fox, wie er am gepolsterten Tresen einer dunklen Hotelbar in Singapurs Bencoolen Street lehnt, mit den Händen verschiedene Einflußsphären beschreibt, interne Rivalitäten, den steilen Bogen einer bestimmten Karriere, eine im Panzer irgendeiner Denkmaschine entdeckte Schwachstelle. Fox war Spürhund in den Kopfkriegen, Mittelsmann für konzernübergreifenden Austausch. Er war Soldat in den geheimen Scharmützeln der Zaibatsus, der Multis, die ganze Wirtschaftssysteme beherrschen.

Ich sehe Fox grinsen, schnell reden, meine Vorstöße in zwischenbetriebliche Industriespionage mit einem Kopfschütteln abtun. Das EXTRA, sagt er, das EXTRA such! Man hörte förmlich die Großbuchstaben. Das EXTRA war Fox' Gral, jenes gewisse Etwas an zusätzlichem Talent, das nicht übertragbar in den Köpfen der weltbesten Forschungswissenschaftler steckt.

Man kann EXTRA nicht auf Papier bannen, kann EXTRA nicht in eine Diskette stecken.

Geld kriegte man für Abtrünnige.

Fox war gepflegt; die seriöse Erscheinung dank dunkler französischer Anzüge störte eine lausbübische Stirnlocke, die sich nicht bändigen ließ. Es gefiel mir nicht, wie dieser Schein zerbröckelte, wenn er von der Bar zurücktrat und die linke Schulter in einem Winkel abstand, was kein französischer Schneider kaschieren konnte. In Bern hatte ihn jemand mit einem Taxi angefahren, und niemand kriegte das wieder richtig hin.

Ich schätze, ich ging mit ihm, weil er sagte, daß er aufs EXTRA aus sei.

Und irgendwo da draußen auf unsrer Suche nach dem EXTRA fand ich dich, Sandii.

The New Rose Hotel ist eine Sarg-Stellage am verschachtelten Rand des internationalen Flughafens Narita. Plastikkisten von einem Meter Höhe und drei Metern Länge reihen sich aneinander wie überschüssige Godzilla-Zähne in einer Baustelle beim Flughafen-Zubringer. Jede Kiste ist mit einem Monitor ausgestattet, der bündig in den Deckel eingelassen ist. Ich schaue mir oft tagelang japanische Spielshows und alte Filme an. Manchmal halte ich deine Knarre in der Hand.

Manchmal kann ich die Jets hören, die im Warteraum Muster über Narita zeichnen. Ich schließe die Augen und stelle mir vor, wie die scharfen weißen Kondensstreifen verblassen, verpuffen.

Du kamst in eine Bar in Yokohama, als ich dich das erste Mal sah. Eurasisch, halb *gaijin,* mit hohen Hüften und geschmeidigen Formen in einer chinesischen Kopie eines japanischen Designer-Modells. Dunkle europäische Augen, asiatische Wangenknochen. Ich weiß noch, wie du deine Tasche aufs Bett geleert hast später in einem Hotelzimmer und über dein Make-up gegangen bist. Zerknülltes Bündel neuer Yen, schäbiges Adreßbüchlein, durch Gummibändchen zusammengehalten, Mitsubishi-Bankchip, japanischer Paß mit aufgedrucktem goldenen Chrysanthemum und die chinesische 22er.

Du erzähltest mir deine Geschichte. Dein Vater war

ein leitender Angestellter in Tokio gewesen, mittlerweile aber in Ungnade gefallen und verstoßen worden von Hosaka, dem größten Zaibatsu überhaupt. In jener Nacht war deine Mutter Holländerin, und ich hörte mir an, wie du für mich jene Sommertage in Amsterdam ausfabuliertest, wo die Tauben wie ein weicher brauner Teppich den Damm bedeckten.

Ich fragte nicht, was dein Vater getan hatte, um in Ungnade zu fallen. Ich sah dir beim Anziehen zu; beobachtete, wie dein dunkles, glattes Haar hin und her fiel, durch die Luft schnitt.

Jetzt werde ich von Hosaka gejagt.

Die Särge des New Rose stehen in einem Gerüst aus hellackiertem Recycling-Stahlrohr. Farbe blättert ab, wenn ich über die Leiter klettere, fällt bei jedem Schritt, wenn ich den Laufplanken folge. Meine linke Hand zählt die Sargdeckel, auf denen mehrsprachig Gebühren angedroht werden, wenn man seinen Schlüssel verliert.

Ich schaue hoch, wenn die Jets von Narita aufsteigen und zur Heimat starten, die nun unerreichbar wie der Mond ist.

Fox erkannte rasch, daß wir dich brauchen konnten, unterschätzte aber deinen Ehrgeiz. Freilich lag er nie eine ganze Nacht mit dir am Strand von Kamakura, bekam nie deine Alpträume zu hören, eine ganze erdichtete Kindheit, die sich drehte und wendete unter den Sternen, wenn dein Kindermund sich auftat, um eine neue Version zu enthüllen, die – wie du jedesmal schwörtest – wirklich und endgültig wahre.

Mir, der ich dich an den Hüften hielt, während der kühle Sand dich umschmiegte, war das egal.

Einmal gingst du weg, ranntest zurück zu jenem Strand, weil du unsern Schlüssel vergessen hattest. Ich bemerkte ihn in der Tür und lief hinter dir her und sah dich knöcheltief im Wasser stehen; da standst du, den runden Rücken steif, zitternd, den Blick in die Ferne gerichtet. Du konntest nicht sprechen. Schaudertest. Warst weggetreten. Zittertest um andere Zukünfte, bessere Vergangenheiten.

Sandii, du hast mich hier alleingelassen.

Hast alle deine Sachen hiergelassen.

Deine Kanone. Dein Make-up, diverse Lidschatten und eingedostes Wangenrot. Deinen Cray-Microcomputer, ein Geschenk von Fox, mit einer von dir eingetippten Einkaufsliste. Manchmal laß ich die runterlaufen und starre auf jeden Punkt, der da über den kleinen Silbermonitor spaziert.

Ein Kühlaggregat. Ein Fermentiergerät. Einen Incubator. Ein Elektrophorese-System mit eingebauter Agarose und Durchleuchtung. Einen Gewebepräparator. Einen Hochleistungs-Flüssigkeitschromatographen. Ein Fließzytometer. Ein Spektrophotometer. Vier Gros Fläschchen Borsilikat-Szintillation. Eine Mikrozentrifuge. Und einen DNS-Synthesizer mit integriertem Computer. Plus Software.

Teuer, Sandii. Freilich bezahlte Hosaka die Rechnung. Später batest du sie sogar noch kräftiger zur Kasse, aber da warst du bereits weg.

Hiroshi stellte die Liste für dich zusammen. Im Bett vermutlich. Hiroshi Yomiuri. Maas Biolabs GmbH hatte ihn. Hosaka wollte ihn haben.

Ein heißer Bursche. EXTRA, und davon reichlich. Fox verfolgte Gentechniker, wie ein Fan die Spieler in einem Schlagerspiel. Fox war so scharf auf Hiroshi, daß er's schier schmecken konnte.

Er hatte mich schon dreimal nach Frankfurt rübergeschickt, bevor du auftauchtest, nur um 'nen Blick auf Hiroshi zu werfen. Nicht um ihn anzuwerben oder ihm auch nur vage Andeutungen zuzuspielen. Nur um ihn ein bißchen zu beobachten.

Bei Hiroshi deutete alles darauf hin, daß er sich dauerhaft niedergelassen hatte. Er hatte ein deutsches Mädchen gefunden mit einem Tik für Loden und polierte kastanienbraune Schaftstiefel. Er hatte ein renoviertes Stadthaus genau am richtigen Platz gekauft. Er hatte mit dem Fechtsport angefangen und Kendo aufgegeben.

Und überall die flexiblen, schwerbewaffneten Bewacher von Maas wie eine zähe, gläserne Schutzhülle. Ich kam zurück und erklärte Fox, daß wir nie an ihn herankämen.

Das hast du für uns erledigt, Sandii. Und du hast ihn haargenau richtig angefaßt.

Unsere Hosaka-Kontakte waren wie spezialisierte Zellen zum Schutz des Elternorganismus. Wir waren Mutagene, Fox und ich, dubioses Treibgut auf der dunklen Seite des Konzern-Meers.

Als wir dich in Wien installiert hatten, boten wir ihnen Hiroshi an. Sie zuckten mit keiner Wimper. Totenstille im Hotelzimmer in L.A. Sie sagten, sie müßten es sich überlegen.

Fox nannte Hosakas Hauptkontrahenten im Genspiel beim Namen, spuckte ihn unverhüllt aus, brach das Protokoll, das die Verwendung echter Namen untersagte.

Sie müßten es sich überlegen, sagten sie.

Fox gab ihnen drei Tage.

Eine Woche vor Wien fuhr ich mit dir nach Barcelona. Ich erinnere mich an die graue Baskenmütze, in die du dein Haar gepackt hast, an deine hohen mongolischen Backenknochen, die sich in den Schaufenstern alter Läden gespiegelt haben. Spazierten die Ramblas hinunter zum Phönizischen Hafen, vorbei am glasbedachten Mercado, wo Orangen aus Afrika feilgeboten wurden.

Das alte Ritz. Warm in unserm Zimmer, dunkel. Europa schien wie eine Daunendecke auf uns zu lasten. Ich konnte in dich eindringen, wenn du schliefst. Du warst immer bereit. Deine Lippen ein weiches, rundes, erstauntes O, dann vergrubst du das Gesicht im dicken weißen Kissen mit altertümlichem Ritz-Bezug. In dir drin stellte ich mir das viele Neonlicht vor, die Menschenmassen in der Shinjuku-Station, in der verkabelten, elektrischen Nacht. Genau so bewegtest du dich, Rhythmus einer neuen Ära, verträumt und fern von jeglichem Boden eines Landes.

Als wir nach Wien flogen, installierte ich dich im Lieblingshotel von Hiroshis Frau. Stilles, solides Haus, Foyer mit marmornem Schachbrettboden und messingenen Aufzügen, wo's nach Limonenöl und Zigarillos riecht. Es war nicht schwer, sie sich hier vorzustellen, wo der polierte Marmor die Glanzlichter ihrer Schaftstiefel spiegelte. Aber wir wußten, daß sie nicht mitkäme, nicht diesmal.

Sie war in irgendeinem rheinländischen Kurbad, während Hiroshi zu einer Konferenz nach Wien reiste. Als das Sicherheitsteam von Maas eingeflogen wurde, um das Hotel abzuklopfen, warst du außer Sicht.

Hiroshi traf eine Stunde später ein. Allein.

Stell dir ein Alien vor, sagte Fox einmal, das auf die Erde kommt, um die beherrschende Intelligenzform zu bestimmen. Das Alien schaut sich kurz um und entscheidet sich. Was wählt es wohl? Ich zuckte die Achseln.

Die Zaibatsus, sagte Fox, die Multis. Zaibatsus leben durch Information, nicht durch Personen. Die Struktur ist vom Leben der Einzelwesen, die sie ausmachen, unabhängig. Konzern als Lebensform.

Nicht schon wieder 'ne EXTRA-Lektion, sagte ich.

Maas ist anders, sagte er, meinen Einwand ignorierend.

Maas ist klein, flink, skrupellos. Ein Atavismus. Maas ist EXTRA total.

Ich weiß noch, wie Fox Hiroshis EXTRA analysierte. Radioaktive Nucleasen, monoklonale Antikörper, hat was mit Proteinbindungen zu tun, Nucleotiden ... Fox sprach von heiß, heißen Proteinen. Schnellen Bindungen. Hiroshi, sagte er, sei ein Freak, einer, der Grundmuster über den Haufen werfe, Weichen stelle für einen ganzen Wissenschaftszweig, ein ganzes Wissenschaftsgebiet revolutioniere. Schlüsselpatente, sagte er, und seine Kehle war wie zugeschnürt vom Geldregen, vom feinen Geruch nach steuerfreien Millionen, die diesem Wörtchen anhafteten.

Hosaka wollte Hiroshi, aber sein EXTRA war so radikal, daß es ihnen Sorgen machte. Sie wollten, daß er in Isolation arbeite.

Ich ging nach Marrakesch, in die Altstadt, die Medina. Ich fand ein Heroinlabor, das auf die Extraktion von Pheromonen umgerüstet war. Das kaufte ich mit Hosakas Geld.

Ich ging mit einem schwitzenden portugiesischen Geschäftsmann durch den Markt auf dem Dschama al Fama und besprach die Installierung von Neonröhren und den Einbau belüftbarer Tierkäfige. Hinter der Stadtmauer der Hohe Atlas. Auf dem Dschama al Fama wimmelte es von Gauklern, Tänzern, Märchenerzählern, kleinen Buben, die mit den Füßen Töpferscheiben drehten, beinamputierten Bettlern mit Holzschalen unter belebten Reklame-Hologrammen für französische Software.

Wir schlenderten vorbei an Naturwollballen, Plastikeimern voller chinesischer Mikrochips. Ich deutete an, daß meine Auftraggeber die Herstellung von künstlichem Beta-Endorphin planten. Man muß den Leuten immer was vorsetzen, das sie verstehen.

Sandii, manchmal denk ich noch an Harajuku. Mach die Augen zu in meinem Sarg und seh dich dort in Harajuku – Glanz und Glitzer der Boutiquen, wo's nach neuer Kleidung riecht. Ich sehe deine Backenknochen an verchromten Regalen mit Pariser Ledermode entlangdefilieren. Manchmal halt ich deine Hand.

Wir dachten, wir hätten dich gefunden, Sandii, aber an sich hast du uns gefunden. Jetzt weiß ich, daß du auf der Suche warst nach uns – oder jemand wie uns. Fox war entzückt, lächelte breit über unsren Fund: so'n hübsches neues Werkzeug, messerscharf. Genau das richtige, um 'ne zähe Scheibe EXTRA – Hiroshis EXTRA – vom eifersüchtig wachenden Elternorganismus der Maas Biolabs abzuschneiden.

Du mußt lange gesucht haben, gesucht haben nach einem Ausweg in den vielen Nächten in Shinjuku drunten. Den Nächten, die du tunlichst aus dem lükkenhaften Kartenspiel deiner Vergangenheit entfernt hast.

Meine eigene Vergangenheit ist vor Jahren komplett verschütt gegangen. Ich verstand Fox' Gewohnheit, spät nachts seine Brieftasche zu leeren und durch seine Identitätskarten zu blättern. Er legte die Dinger in verschiedenen Mustern aus und sortierte sie um, bis sich irgendein Bild abzeichnete. Ich wußte, worauf er wartete. Das gleiche machtest du mit deinen diversen Kindheiten.

Im New Rose wählte ich heut' abend aus deiner Vergangenheiten-Sammlung.

Ich wählte das Original aus dem Kartenspiel, die berühmte Yokohama-Hotelzimmer-Version, die du mir in unsrer ersten Nacht im Bett vorgetragen hattest. Ich wählte den verstoßenen Vater, den Hosaka-Manager. Hosaka. Wie perfekt. Und die holländische Mutter, die Sommertage in Amsterdam, den weichen Teppich aus Tauben nachmittags auf dem Dam.

Aus der Hitze von Marrakesch ins klimatisierte Hilton. Das durchschwitzte Hemd klebte naß am Rücken, während ich die Nachricht las, die du mir durch Fox hattest zukommen lassen. Warst voll drin; Hiroshi würde seine Frau verlassen. Es war für dich nicht schwierig, mit uns in Verbindung zu treten, obwohl es das durchsichtige, straffe Sicherheitsband der Firma Maas zu durchdringen galt; du hattest Hiroshi das beste Lokal für Kaffee und Kipferl gezeigt. Dein Lieblingskellner war ein weißhaariger, freundlicher Herr, der leicht hinkte und für uns arbeitete. Du legtest deine Nachrichten unter die Leinenserviette.

Den ganzen Tag heute beobachte ich schon einen Hubschrauber, der ein enges Gitter über meine Heimat zieht, meine Wahlheimat hier im New Rose Hotel. Beobachte vom Deckel aus, wie sein Schatten geduldig über den schmierigen Beton streift. Nicht weit weg. Gar nicht weit weg.

Von Marrakesch flog ich nach Berlin. Ich traf mich in einer Bar mit einem Waliser und begann, Hiroshis Verschwinden zu arrangieren.

Es wäre eine komplizierte Angelegenheit, verzwickt wie das messingene Gerät und verschiebbare Spiegelkabinett eines viktorianischen Bühnenzauberers, hätte aber einen ausnehmend simplen Effekt. Hiroshi würde hinter einen wasserstoffbetriebenen Mercedes treten und verschwinden. Die dutzend Maas-Agenten, die ihm auf Schritt und Tritt folgen, würden den Wagen wie Ameisen umschwirren; der Maas'sche Sicherheitsapparat würde sich am Ort seines Verschwindens festsetzen wie Epoxid.

In Berlin versteht man sich darauf, Geschäfte prompt abzuwickeln. Es war mir sogar möglich, eine letzte Nacht mit dir zu arrangieren. Fox erfuhr davon nichts; er hätte es vielleicht nicht erlaubt. Nun habe ich den Namen der Stadt vergessen. Ich wußte ihn noch in der ersten Autobahnstunde unter einem grauen rheinischen Himmel und vergaß ihn in deinen Armen.

Zu regnen fing's gegen Morgen an. Unser Zimmer hatte nur ein Fenster, ein hohes und schmales, vor dem ich stand und durch das ich den Regen beobachtete, der den Strom mit Silbernadeln kräuselte. Dein Atmen. Niedrige, steinerne Brückenbögen überspannten den Strom. Die Straße war menschenleer. Europa ein totes Museum.

Ich hatte deinen Flug von Orly nach Marrakesch schon gebucht unter deinem neuesten Namen. Du warst bereits unterwegs, als ich die letzte Nummer abzog und Hiroshi verschwinden ließ.

Deine Tasche lag auf dem alten, dunklen Aktenschrank. Während du schliefst, checkte ich deine Sachen, um alles zu entfernen, was mit deiner neuen Identität, die ich dir in Berlin gekauft hatte, kollidieren würde. So nahm ich die chinesische 22er, deinen Microcomputer und deinen Bankchip an mich. Ich holte einen neuen Paß, einen niederländischen, aus meiner Tasche und einen Schweizer Bankchip, auf den gleichen Namen lautend, und verstaute das in deiner Tasche.

Dabei strich meine Hand über etwas Flaches. Ich holte es heraus, hielt das Ding hoch. Eine Diskette, unbeschriftet.

Da lag sie auf meiner flachen Hand, die todbringende. Latent, codiert, lauernd.

Ich beobachtete dein Atmen, das Heben und Senken deiner Brust. Betrachtete deine leicht geteilten Lippen und sah auf der vorspringenden, vollen Unterlippe die Spur einer Schramme.

Ich steckte die Diskette in deine Tasche zurück. Als ich mich neben dich legte, drehtest du dich, wach geworden, zu mir. In deinem Atem die elektrische Nacht eines neuen Asien, einer Zukunft, die in dir aufstieg wie eine klare Flüssigkeit und alles fortspülte außer den Augenblick. Das war dein Zauber, daß du außerhalb der Geschichte, jeder Gegenwart lebtest.

Und es verstandest, mich dorthin zu führen.

Ein letztes Mal dorthin führtest.

Während ich mich rasierte, hörte ich, wie du dein Make-up in meine Tasche kipptest. Ich bin jetzt Holländerin, sagtest du. Da will ich ein neues Aussehen.

Dr. Hiroshi Yomiuri verschwand in Wien, in einer stillen Gasse an der Singerstraße – gleich um die Ecke vom Lieblingshotel seiner Gattin. An einem klaren Oktobernachmittag löste sich Dr. Yomiuri vor dutzend geschulten Augenzeugen in Luft auf.

Er trat durch einen Spiegel. Irgendwo hinter der Bühne drehten sich die geölten Räder eines viktorianischen Werks.

Ich saß in meinem Hotelzimmer in Genf und nahm den Anruf des Walisers entgegen. Erledigt; Hiroshi sei untergetaucht und schon auf dem Weg nach Marrakesch. Ich schenkte mir einen Drink ein und dachte an deine Beine.

Fox und ich trafen uns einen Tag später in Narita an einem Sushi-Stand beim JAL-Terminal. Er war soeben mit einem Air Maroc-Jet gelandet, war erschöpft und triumphierte.

Liebt das Land, sagte er und meinte Hiroshi. Liebt sie, sagte er und meinte dich.

Ich lächelte. Du versprachst, dich in einem Monat mit mir in Shinjuku zu treffen.

Deine billige, kleine Kanone im New Rose Hotel. Das Chrom blättert schon ab. Die Mechanik ist plump, in den blanken Stahl ist verwischtes Chinesisch geprägt. Der Griff ist beidseitig mit rotem Plastik belegt, in das jeweils ein Drache modelliert ist. Wie'n Kinderspielzeug.

Fox aß Sushi im JAL Terminal und war ganz außer sich vor Freude, weil wir's geschafft hatten. Die Schulter habe ihm Schwierigkeiten gemacht, aber das spiele keine Rolle mehr. Habe jetzt Geld für beßre Ärzte. Geld für alles.

Irgendwie bedeutete es mir nicht viel, das Geld, das wir von Hosaka kassiert hatten. Nicht daß ich unsern neuen Reichtum in Frage stellte, aber die letzte Nacht mit dir überzeugte mich, daß das alles selbstverständlich war in der neuen Ordnung, eine Funktion davon, wer und was wir waren.

Der arme Fox. Seine blauen Oxford-Hemden waren kräftiger denn je gestärkt und seine Pariser Anzüge dunkler und vornehmer. Als er da im JAL Terminal hockte und Sushi ins rechteckige Schälchen mit grünem

Meerrettich tunkte, hatte er nicht mal mehr 'ne Woche zu leben.

Dunkel jetzt. Auf die Sargreihen des New Rose Hotel leuchten die ganze Nacht über die Scheinwerfer auf den hohen, lackierten Stahlmasten. Nichts hier scheint seinem ursprünglichen Zweck zu dienen. Alles überschüssig, wiederverwertet, selbst die Särge. Vor vierzig Jahren standen diese Plastiktruhen in Tokio oder Yokohama als moderne Inseln der Ruhe für reisende Geschäftsleute. Vielleicht hat dein Vater schon in so 'nem Ding geschlafen. Als das Gerüst noch neu war, umgab es den Rohbau eines verspiegelten Wolkenkratzers in der Ginza und trug ganze Handwerkerscharen.

Der Wind heut' abend trägt das Klappern aus einer Pachinko-Halle heran, den Geruch von gedünstetem Gemüse von den Handkarren auf der andern Straßenseite.

Ich bestreiche einen orangefarbenen Reiscracker mit Krillpaste, die nach Krabben schmeckt. Ich höre die Flugzeuge.

Während dieser letzten Tage in Tokio hatten Fox und ich aneinandergrenzende Suiten im dreiundfünfzigsten Stock des Hyatt. Kein Kontakt mit Hosaka. Sie zahlten und löschten uns dann aus ihrem Konzerngedächtnis.

Aber Fox konnte es nicht lassen. Hiroshi war sein Zögling, sein Lieblingsprojekt. Er hatte einen Besitzanspruch, ein fast väterliches Interesse an Hiroshi entwikkelt. Er liebte das EXTRA an ihm. Also wünschte Fox, daß ich Kontakt hielte zu meinem portugiesischen Geschäftspartner in der Medina, der gern bereit war, Hiroshis Labor für uns im Auge zu behalten.

Wenn er anrief, dann rief er von einer Telefonzelle am Dschama al Fama an, wo im Hintergrund plärrende Händler und Panflöten vom Atlas zu hören waren. Es werde ein Sicherheitsapparat errichtet in Marrakesch, meldete er uns. Fox nickte. Hosaka.

Nach nicht einmal einem Dutzend Anrufen sah ich

die Veränderung bei Fox, ein Gespannt- und abstraktes Weggetretensein. Oft sah ich ihn am Fenster stehen und aus dem dreiundfünfzigsten Stock in den kaiserlichen Park starren; was ihn beschäftigte, damit wollte er nicht herausrücken.

Frag ihn nach mehr Details, sagte er nach einem solchen Anruf. Er glaubte, ein von unserem Kontaktmann beim Betreten des Labors beobachteter Gast sei Moenner, Hosakas führender Gentechniker.

Das war Moenner, sagte er nach dem nächsten Anruf. Nach einem weiteren Anruf glaubte er, Chedanne erkannt zu haben, der Hosakas Protein-Gruppe leitete. Keiner der Herren war seit über zwei Jahren außerhalb der Konzern-Arcologien gesehen worden.

Mittlerweile wurde offensichtlich, daß sich Hosakas führende Forscher klammheimlich in der Medina tummelten und die schwarzen Lears der Firmenleitung auf Glasfiberflügeln flüsterleise den Flughafen von Marrakesch frequentierten. Fox schüttelte den Kopf. Er war ein Profi, ein Spezialist, und sah diese Häufung von EXTRAS erster Garnitur in der Medina als gravierenden unternehmerischen Fehlschlag.

Herrgott, sagte er und goß sich einen Black Label ein, die haben im Moment ihren ganzen biologischen Bereich dort versammelt. Eine Bombe genügt. Er schüttelte den Kopf. Eine Granate zur rechten Zeit am rechten Ort ...

Ich erinnerte an die Sättigungsmethode, die der Sicherheitsapparat von Hosaka derzeit offenbar betreibe. Hosaka hatte direkte Verbindungen ins Parlament, und das massenhafte Einschleusen von Agenten nach Marrakesch konnte nur mit Billigung und Unterstützung der marokkanischen Regierung erfolgen.

Laß gut sein, sagte ich. Es ist vorbei. Du hast ihnen Hiroshi verkauft. Jetzt vergiß ihn!

Ich weiß, was los ist, sagte er. Ich weiß. Hab das schon mal erlebt.

Er sagte, es gebe einen gewissen Unsicherheitsfaktor in der Laborarbeit. Das extra EXTRA, nannte er's. Wenn einem Forscher ein Durchbruch gelingt, sind andere zuweilen nicht in der Lage, die Resultate des Entdeckers nachzuvollziehen. Dies war um so wahrscheinlicher bei Hiroshi, dessen Arbeit der einschlägigen Forschung gegen den theoretischen Strich ging. Die Lösung bestand oft darin, den Neuerer von Labor zu Labor innerhalb des Konzerns zu fliegen zur rituellen Handauflegung. Ein paar sinnlose Änderungen in der Apparatur, und schon klappte das Verfahren. Verrückte Sache, sagte er. Keiner weiß, warum es jetzt klappt, aber so ist das halt. Er grinste.

Sie gehn ein Risiko ein. Schweine sagten uns, sie wollten Hiroshi isolieren, ihn raushalten aus dem zentralen, vorwärtsstrebenden Forschungsbetrieb. Diese Säcke. Ich wette um meinen Arsch, da läuft irgendein Machtkampf ab in der Forschung von Hosaka. Jemand Mächtiges fliegt seine Lieblinge ein und schart sie alle um Hiroshi. Wenn Hiroshi die Fundamente der Gentechnik zum Einsturz bringt, stehn die Mannen in der Medina bereit.

Er trank seinen Scotch und zuckte die Achseln.

Geh ins Bett, sagte er. Du hast recht, die Sache ist gelaufen.

Ich ging ins Bett, aber das Telefon weckte mich. Wieder Marrakesch, das grelle Rauschen der Satellitenverbindung, ein ängstlicher portugiesischer Wortschwall.

Hosaka sperrte unser Guthaben nicht, sondern löste es schlicht in Nichts auf. Trügerisches Gold. Eben noch Millionäre in der härtesten Währung der Welt, waren wir nun bettelarm. Ich weckte Fox.

Sandii, sagte er. Hat sich kaufen lassen. Die Maas'schen Detektive haben sie in Wien umgepolt. Herrgott!

Ich sah zu, wie er seinen zerbeulten Koffer mit einem Schweizer Offiziersmesser aufschlitzte. Da waren drei

Goldbarren mit Superkleber drin befestigt. Glatte, flache Barren, von der Münzanstalt irgendeiner untergegangenen afrikanischen Regierung geprüft und gestempelt.

Ich hätte es sehen müssen, sagte er tonlos.

Ich sagte nein. Ich glaube, ich sagte deinen Namen.

Vergiß sie! sagte er. Hosaka will uns kaltmachen. Sie werden denken, wir haben sie reingelegt. Schnapp dir das Telefon und ruf unsern Kontostand ab!

Unser Konto war nicht mehr. Mir wurde erklärt, keiner von uns beiden habe je eins gehabt.

Ab die Post, sagte Fox.

Wir rannten davon. Einen Personaleingang hinaus mitten ins Verkehrsgewühl von Tokio und runter nach Shinjuku. Da kapierte ich zum ersten Mal, welch weitreichenden Zugriff Hosaka eigentlich hat.

Wir rannten gegen verschlossene Türen an. Leute, mit denen wir seit zwei Jahren Geschäfte machten, sahen uns kommen und kurbelten die Eisenläden runter hinter den Augen. Wir mußten uns verdrücken, bevor sie Gelegenheit hatten zu telefonieren. Die Oberflächenspannung der Unterwelt hat sich verdreifacht, und überall stießen wir auf die gleiche zähe Membran, von der wir abprallten. Keine Chance zum Ein- und Untertauchen.

Hosaka ließ uns fast den ganzen ersten Tag laufen. Dann schickten sie jemand, der Fox zum zweiten Mal das Kreuz brechen sollte.

Ich sah nicht direkt zu, aber ich sah ihn fallen. Wir waren eine Stunde vor Ladenschluß in einem Kaufhaus der Ginza, da sah ich ihn im Bogen vom polierten Zwischenstock in die Waren des neuen Asien stürzen.

Mich verfehlten sie irgendwie, und ich rannte einfach weiter. Fox nahm das Gold mit sich, aber ich hatte noch hundert neue Yen einstecken. Ich rannte. Den ganzen Weg bis zum New Rose Hotel.

Jetzt ist es Zeit.

Komm mit mir, Sandii! Hör das Neon an der Straße zum Narita International summen. Ein paar verspätete Nachtfalter flechten Zeitraffer-Kreise um die Flutlichtscheinwerfer, die aufs New Rose leuchten.

Und das Komische, Sandii, ist, daß du mir manchmal einfach nicht wirklich vorkommst. Fox hat einmal gesagt, du seist Ektoplasma, ein von den wirtschaftlichen Extremen heraufbeschworener Spuk. Der Geist des neuen Jahrhunderts, fleischgeworden in tausend Betten der Hyatts und Hiltons dieser Welt.

Jetzt halte ich deine Knarre in der Jackentasche, und meine Hand scheint so weit weg zu sein. Abgetrennt.

Ich erinnere mich an meinen portugiesischen Geschäftsfreund, der sein Englisch vergaß und versuchte, es mir in vier Sprachen, die ich kaum verstand, klarzumachen. Ich hatte den Eindruck, er redete davon, daß die Medina brannte. Nicht die Medina brannte, sondern die Köpfe der besten Forscher von Hosaka. Pest, flüsterte er, mein Geschäftsfreund. Pest und Fieber und Tod.

Der schlaue Fox kam während unsrer Flucht von selber dahinter. Ich brauchte nicht einmal zu erwähnen, daß ich in Deutschland eine Diskette in deiner Tasche gefunden hatte.

Jemand hatte den DNS-Synthesizer umprogrammiert, sagte er. Das Gerät war bloß dafür gedacht, über Nacht entsprechende Makromoleküle zu erzeugen. Mit dem eingebauten Computer und der maßgeschneiderten Software. Teuer, Sandii. Aber längst nicht so teuer, wie du Hosaka letztendlich gekommen bist.

Ich hoffe, du hast einen guten Preis bekommen von Maas.

Die Diskette in meiner Hand. Regen auf dem Fluß. Ich wußte es, konnte dem aber nicht ins Gesicht sehen. Ich steckte den Code für dieses meningitisartige Virus in deine Tasche zurück und legte mich wieder zu dir.

Es starb also Moenner neben weiteren Hosaka-Forschern. So auch Hiroshi. Chedanne erlitt eine permanente Hirnschädigung.

Hiroshi hatte keine Kontaminationsvorkehrungen getroffen. Die Proteine, die er eintippte, waren harmlos. Da surrte also der Synthesizer die ganze Nacht munter vor sich hin und bastelte ein Virus entsprechend den Angaben der Maas Biolabs GmbH.

Maas. Klein, flink, skrupellos. EXTRA total.

Die Straße zum Flughafen ist ein langer, schnurgerader Schlauch. Halt dich im Schatten!

Und ich schrie auf den Portugiesen ein, um zu erfahren, was mit dem Mädchen passiert sei, Hiroshis Frau. Verschwunden, sagte er. Surren eines viktorianischen Räderwerks.

Fox mußte also fallen, fallen mit seinen drei kläglichen Goldbarren und sich das Kreuz endgültig brechen. Auf dem Boden eines Kaufhauses der Ginza, wo die Kunden erst starrten, dann schrien.

Ich kann dich einfach nicht hassen, Baby.

Und Hosakas Hubschrauber ist wieder da, ganz ohne Licht jagt er mit Infrarot, tastet nach Körperwärme. Mit gedämpftem Brummen dreht er, einen Kilometer entfernt, und kehrt zurück zu uns, zum New Rose. Ein allzu schneller Schatten vor dem Lichterschein des Narita International.

Es ist okay, Baby. Nur komm, bitte! Halt meine Hand!

Originaltitel: »New Rose Hotel«

William Gibson

Der Wintermarkt

Es regnet 'ne Menge hier oben; an manchen Wintertagen wird's überhaupt nicht richtig hell, sondern bleibt's trüb und grau. Aber dann gibt's auch Tage, wo sich sozusagen der Schleier lüftet; dann werden dir drei Minuten Sonnenschein präsentiert und die Gipfel droben als Markenzeichen im Vorspann von Gottes höchsteigenem Film. So war's auch an dem Tag, als aus den Eingeweiden der verspiegelten Pyramide am Beverly Boulevard ihre Agenten anriefen, um mir zu sagen, sie sei mit dem Netz verschmolzen, habe endgültig übergesetzt und *Kings of Sleep* mache dreifach Platin. Ich hatte den Großteil von *Kings* redigiert, die Hirn-Kartographie erledigt und das ganze mit dem Fast-wipe-Modul bearbeitet, so daß ich anteilige Tantiemen erwarten konnte.

Nein, sagte ich, nein. Dann ja, ja – und hängte ein. Schnappte mir meine Jacke und lief, jeweils drei Stufen nehmend, die Treppe hinunter, schnurstracks in die nächste Bar. Acht-Stunden-Blackout, der auf einem Betonsims zwei Meter über Mitternacht endete. Wasser des False Creek. Lichter der Stadt, die gleiche graue Himmelskuppel, kleiner jetzt, erhellt von Neon- und Quecksilberdampflampen. Und es schneite wenige, aber große Flocken, die spurlos im schwarzen Wasser verschwanden. Ich blickte auf meine Füße und sah meine Zehen über dem Rand des Betons, dazwischen Wasser. Ich trug japanische Schuhe, neue, teure Stiefel aus Ginza-Handschuhleder mit Gummikappen. Eine ganze Weile hatte ich da gestanden, bevor ich einen Schritt zurücktrat.

Weil sie tot war und ich sie hatte gehen lassen. Weil sie jetzt unsterblich war und ich ihr dazu verholfen hatte. Und weil ich wußte, daß sie mich am Morgen anrufen würde.

Mein Vater war Tontechniker, Aufnahmeleiter. Seine Anfänge reichten weit zurück, sogar bis in die vordigitale Zeit. Die Prozesse, mit denen er sich beschäftigte, waren zum Teil mechanisch und hatten jene klapprige, quasi-viktorianische Prägung, die sich in der Technik des zwanzigsten Jahrhunderts zeigt. Im Grunde genommen war er nur ein Formendreher. Die Leute brachten ihm Tonaufnahmen, und er grub den Schall als Rillen in eine Lackfirnisscheibe. Die dann elektroplattierte Scheibe wurde zur Anfertigung einer Form verwendet, die Schallplatten preßte: die schwarzen Dinger, die man in Antiquitätenläden sieht. Ich weiß noch, wie er mir wenige Monate vor seinem Tod erzählt hat, daß bestimmte Frequenzen, Einschaltstöße, wie er sie nannte, den Kopf, den Prägekopf für die Originalkopie durchaus zerstören konnten. Diese Köpfe waren unerhört teuer, also beugte man Schäden mit einem sogenannten Beschleunigungsmesser vor. Und daran dachte ich, als ich da mit den Zehen über dem Wasser stand: daß der Kopf durchbrennt.

Denn das haben sie mit ihr gemacht.

Und das hat sie gewollt.

Kein Beschleunigungsmesser für Lise.

Ich unterbrach die Telefonleitung auf dem Weg zum Bett. Tat es mit dem Gewindesockel eines westdeutschen Filmstativs, dessen Reparatur ein Wochengehalt verschlingen würde.

Wurde 'ne ungewisse Zeit später wach und fuhr mit dem Taxi nach Granville Island zu Rubin zurück.

Rubin ist – und das versteht keiner so richtig – ein Meister, ein Lehrer, ein *Sensei,* wie die Japaner sagen. Doch eigentlich nur ein Meister von Abfall, Gelumpe,

Ausschuß, dem Meer von Müll, in dem unsre Gesellschaft treibt. *Gomi no sensei.* Meister des Mülls.

Diesmal hockte er zwischen zwei böse aussehenden Schlagzeuggebilden, die rostbraunen, spindeldürren Arme um zerbeulte Konstellationen aus Blechdosen geschlungen, die er aus den Schutthalden von Richmond gefischt hatte. Er nennt seinen Laden nie Studio, bezeichnet sich nie als Künstler. »Rummachen«, so nennt er das, was er da tut, und betrachtet es anscheinend als Fortführung der todlangweiligen Hinterhofspiele seiner Kindheit. Durch seinen vollgestopften Laden, eine Art Minihangar, der an der Uferseite des Markts klebt, spaziert er im Gefolge der raffinierten, agileren Modelle seiner Schöpfungen wie ein undefinierbar gütiger Teufel, versessen auf die Verwirklichung von noch eigenartigeren Prozessen im wütenden Inferno seines *Gomi.* Ich habe erlebt, wie Rubin seine Konstruktionen dafür programmiert hat, Passanten im allerneuesten Outfit eines gerade aktuellen Modeschöpfers auszulesen und zu beschimpfen; andere widmen sich obskureren Missionen, und einige scheinen ausschließlich dafür konstruiert zu sein, sich mit größtmöglichem Begleitlärm zu demontieren. Er ist wie ein Kind, unser Rubin; zugleich wird er in den Galerien von Tokio und Paris hoch gehandelt.

Ich erzählte ihm also von Lise. Er ließ mich reden (»raus damit«), dann nickte er. »Ich weiß«, sagte er. »So'n Schnüffler von CBC hat achtmal angerufen.« Er nippte an einem zerbeulten Becher. »Willste 'nen Wild Turkey sour?«

»Warum haben die angerufen?«

»Weil mein Name hinten auf *Kings of Sleep* draufsteht. Widmung.«

»Hab's noch nicht gesehn.«

»Hat sie schon versucht anzurufen?«

»Nein.«

»Wird sie noch.«

»Rubin, sie ist tot. Schon eingeäschert.«

»Ich weiß«, sagte er. »Aber sie wird dich anrufen.«

Gomi.

Wo hört *Gomi* auf und fängt die Welt an? Den Japanern war schon vor einem Jahrhundert der Platz für *Gomi* um Tokio ausgegangen, so daß sie den Entschluß faßten, aus *Gomi* Platz zu schaffen. Bis 1969 hatten sie sich in der Bucht von Tokio drei Inselchen aus *Gomi* gebaut und Dream Island genannt. Aber nach wie vor produzierte die Stadt täglich 9000 Tonnen, so daß anschließend New Dream Island geschaffen wurde; heutzutage ist das Verfahren einheitlich gestaltet, so daß sich neue Nippons aus dem Pazifik erheben. Rubin verfolgt das in den Nachrichten und sagt kein Wort dazu.

Er hat nichts zu sagen über *Gomi.* Es ist sein Medium, die Luft, die er atmet, die Welle, auf der er sein Leben lang geschwommen ist. Er kreuzt durch Greater Van in einem lahmen Transporter, einem abgetakelten, altertümlichen Mercedes-Airporter, dessen Dach unter einem bauchigen Gummiballon verschwindet, der halb mit Biogas gefüllt ist. Rubin sucht geeignetes Zeug für die sonderbaren Pläne, die ihm das, was ihm als Muse dient, auf die innere Stirn kritzelt. Immer mehr *Gomi* schleppt er an. Manches davon funktioniert noch. Anderes ist, wie Lise, menschlichen Ursprungs.

Ich traf Lise auf einer von Rubins Parties. Rubin gab viele Parties. Ihm selbst schienen sie nie besonders zu gefallen, aber es waren tolle Parties. Ich verlor in jenem Herbst den Überblick, wie oft ich auf der Schaumstoffmatte aufwachte, wenn Rubins antike Espressomaschine, ein dumpfes Ungetüm mit einem imposanten Chromadler obenauf, mächtig zu prusten anfing, was unerhört von den Wellblechwänden widerhallte, aber auch etwas ungeheuer Anheimelndes an sich hatte: Es gab Kaffee. Das Leben ging weiter.

Zum ersten Mal sah ich sie in der Küchenzone. Man

würde nicht unbedingt von einer Küche sprechen; nur drei Kühlschränke, eine Ofenplatte und ein kaputter Warmluftherd, der als *Gomi* hinzugekommen war. Ich sah sie zum ersten Mal am offenen Nur-Bier-Kühlschrank. Licht fiel heraus, und ich bemerkte ihre Wangenknochen und den entschlossenen Ausdruck ihrer Lippen, bemerkte aber auch das schwarzglänzende Polykarbonat an ihrem Handgelenk und die helle, nässende Blase, wo das Hautskelett scheuerte. In meinem Suff konnte ich das nicht verarbeiten, checkte nicht, was es war, wußte aber, daß die Party vorbei war. Also tat ich, was jeder normalerweise gegenüber Lise tut und wechselte auf ein anderes Programm. Ging statt dessen zum Wein auf der Theke neben dem Warmluftherd. Blickte nicht mehr um.

Aber sie fand mich wieder. Ging zwei Stunden später auf mich zu, schwebte durch die Leute und den Unrat mit dieser schrecklichen Anmut, die sie in das Hautskelett einprogrammiert hatten. Ich checkte, was es war, als ich sie auf mich zukommen sah, war aber zu verlegen, um unterzutauchen, davonzurennen, eine Entschuldigung zu faseln und mich aus dem Staub zu machen. Stand da wie angewurzelt, den Arm um ein Mädchen geschlungen, das ich nicht kannte, während Lise zu mir ging – *gegangen wurde* – mit ihrer hämischen Anmut. Schnurstracks hielt sie auf mich zu. Wizz leuchtete aus ihren Augen. Das Mädchen hatte sich aus meinem Arm gelöst und war, peinlich berührt, unauffällig verschwunden. Lise baute sich in ihrer dünnen Polykarbonat-Prothese vor mir auf. Ich schaute in diese Augen und hatte das Gefühl, das Wimmern ihrer Synapsen zu hören, das unwahrscheinlich schrille Kreischen, als das Wizz jeden Schaltkreis in ihrem Hirn öffnete.

»Nimm mich mit heim«, sagte sie, und die Silben trafen mich wie ein Peitschenhieb. Ich glaube, ich habe den Kopf geschüttelt. »Nimm mich mit heim.« Es war auf eine Art schmerzhaft, subtil und ungeheuer grausam.

Und ich wußte somit, daß ich noch nie so gründlich und innig gehaßt worden war, wie diese öde Puppe mich jetzt dafür haßte, daß ich sie neben Rubins Nur-Bier-Kühlschrank auf diese Art angeschaut und dann weggeschaut hatte.

Also habe ich – wenn man so sagen kann – getan, was man tut, ohne zu wissen warum, obwohl man ahnt, daß man nie anders hätte handeln können.

Ich habe sie mit heim genommen.

Zwei Zimmer habe ich in einem alten ETW-Block, Ecke Fourth und MacDonald, zehnter Stock. Die Aufzüge gehen normalerweise, und wenn man sich aufs Balkongeländer setzt, an der Ecke des Nachbarhauses festhält und hinauslehnt, sieht man einen schmalen, vertikalen Streifen Meer und Gebirge.

Sie hatte den ganzen Weg von Rubins Laden kein Wort gesagt, und ich war inzwischen einigermaßen nüchtern geworden, so daß ich mich sehr unwohl fühlte, als ich die Tür aufschloß und sie reinließ.

Das erste, was ihr auffiel, war das tragbare Fastwipe-Modul, das ich in der Nacht zuvor von Pilot mitgebracht hatte. Das Hautskelett trug sie über den staubigen Teppich im selben Gang, dem Gang eines Models auf dem Laufsteg. Ohne den Lärm der Party hörte ich jetzt, wie es beim Bewegen leise klickte. Da stand sie nun und betrachtete das Fast-wipe. Ich konnte die Rippen erkennen, als sie so dastand; sie zeichneten sich am Rücken durch das abgenutzte, schwarze Leder ihrer Jacke ab. Eine dieser Krankheiten. Entweder eine der alten, die sie nie ganz durchschaut haben, oder eine der neuen, unverkennbar umweltbedingten, für die sie noch keinen Namen hatten. Sie konnte sich nicht bewegen ohne das zusätzliche Skelett, das direkt mit ihrem Gehirn gekoppelt war. Myoelektrisches Interface. Die fragil wirkenden Polykarbonatstützen bewegten ihre Arme und Beine, die schmalen Hände hingegen wurden durch ein feineres System gesteuert. Galvanische Einlagen. Ich dachte an zuckende Froschbeine in irgendeinem Hochschullabor und haßte mich dafür.

»Das ist ein Fast-wipe-Modul«, sagte sie in einem Ton, den ich noch nicht gehört hatte, der entrückt klang, so daß ich annahm, das Wizz klinge vielleicht gerade ab. »Was hat das hier zu suchen?«

»Ich redigiere damit«, sagte ich, während ich die Tür hinter mir zuzog.

»Soso.« Sie lachte. »Tatsächlich? – Wo?«

»Auf der Insel. Autonomic Pilot heißt der Laden.«

Sie wandte sich um; drehte sich, die Hände in die vorgeschobenen Hüften gestützt, mir zu – wurde gedreht. Das Wizz und der Haß und eine schreckliche Parodie von Lust schossen mir aus den ausgebleichten, grauen Augen entgegen. »Willst du's mir machen, Redakteur?«

Und wieder spürte ich die Peitsche, aber wollte das nicht hinnehmen, nicht noch einmal. Also sah ich sie kühl an, musterte sie aus dem bierseligen Innern meines gehenden, sprechenden, kunstgliederlosen und ganz normalen Körpers, und die Silben kamen mir wie Spucke über die Lippen: »Würdest du es spüren, wenn ich's mache?«

Geschlagen. Vielleicht blinzelte sie, das Gesicht aber zeigte keine Regung. »Nein«, sagte sie, »aber ich schau manchmal gern zu.«

Rubin steht zwei Tage nach ihrem Tod am Fenster und beobachtet, wie der Schnee in den False Creek fällt. »Bist also nie mit ihr ins Bett gegangen?«

Eine seiner neckischen, kleinen, kugelgelagerten Escher-Echsen flitzt in Ringelmanier vor mir über den Tisch.

»Nein«, sage ich, und das stimmt. Dann lache ich. »Aber wir haben eingesteckt. Gleich in der ersten Nacht.«

»Warst verrückt«, sagt er mit einem billigenden Unterton. »Das hätte dich umbringen können. Dein Herz hätte stehenbleiben können, deine Atmung ...« Er kehrte sich wieder dem Fenster zu. »Hat sie schon angerufen?«

Wir haben eingesteckt.

Ich hatte das noch nie getan. Wenn mich einer gefragt hätte, dann hätte ich zur Antwort gegeben, daß ich Redakteur sei und daß ein Profi so was nicht mache.

Die Wahrheit sähe eher so aus.

In der Branche, der legitimen Branche – Pornos hab ich nie gemacht – nennen wir das Rohprodukt trocknen Traum. Der trockne Traum ist das, was das Nervensystem auf einer Bewußtseinsstufe hergibt, zu der die meisten nur im Schlaf Zugang haben. Künstler hingegen – solche, mit denen ich bei Autonomic Pilot arbeite – sind in der Lage, die Oberflächenspannung zu durchbrechen und einzutauchen; sie tauchen tief und weit hinaus, hinaus ins Jungsche Meer, und bringen – nun, Träume mit. Ganz einfach. Ich schätze, das haben manche Künstler schon immer getan, ganz gleich in welchem Medium; die Neuroelektronik jedoch erlaubt uns, das Erlebte zu sichten, und das Netz schafft's hoch und packt es auf den Draht, so daß wir es bündeln und verkaufen und beobachten können, wie es sich auf dem Markt verhält. Nun, je mehr sich die Dinge ändern ... Diesen Spruch hat mein Vater gern von sich gegeben.

Für gewöhnlich bekomme ich das Rohmaterial unter Studiobedingungen, wo es durch Gerät gefiltert wird, das ein paar Millionen Dollar wert ist. Ich brauche den Künstler gar nicht zu sehen. Das Zeug, das wir dem Konsumenten vorsetzen, ist gegliedert, abgewogen, künstlerisch aufbereitet. Es gibt immer noch Leute, die so naiv sind und glauben, das Einstecken mit jemandem, den sie lieben, würde Spaß machen. Ich glaube, die meisten Teenager probiern's einmal. Immerhin ist es kinderleicht; Radio Shack verkauft dir die Kiste und die E-troden und die Kabel. Ich aber hatte es nie getan. Und wenn ich's mir recht überlege, bin ich mir jetzt nicht einmal sicher, ob ich den Grund erklären könnte. Oder es überhaupt versuchen wollte.

Ich weiß allerdings, warum ich es mit Lise machte, mich neben sie aufs mexikanische Futon setzte und die Glasfaseroptik in die Buchse an ihrem Rückgrat, der glatten Wirbelsäule des Hautskeletts, einsteckte. Sie war weit oben am Nackenansatz angebracht, wo das schwarze Haar sie verdeckte.

Weil sie behauptete, eine Künstlerin zu sein, und weil ich wußte, daß wir irgendwie in einem Zweikampf lagen, den ich *nicht* verlieren wollte. Das mag dir unlogisch erscheinen, aber immerhin hast du sie nicht gekannt und kennst sie auch nicht von *Kings of Sleep,* was nicht das gleiche ist. Du hast nie diesen Hunger von ihr gespürt, der sich – tückisch in seiner Zielstrebigkeit – als nacktes Bedürfnis herauskristallisiert hat. Leute, die *genau* wissen, was sie wollen, sind mir von jeher unheimlich, und Lise wußte längst, was sie wollte, und wollte überhaupt nichts anderes. Nun hatte ich Angst davor, mir einzugestehen, daß ich Angst hatte. Und im Mischraum von Autonomic Pilot hatte ich genug Träume von Fremden gesehen, um zu wissen, daß das innere Monster der Leute meist eine Torheit ist, die im klaren Licht des eigenen Bewußtseins albern erscheint. Und dann war ich noch betrunken.

Ich setzte die E-troden auf und griff nach dem Schalter vom Fast-wipe. Die Studio-Funktionen hatte ich abgestellt und damit aus der 800000 Dollar teuren japanischen Elektronik einstweilen eine der kleinen Kisten von Radio Shack gemacht. »Los!« sagte ich und drückte den Schalter.

Worte. Worte reichen nicht aus. Oder bestenfalls höchst unzulänglich, wenn ich nur wüßte, wo ich anfangen sollte, das zu beschreiben, was aus ihr hochkam, was sie tat.

Da ist ein Abschnitt auf *Kings of Sleep:* Du fährst gewissermaßen um Mitternacht auf einem Motorrad ohne Licht, das du irgendwie gar nicht brauchst, düst über eine Küstenstraße am Abgrund entlang in einem Tempo, so daß dich völlige Stille umgibt, weil du das Motordröhnen abhängst. Du hängst alles ab ... Es dauert nur einen Bruchteil im *Kings,* aber es ist eins der tausend Dinge, die du nicht vergißt, die du wieder hervorkramst, in dein Empfindungsvokabular einbaust. Faszinierend. Freiheit und Tod dicht beisammen, immer auf Messers Schneide.

Ich kriegte die Große-Leute-Version davon, bloßes Dahinschießen, den Höllen-Teufel-Killer-Stoff, ungeschnitten, echt, der achtmal vor Sonntag in eine Leere explodierte, die nach Armut und Lieblosigkeit und Obskurität stank.

Und das war der Ehrgeiz von Lise, dieses Dahinschießen, *von innen gesehen.*

Es hat wohl nur vier Sekunden gedauert.

Und natürlich hat sie gewonnen.

Ich nahm die E-troden ab und starrte mit wäßrigen Augen auf die Wand. Die gerahmten Poster zerschwammen.

Ich konnte Lise nicht anschaun. Ich hörte, wie sie die Glasfaseroptik aussteckte. Ich hörte das Hautskelett knarren, als sie es vom Futon hochwuchtete. Hörte, wie es spröde klickte, als sie es in die Küche schleppte, wo sie ein Glas Wasser trank.

Rubin führt eine dünne Sonde in den rollengelagerten Bauch eines trägen Aufziehtierchens ein und betrachtet die Schaltungen durch ein Mikroskop. Miniaturleuchten haften an seinen Schläfen.

»Und? Du bist geliefert.« Er zuckt mit den Achseln, blickt auf. Es ist jetzt dunkel. Die beiden Lampen leuchten mir ins Gesicht. Kalt und feucht ist es in seiner Wellblechbude. Vom Wasser tönt ein einsames Nebelhorn herüber. »Na und?«

Jetzt zucke ich die Achseln: »Hab nur ...« Es gibt wohl nicht mehr zu sagen.

Die Lichtkegel bohren sich wieder ins Silikonherz seines defekten Spielzeugs. »Dann ist alles okay. Hast die richtige Wahl getroffen. Ich meine, sie war darauf aus, zu sein, was sie ist. Wo sie jetzt ist, dafür kannst du wohl ebensowenig wie das Fast-wipe-Modul. Sie hätte sich einen andern gesucht, wenn sie dich nicht gefunden hätte ...«

Ich arrangierte mich mit Barry, dem Chefredakteur, und bekam zwanzig Minuten um fünf Uhr eines kalten Septembermorgens. Lise rückte an und verpaßte mir den gleichen Trip, aber diesmal war ich mit Filtern und Hirnkarten gerüstet, so daß ich es nicht fühlen mußte. Ich brauchte zwei Wochen, um im Schneideraum alles auseinanderzuklauben und zusammenzuschneiden, damit ich etwas in der Hand hätte, das ich Max Bell, dem Inhaber von Pilot, vorspielen könnte.

Bell war nicht begeistert, ganz und gar nicht begeistert, als ich ihm sagte, was ich gemacht hatte. Eigenmächtige Redakteure können zum Problem werden, und die meisten Redakteure gelangen irgendwann zur Überzeugung, daß sie jemanden gefunden haben, der es sein wird, das nächste Monster, und verschwenden dann viel Geld und Zeit darauf. Er nickte, als ich meine Anpreisung beendet hatte, und kratzte sich mit der Kappe seines roten Filzstifts an der Nase. »Aha. Verstanden. Das überhaupt Genialste, seit den Fischen Beine gewachsen sind, was?«

Trotzdem zog er sich die Demo-Software rein, die ich ihm zusammengestellt hatte, und als das Soft mit einem Klick aus dem Schlitz seines Tischmodells Marke Braun hüpfte, starrte er mit ausdruckslosem Gesicht auf die Wand.

»Max?«

»Hm?«

»Was meinst du?«

»Was ich meine? Wie, sagst du, heißt sie?« Er blinzelte. »Lisa? Bei wem, sagst du, hat sie abgezeichnet?«

»Lise. Bei keinem, Max. Sie hat noch bei keinem gezeichnet.«

»Herrgott.« Sein Gesicht war immer noch ausdruckslos.

»Weißt du, wie ich sie gefunden habe?« fragt Rubin, der durch ramponierte Kartons watet, um den Lichtschalter zu finden. Die Kartons sind mit gewissenhaft sortiertem *Gomi* gefüllt: Lithiumbatterien, Tantalkondensatoren, RF-Klemmen, Brettschaltungen, ferroresonanten Trafos, Isolierband, Rollen mit Leitungsdraht ... Ein Karton ist vollgestopft mit den abgetrennten Köpfen von aberhundert Barbie-Puppen, ein anderer enthält gepanzerte Sicherheitsschuhe, die wie Fäustlinge eines Raumanzugs aussehen. Licht erfüllt das Zimmer und eine Art Gottesanbeterin im Kandinski-Look aus bunten Blechstreifen dreht ihren golfballgroßen Kopf der Glühbirne zu. »Ich war drunten in Granville bei 'ner *Gomi*-Aktion, hinten in 'ner Gasse. Da hockte sie. Bemerkte das Skelett und fragte sie, da sie nicht besonders gut aussah, ob ihr was fehle. Nichts. Machte einfach die Augen zu. Nicht mein Fall, denk ich mir. Aber zufällig komm ich ungefähr vier Stunden später wieder an die Stelle, und da hockt sie immer noch. ›Hör mal, Süße‹, sag ich ihr, ›vielleicht ist deine Hardware defekt. Kann dir helfen, okay?‹ Nichts. ›Wie lange hockst du schon hier hinten?‹ Nichts. Also zieh ich Leine.« Er geht rüber zu seiner Werkbank und streichelt mit blassem Zeigefinger die dünnen Metallglieder der komischen Gottesanbeterin. Hinter der Werkbank hängen an einer feucht aufgequollenen, alten Sperrholztafel Zangen, Schraubenzieher, Heftapparate, ein rostiges Daisy BB Gewehr, Abisolierer, Blechschneider, Meßsonden, Heißluftpistolen, ein Taschen-Oszillograph: anscheinend jegliches Werkzeug der menschlichen Geschichte, das zu ordnen Rubin nie versucht hat, obwohl ich noch nicht erlebt habe, daß er beim Hinlangen zögert.

»Nach 'ner Stunde«, sagt er, »ging ich zurück. Sie war inzwischen weggetreten, bewußtlos, also brachte ich sie hierher und checkte das Hautskelett. Batterien waren alle. Sie hat sich in die Ecke verkrochen, als der Saft ausging, und dort aufs Verhungern gewartet, schätze ich.«

»Wann war das?«

»Ungefähr 'ne Woche bevor du sie mit heimgenommen hast.«

»Und wenn sie gestorben wäre? Wenn du sie nicht gefunden hättest?«

»Es hätt sie schon einer gefunden. Sie konnte nicht *fragen,* verstehst du. Konnte nur *nehmen*. Mochte keine Gefälligkeiten.«

Max fand Agenten für sie, und tags darauf kreuzten drei fürchterlich schicke Juniorpartner bei YVR auf. Lise wollte nicht zu Pilot kommen, um sie zu treffen, sondern bestand darauf, daß wir das Trio rauf zu Rubins Bude brächten, wo sie noch schlief.

»Willkommen in Couverville«, sagte Rubin, als sie anrückten. Sein langes Gesicht war ölverschmiert, der Hosenlatz seines zerlumpten Drillich-Overalls provisorisch mit einer zurechtgebogenen Büroklammer zusammengehalten. Die Knaben grinsten mechanisch, während das Lächeln der Lady irgendwie authentischer wirkte. »Mr. Stark«, sagte sie, »ich bin letzte Woche in London gewesen. Hab Ihr Objekt in der Tate Gallery gesehn.«

»Marcellos Batteriefabrik«, bemerkte Rubin. »Sie sagen, es ist skatologisch, die Briten ...« Er zuckte die Achseln. »Die Briten. Tja, wer weiß?«

»Die haben recht. Es ist aber auch sehr lustig.«

Die Knaben in ihren Anzügen strahlten wie Leuchttürme. Das Demo war nach Los Angeles gegangen. Das wußten sie.

»Und du bist Lise?« sagte sie, während sie durch Rubins aufgetürmten *Gomi* stakte. »Du wirst bald sehr berühmt sein, Lise. Wir haben viel zu bereden ...«

Und Lise stand, vom Polykarbonat gestützt, da und hatte den gleichen Gesichtsausdruck, den ich in der ersten Nacht in meiner Wohnung gesehen hatte, als sie mich fragte, ob ich mit ihr ins Bett gehen wolle. Falls der Junioragentin das auffiel, so ließ sie sich jedenfalls nichts anmerken. Sie war ein Profi.

Ich sagte mir, daß ich auch ein Profi sei.

Cool bleiben, sagte ich mir.

In den Abfallkörben auf dem Markt brennen Feuer. Es schneit noch, und Kinder kauern um die Flammen wie gichtige Krähen und hüpfen von einem Bein aufs andere, während der Wind an ihren dunklen Mänteln zerrt. Droben im provisorischen Slum-Verhau von Fairview ist die Wäsche an der Leine gefroren; pinkfarbene Betttücher leuchten aus der düstren Kulisse mit ihren Satellitenantennen und Solaranlagen. Die quirlige Windmühle irgendeines Alternativen dreht und dreht sich immerfort und deutet im Vorbeihuschen auf die Hydrozuchten.

Rubin stapft in lackbekleckster Gummistiefeln Marke L.L. Bean dahin, den Kopf in die übergroße Drillichjacke eingezogen. Während wir so marschieren, zeigt hin und wieder einer der kauernden Teenies auf ihn: der Typ, der das verrückte Zeug bastelt, die Roboter und den ganzen Scheiß.

»Weißt du, was dein Problem ist?« sagt er, als wir, Richtung Fourth gehend, unter die Brücke kommen. »Du bist einer, der *stets die Anleitung liest.* Alles, was konstruiert wird, jedes Stück Technik dient einem bestimmten Zweck. Dient einem Zweck, den schon jemand erfaßt hat. Aber wenn es 'ne neue Technik ist, eröffnet sie Möglichkeiten, an die noch keiner gedacht hat. Du studierst die Bedienungsanleitung, Mann, und probierst nicht rum, nicht auf so'ne Art. Und dir wird ganz komisch, wenn jemand anders Verwendungen findet, an die du gar nicht gedacht hast. Wie Lise.«

»Sie war nicht die erste.« Der Verkehr braust über uns hinweg.

»Nein, aber sie ist hundertpro die erste, die *du* kennst, die loslegte und sich in ein festverdrahtetes Programm übersetzen ließ. Hattest du schlaflose Nächte, als vor drei, vier Jahren dieser Dingsda, der Franzose, der Autor, das brachte?«

»Hab echt nicht groß darüber nachgedacht. Reklametrick. PR ...«

»Er schreibt nach wie vor. Das Verrückte dran ist, er *wird* schreiben, bis jemand sein Mainframe in die Luft jagt ...«

Ich zucke zusammen, schüttle den Kopf. »Aber das ist nicht *er,* klar? Ist nur'n Programm.«

»Interessanter Aspekt. Schwer zu sagen. Bei Lise wird es sich zeigen. Sie schreibt nicht.«

Sie hatte es längst intus; *Kings* steckte in ihrem Kopf, wie sie in diesem Hautskelett steckte.

Die Agenten verschafften ihr ein Label und holten ein Produktionsteam von Tokio rüber. Sie sagte ihnen, sie wolle, daß ich die Bearbeitung besorge. Ich lehnte ab. Max zerrte mich in sein Büro und drohte mir mit fristloser Kündigung. Falls ich nicht die Sache in die Hand nähme, gäbe es keinen Grund, die Studioarbeit bei Pilot zu erledigen. Vancouver war alles andere als das Zentrum der Welt, und die Agenten wollten sie in Los Angeles haben. Es war für ihn viel Geld im Spiel, und Autonomic Pilot würde damit vielleicht auf die Liste kommen. Ich konnte ihm nicht erklären, warum ich abgelehnt hatte. Es war mir zu verrückt, zu persönlich; sie würden sie voll reinbuttern. So dachte ich damals zumindest. Aber Max meinte es ernst. Er wollte unbedingt und ließ mir keine große Wahl. Wir wußten beide, daß mir so schnell kein anderer Job zufliegen würde. So gingen wir gemeinsam raus und sagten den Agenten, wir hätten uns geeinigt: ich sei dabei.

Die Agenten zeigten ordentlich Zähne.

Lise zog 'nen Inhalator voller Wizz raus und pumpte sich mächtig voll. Ich glaubte zu sehen, wie die Agentin eine makellose Augenbraue hochzog; mehr Tadel kam von ihrer Seite nicht. Nachdem die Verträge unterschrieben waren, tat Lise mehr oder weniger, was sie wollte.

Und Lise wußte stets, was sie wollte.

Die Rohfassung von *Kings* war in drei Wochen im Kasten. Ich fand alle möglichen Gründe, Rubin zu meiden, glaubte zum Teil sogar selber dran. Sie wohnte noch bei ihm, obwohl die Agenten nicht allzu glücklich darüber waren, weil der Laden das totale Sicherheitsrisiko darstellte. Wie Rubin mir später erzählte, mußte er *seinen* Agenten einschalten, der sie anrief und ihnen die Hölle heiß machte, woraufhin sich ihre Bedenken anscheinend legten. Ich hatte gar nicht gewußt, daß Rubin einen Agenten hatte. Es war leicht zu übersehen, daß Rubin Stark damals berühmter war als jeder andere, den ich kannte, jedenfalls berühmter, als Lise meiner Meinung nach je werden würde. Ich wußte, daß wir an einer starken Sache arbeiteten, aber du weißt eben nie, wie groß etwas tatsächlich rauskommen wird.

Aber in dieser Zeit bei Pilot war ich voll drauf. Lise war faszinierend.

Ich hatte den Eindruck, sie sei in diese Form hineingeboren, obwohl die Technologie, die diese Form möglich machte, bei ihrer Geburt noch gar nicht existiert hatte. Wenn du so was erlebst, fragst du dich, wieviele tausend, vielleicht sogar Millionen begnadete Künstler im Laufe der Jahrhunderte stumm gestorben sind. Leute, die nie zum Dichter oder Maler oder Saxophonspieler werden konnten, aber das Zeug dazu in sich hatten, die psychischen Schwingungen, die zur Umsetzung der entsprechenden Elektronik bedurft hätten ...

Ich erfuhr beiläufig ein bißchen was über sie während der gemeinsamen Zeit im Studio. Daß sie in Windsor geboren war. Daß ihr Vater Amerikaner war und in Peru gedient hatte und wahnsinnig und halb blind heimgekommen war. Daß ihr Leiden angeboren war. Daß sie diese Schürfstellen hatte, weil sie das Hautskelett nie abnehmen wollte, denn schon der Gedanke an die totale Hilflosigkeit würde ihr die Kehle zuschnüren und sie umbringen. Daß sie von Wizz abhängig war und täglich so viel reinzog, daß damit eine ganze Fußballmannschaft hochzupowern wäre.

Ihre Agenten schleppten Ärzte an, die das Polykarbonat mit Schaumstoff auspolsterten und die Wundstellen mit mikroporösem Pflaster verschlossen. Sie pumpten sie mit Vitaminen voll und versuchten, ihre Ernährung umzustellen, aber keiner versuchte je, ihr den Inhalator wegzunehmen.

Sie schleppten Frisöre an und dazu noch Visagisten, Modeberater und Image-Pfleger und kleine Werbehamster, die sich Gehör zu verschaffen verstanden. All das ließ sie mit einer Miene über sich ergehen, die beinahe an Lächeln erinnerte.

Während dieser drei Wochen redeten wir nicht. Nur Studio-Gequatsche, der eher stenografische Austausch zwischen Studio und Pult. Ihre Vorstellungskraft war so groß, so extrem, daß sie mir gelieferte Effekte tatsächlich nie erklären mußte. Ich nahm, was sie rüberbrachte, überarbeitete es und speiste es an sie zurück. Sie brauchte nur ja oder nein zu sagen, und normalerweise war's ein Ja. Die Agenten nahmen wohlwollend davon Kenntnis, klopften Max auf die Schulter und führten ihn zum Essen aus, und mein Gehalt kletterte in die Höhe.

Und ich war ein Profi, durch und durch. Hilfsbereit

und sorgfältig und freundlich. Ich war zum Durchhalten entschlossen und dachte nicht mehr an die Nacht, in der ich geheult hatte. Ich arbeitete besser denn je und wußte das, und das allein schon macht dich high.

Und eines Morgens dann, es war gegen sechs, und wir hatten eine endlos lange Session hinter uns – in der sie zum ersten Mal die schaurige Kotillon-Szene rüberbrachte, die von den Teenies ›Geistertanz‹ genannt wird –, plauderte sie mit mir. Einer der beiden Agentenknaben war zähnebleckend dabei gewesen, inzwischen aber gegangen. Bei Pilot war es totenstill, nur ein Ventilator surrte irgendwo hinten beim Büro von Max.

»Casey, tut mir leid, daß ich dich so hart hergenommen habe«, sagte sie. Ihre Stimme war heiser vom Wizz.

Ich dachte 'ne Weile, sie meine die Aufnahme, die wir gerade gemacht hatten. Als ich zu ihr blickte, fiel mir plötzlich auf, daß wir schon seit dem Demo nicht mehr allein gewesen waren wie jetzt.

Ich hatte überhaupt keine Ahnung, was ich sagen sollte. Wußte nicht mal, was ich empfand.

Vom Hautskelett gestützt, stand sie da und sah schlechter aus als in der ersten Nacht bei Rubin. Das Wizz fraß sie auf unter dem Zeug, das die Visagisten ständig draufschmierten, und manchmal war mir so, als sähe ich einen Totenkopf unter einem nicht allzu hübschen Teenagergesicht. Ich hatte keine Ahnung, wie alt sie eigentlich war. Weder alt noch jung.

»Gewöhnungseffekt«, sagte ich, während ich ein Stück Kabel aufrollte.

»Was ist'n das?«

»Der natürliche Indikator dafür, daß du mit dem Zeug aufräumen solltest. Ist 'ne Art mathematisches Gesetz, das besagt, ein bestimmtes Stimulans X törnt dich nur soundso oft an, selbst wenn du die Dosis erhöhst. Aber du kannst *nie* mehr so tierisch abheben wie bei den paar ersten Malen. Zumindest theoretisch nicht. Das ist der

Haken an den künstlichen Drogen: sie sind zu clever. Das Zeug, das du schnüffelst, hat'n raffiniertes Anhängsel an einem seiner Moleküle dran, und das verhindert, daß das abgebaute Adrenalin zu Adrenochrom wird. Denn andernfalls wärst du inzwischen schizophren. Hast du irgendwelche kleineren Probleme, Lise? Wie Apnoe? Hörste vielleicht manchmal zu atmen auf, wenn du schlafen gehst?«

Aber ich war mir nicht einmal sicher, ob ich den Zorn, den ich aus meiner Stimme hörte, überhaupt empfand.

Sie sah mich aus ihren hellgrauen Augen an. Die Modeberater hatten ihre Sonderangebotsjacke durch einen gewachsten, mattschwarzen Blouson ersetzt, der ihre Polykarbonatrippen besser kaschierte. Den Reißverschluß hatte sie immer bis zum Hals geschlossen, sogar im überheizten Studio. Die Frisöre hatten tags zuvor einen neuen Schnitt ausprobiert, was nicht klappte, da ihr dichtes, dunkles Haar eine einzige asymmetrische Explosion über dem ovalen Gesicht war. Sie starrte mich an, und ich spürte sie wieder, ihre brutale Entschlossenheit.

»Ich schlafe nicht, Casey.«

Erst später, viel später fiel mir wieder ein, daß sie sich bei mir entschuldigt hatte. Das tat sie nie wieder, und es blieb das einzige Mal, daß ich sie etwas so scheinbar Untypisches sagen hörte.

Rubin ernährt sich von Automaten-Sandwich, pakistanischen Schnellgerichten und Espresso. Ich hab ihn nie was andres essen sehn. Wir essen Samosa in einem engen Laden an der Fourth, in dem nur ein einziger Plastiktisch, eingeklemmt zwischen Theke und Klotür, steht. Rubin ißt sein Dutzend Samosas, sechs mit Fleisch und sechs mit Gemüse, mit totaler Hingabe, eins nach dem andern, und wischt sich gar nicht erst das Kinn ab. Er liebt den Laden hier. Den Griechen hinter der Theke verabscheut er. Das beruht auf Gegenseitigkeit; eine richtige Beziehung. Falls der Grieche ginge, würde Rubin vielleicht nicht wiederkommen. Der Grieche starrt ungehalten auf die Krümel auf Rubins Kinn und Jacke. Zwischen den Bissen wirft Rubin stechende Blicke zurück aus den verkniffenen Augen hinter den verschmierten Gläsern der stahlgefaßten Brille.

Die Samosas sind das Dinner. Frühstück besteht aus Eiersalat auf trockenem Weißbrot in der dreieckigen, trübweißen Plastikpackung, dazu sechs mörderisch starke Täßchen Espresso.

»Hast's nicht kommen sehn, Casey?« Er beäugt mich durch die speckige Brille. »Weil du nicht gut im Kombinieren bist. Liest die Anleitung. Was hast du denn geglaubt, hinter was sie her war? Sex? Mehr Wizz? Eine Welttournee? Sie hat über all dem gestanden. Und das hat sie so stark gemacht. War drüber hinweg. Drum ist *Kings of Sleep* so groß rausgekommen, drum kaufen die Teenies es und *glauben* dran. Die kennen sich aus. Die Kids am Markt drunten, die sich am Feuer ihren Arsch wärmen und nicht wissen, ob sie ein Schlafplätzchen für die Nacht finden, die glauben dran. Das heißeste Soft seit acht Jahren. Der Typ von 'nem Laden in Granville sagte mir, ihm wird mehr von dem Scheiß geklaut, als er von anderen Waren umsetzt. Sagt, es ist 'ne Plage, das Zeug auch nur auf Lager zu nehmen ... Sie ist groß rausgekommen, weil sie so wie die gewesen ist, sogar noch ausgeprägter. Sie kannte sich aus, Mann. Keine Träume, keine Hoffnung. Du siehst zwar nicht die Käfige bei diesen Kids, Casey, aber sie kapieren immer besser, daß sie da nie mehr rauskommen.« Er wischt sich einen fettigen Fleischkrümel vom Kinn und übersieht drei weitere. »Also hat sie's ihnen gezwitschert, hat's artikuliert, so wie's die nicht können, hat ihnen ein Bild gezeichnet. Und sie hat das Geld verwendet, um sich den Fluchtweg freizukaufen, das ist alles.«

Ich beobachte, wie der Dampf an der Scheibe kondensiert und in dicken Tropfen und Streifen hinunterperlt. Hinter dem Fenster bemerke ich einen teilweise ausgeschlachteten Lada. Die Räder sind abmontiert, die Achsen sitzen auf dem Pflaster auf.

»Wie viele Leute haben das gemacht, Rubin? Hast du 'ne Ahnung?«

»Nicht allzu viele. Ist sowieso schwer zu sagen, weil die meisten davon wohl Politiker sind, die wir praktisch mausetot wähnen.« Er guckt mich komisch an. »Kein schöner Gedanke. Jedenfalls haben die als erste nach der Technik gegrapscht. Kostet immer noch zu viel für ein Dutzend gewöhnlicher Millionäre, aber ich hab von mindestens sieben Fällen gehört. Hab mir sagen lassen, Mitsubishi hat's dem Weinberg gemacht, bevor sein Immunsystem endgültig hinüber war. Er war Vorsitzender ihres Hybridationslabors in Okajama. Nun, sie haben noch recht hübsche Monoklonalbestände, so daß es durchaus stimmen mag. Und Langlais, der Franzose, der Romanschreiber ...« Er zuckt die Achseln. »Lise hatte nicht das Geld dafür. Hätt's nicht mal jetzt gehabt. Aber sie ist zur richtigen Zeit an die richtige Stelle geraten. Sie war kurz vor'm Abkratzen, war in Hollywood, und was *Kings* bringen würde, war bereits vorhersehbar.«

An dem Tag, an dem wir fertig wurden, marschierte die Band vom JAL-Shuttle aus London, vier schmächtige Kids, die wie eine satt geschmierte Maschine funktionierten und ein hypertrophisches Modebewußtsein und totale Affektlosigkeit an den Tag legten. Ich ließ sie bei Pilot in einer Reihe Platz nehmen auf identischen, weißen Ikea-Bürostühlen, klatschte ihnen salinische Paste auf die Schläfen, klebte die E-troden dran und ließ die Rohfassung, aus der einmal *Kings of Sleep* werden sollte, ablaufen. Als ich sie wieder rausholte, fingen sie alle gleichzeitig zu reden an und beachteten mich gar nicht mehr. Sie redeten in der britischen Version der Geheimsprache, die alle Studiomusiker beherrschen, indem vier Paare blasser Hände hektisch durch die Luft schwirrten.

Ich bekam genug davon mit, um zu verstehen, daß sie begeistert waren. Daß es ihnen gefallen hatte. Also schnappte ich mir meine Jacke und ging. Die Paste durften sie sich selber abwischen, danke.

Und in dieser Nacht sah ich durch Zufall Lise zum letzten Mal.

Wir gehn zum Markt runter, Rubin verdaut geräuschvoll sein Essen, rote Hecklichter spiegeln sich auf dem nassen Pflaster. Die Stadt hinter dem Markt ist eine blanke Lichtskulptur, eine Lüge, wo die Gebrochenen und Verlorenen im *Gomi* wühlen, der an den Fundamenten der gläsernen Türme wie Humus wuchert ...

»Muß morgen nach Frankfurt, hab'n Objekt zu installieren. Willste mit? Ich könnte dich als Techniker absetzen.« Achselzuckend verkriecht er sich tiefer in seine Jacke. »Kann dich nicht bezahlen, aber der Flug würde dich nichts kosten, wenn du möchtest ...«

Komisches Angebot – von Rubin. Ich weiß, der Grund dafür ist, daß er sich wegen mir Sorgen macht, daß er meint, ich verhalte mich allzu eigenartig wegen Lise, und daß ihm nichts andres einfällt, um mich raus aus der Stadt zu kriegen.

»In Frankfurt ist's kälter als hier.«

»Etwas Abwechslung würde dir vielleicht gut tun, Casey. Ich weiß es nicht ...«

»Danke, aber Max hat 'ne Menge Arbeit auf Lager. Pilot ist jetzt groß raus, von überall her kommen die Leute angeflogen ...«

»Klar.«

Als ich von der Band bei Pilot davonmarschierte, ging ich heim. Spazierte zur Fourth hoch und fuhr mit dem Bus nach Hause, vorbei an den Schaufenstern, die ich jeden Tag sehe, die alle poppig und schick beleuchtet sind: Kleidung und Schuhe und Software, japanische Motorräder wie zusammengekauerte, makellose Emailskorpione, italienische Möbel. Die Auslagen verändern sich mit den Jahreszeiten, die Shops kommen und gehen. Wir waren gerade in der Vorurlaubssaison, und es waren mehr Leute auf der Straße, viele Paare, die gehetzt und zielstrebig die leuchtenden Auslagen passierten, um das ideale Mitbringsel für wen auch immer zu kriegen. Die Hälfte der Frauen trug diese gepolsterten, kniehohen Nylonboots, die im letzten Winter in New York aufgekommen waren und mit denen sie aussahen, als hätten sie Elefantiasis, wie Rubin sagte. Ich grinste bei dem Gedanken, und plötzlich wurde mir klar, daß es wirklich vorbei war, daß ich mit Lise fertig war, die mittlerweile so unerbittlich aufgesaugt worden wäre von Hollywood, als hätte sie die Zehenspitze in ein Schwarzes Loch gesteckt, angezogen vom unwahrscheinlichen Sog des großen Gelds. Weil ich davon ausging, daß sie inzwischen hinüber war, wirklich hinüber war, gab ich meine Abwehrhaltung auf und empfand einen Anflug von Bedauern. Aber nur einen Anflug, denn ich wollte mir den Abend durch nichts verderben lassen. Ich wollte feiern. War schon 'ne Weile her.

Ich stieg an meiner Ecke aus, und der Aufzug funktionierte auf Anhieb. Gutes Zeichen, sagte ich mir. Droben zog ich mich aus und ging unter die Dusche, holte ein frisches Hemd heraus und steckte Burritos in den Mikrowellenherd. Fühl dich ganz normal, riet ich meinem Spiegelbild beim Rasieren. Du hast zu hart gearbeitet. Deine Kreditkarten sind fett geworden. Wird Zeit, dem Abhilfe zu schaffen.

Die Burritos schmeckten wie Pappe, aber ich beschloß, sie mit Genuß zu essen, weil sie so stinknormal waren. Mein Wagen war in Burnaby, wo die leckgeschlagene Wasserstoffzelle abgedichtet wurde, also brauchte ich mir wegen der Fahrerei keine Sorgen zu machen. Ich könnte ausgehen und feiern und mich morgen früh krank melden. Max würde keine Zähne zeigen; ich war sein Star. Er stand in meiner Schuld.

Stehst in meiner Schuld, Max, sagte ich zur eiskalten Flasche Moskovskaya, die ich aus dem Gefrierfach fischte. Du wirst immer in meiner Schuld stehn. Drei Wochen hab ich grade die Träume und Alpträume einer total verkorksten Frau bearbeitet, Max. In deinem Namen. Damit du reich und wohlhabend wirst. Ich goß drei Zentimeter Wodka ins Plastikglas, Überbleibsel einer Party, die ich im letzten Jahr geschmissen hatte, und ging ins Wohnzimmer zurück.

Manchmal habe ich den Eindruck, als würde hier niemand Besonderes leben. Nicht daß es so unordentlich wäre; Hausarbeiten gehen mir gut, wenn auch ein bißchen mechanisch, von der Hand. Ich denke sogar ans Abstauben der Bilderrahmen und so. Aber dann habe ich Zeiten, wo die ganze Bude mir ein schauriges Gefühl einjagt mit seiner Grundausstattung an grundlegenden Konsumgütern. Ich meine, es ist nicht so, daß ich die Bude mit Katzen und Zimmerpflanzen und dergleichen vollstopfen möchte, aber es gibt Momente, wo ich feststelle, daß hier jedermann wohnen könnte, jedermann das alles besitzen könnte, daß alles schlicht austauschbar erscheint, mein Leben und deins, meins und jedermanns ...

Ich glaube, Rubin sieht die Dinge grundsätzlich auch so, aber er schöpft Kraft daraus. Er lebt im Müll andrer Leute, und alles, was er anschleppt, war einmal neu und hat, wenn auch nur flüchtig, jemandem mal was bedeutet. So packt er also alles auf seinen verrückten Laster und schafft es heim, wo er es kompostiert, bis ihm eine neue Verwendung dafür einfällt. Einmal zeigte er mir ein Buch über Kunst im zwanzigsten Jahrhundert, die ihm gefiel und da war ein Bild drin von einem beweglichen Objekt mit dem Titel *Tote Vögel fliegen wieder.* Echte tote Vögel an einem Strick drehten sich um das Ding. Rubin nickte lächelnd dazu, und mir wurde klar, daß er den Künstler irgendwie als seinen geistigen Vorläufer betrachtete. Aber was könnte Rubin schon aus meinen gerahmten Posters und meinem mexikanischen Futon und meinem Schaumstoffbett von Ikea machen? Tja, sagte ich mir, als ich den ersten kalten Schluck nahm, ihm würde schon was einfallen. Darum war er ein berühmter Künstler, und ich nicht.

Ich drückte die Stirn an die Fensterscheibe, die so kalt wie das Glas in meiner Hand war. Zeit zum Gehen, sagte ich mir. Du zeigst Symptome der großstädtischen Single-Angst. Das läßt sich kurieren. Trink aus! Geh!

Ich kam in dieser Nacht nicht in Stimmung. Aber ich erwies mich auch nicht als erwachsen und vernünftig genug, aufzugeben und heimzugehn, um mir einen alten Film reinzuziehn und auf meinem Futon einzupennen. Die Anspannung, die sich in den drei Wochen in mir aufgestaut hatte, trieb mich weiter wie die Feder einer mechanischen Uhr, und ich schlenderte durch die nächtliche Stadt und sorgte auf dieser mehr oder weniger ziellosen Tour mit weiteren Drinks für die nötige Schmierung. Es sind solche Nächte, stellte ich bald fest, wo du in ein anderes Kontinuum schlüpfst, eine Stadt, die genauso aussieht wie die, in der du lebst, aber die Besonderheit aufweist, daß es in ihr keinen Menschen gibt, den du kennst oder liebst oder schon mal gesprochen hast. In solchen Nächten kannst du in eine Stammkneipe gehn und stellst fest, daß das Personal gerade ausgetauscht worden ist; dann erkennst du, daß du nur deshalb reingegangen bist, um das vertraute Gesicht einer Bedienung, eines Barkeepers oder so zu sehn ... So was dämpft bekanntlich die Lust zum Feiern.

Trotzdem schleppte ich mich durch sechs bis acht Lokale und landete schließlich in einem West End Club, der aussah, als sei er seit den Neunzigern nicht mehr renoviert worden. Eine Menge verchromtes, abblätterndes Plastik, unscharfe Hologramme, die dir beim

Hinsehen Kopfweh machen. Ich glaube, Barry hat mir mal von dem Lokal erzählt, obwohl ich mir nicht vorstellen kann warum. Ich sah mich grinsend um. Wenn ich schon auf Depri-Einheiten aus war, dann war das der richtige Ort. Ja, sagte ich mir, als ich mir am Ende des Tresens einen Stuhl schnappte, es ist echt traurig hier, echt zappenduster. Schaurig genug, um das Momentum des beschissenen Abends zu stoppen, was zweifellos ein Vorzug war. Ich wollte noch einen für unterwegs kippen, dieses Loch bestaunen und dann nichts wie rein ins Taxi heim.

Und dann sah ich Lise.

Sie hatte mich nicht bemerkt, noch nicht, und ich hatte noch meinen Mantel an und bei diesem Wetter den Kragen hochgeklappt. Sie saß weiter unten am Tresen und hatte vor sich ein paar geleerte Gläser stehen, die großen, zu denen es kleine Schirme aus Hongkong oder Wassernixen aus Plastik gibt, und als sie zu dem Knaben neben sich aufschaute, sah ich das Wizz aus ihren Augen leuchten und wußte, daß die Drinks alkoholfrei gewesen waren, denn die Stoffmenge, die sie sich zuführte, erlaubte kein Mischen mehr. Der Knabe jedoch war zu, sternhagelblau und kurz davor, vom Hokker zu kippen. Er kämpfte schwer damit, seine Augen scharf zu stellen, um Lise besser sehen zu können. Lise im schwarzen Lederblouson ihrer Modeberater hatte den Reißverschluß bis zum Hals geschlossen, und jeden Moment müßte ihr Schädel wie eine Tausend-Watt-Birne durch ihr blasses Gesicht leuchten. Als ich sie so dort sitzen sah, wußte ich auf einmal 'ne Menge mehr.

Daß sie wirklich starb, entweder am Wizz oder an ihrer Krankheit oder an einer Kombination davon. Daß sie es verdammt genau wußte. Daß der Knabe neben ihr zu besoffen war, um das Hautskelett zu bemerken, aber noch nüchtern genug, um die teure Jacke und das Geld, das sie für ihre Drinks hinblätterte, zu registrieren. Und daß der Eindruck, den ich gewann, haargenau der Eindruck war, den sie machte.

Aber ich war momentan nicht imstande, zwei und zwei zusammenzuzählen, zu kombinieren. Es zuckte etwas in mir zusammen.

Und sie lächelte oder stellte zumindest das, was sie wohl für Lächeln hielt, zur Schau, machte eine Miene, die sie als angemessen erachtete unter solchen Umständen, und nickte rechtzeitig zum ungereimten Gefasel des Knaben. Dabei fiel mir ihr schrecklicher Ausspruch ein, der mit dem Zuschauenwollen.

Und jetzt kenn ich mich aus. Ich weiß, wenn ich sie nicht zufällig da drin gesehen hätte, dann hätte ich alles Spätere akzeptieren können. Hätte es vielleicht sogar fertiggebracht, mich für sie zu freuen, oder fertiggebracht, an das, was sie inzwischen geworden ist, zu glauben, oder auf ihr Image zu bauen, das Programm, das vorgibt, Lise zu sein, und sich gar für Lise hält. Ich hätte glauben können, was Rubin glaubt: Sie stand dermaßen über allem, unsere hi-tech-Jeanne d'Arc, die auf die Vereinigung mit der festverdrahteten Gottheit von Hollywood brannte, daß ihr nichts anderes wichtig war als die Stunde des Scheidens. Daß sie den armen, jämmerlichen Körper wegwarf mit einem Aufschrei der Erleichterung, frei von den Fesseln des Polykarbonats und verhaßten Fleisches. Nun, vielleicht tat sie's ja auch. Vielleicht war's ja auch so. Ich wette, so hat sie sich's vorgestellt.

Aber als sie da saß und die Hand dieses Besoffenen hielt, die sie nicht mal fühlen konnte, wußte ich ein für allemal, daß kein menschliches Motiv ganz ungetrübt ist. Selbst Lise mit ihrem ätzenden, irren Drang zum Startum und zur kybernetischen Unsterblichkeit hatte Schwächen. War nur ein Mensch. Und für diese Einsicht haßte ich mich.

Sie war an diesem Abend, das wußte ich, ausgegangen, um einen letzten Kuß zu ergattern. Um jemanden zu finden, der besoffen genug wäre, um es ihr zu machen. Denn jetzt war mir klar, daß es stimmte: sie schaute gern zu!

Ich glaube, sie hat mich gesehen, als ich gegangen bin. Ich bin praktisch davongerannt. Wenn sie mich gesehen hat, wird sie mich mehr denn je hassen wegen meines entsetzten, betroffenen Gesichts.

Ich habe sie nie wiedergesehn.

Eines Tages werde ich Rubin fragen, warum Wild Turkey sour der einzige Drink ist, den er mixen kann. Haben's in sich, seine Drinks. Er reicht mir den verbeulten Aluminiumbecher, während es in seinem Laden ringsum tickt und raschelt vom scheuen Treiben seiner handlicheren Kreationen.

»Solltest nach Frankfurt mitkommen«, sagt er noch mal.

»Und wieso, Rubin?«

»Weil sie dich recht bald anrufen wird. Und ich meine, das wär vorerst vielleicht zu viel für dich. Bist noch ganz durcheinander. Es wird klingen wie sie, *es* wird denken wie sie, und du wirst ganz aus dem Häuschen geraten. Komm mit mir nach Frankfurt, und du kannst eine kleine Verschnaufpause einlegen. Sie wird nicht wissen, daß du dort bist ...«

»Du weißt doch«, sage ich und denke dabei an Lise an der Bar dieses Clubs, »gibt 'ne Menge zu tun. Max ...«

»Pfeif auf Max! Den Max hast du reich gemacht. Der Max kann die Hände in den Schoß legen. Du bist selber reich durch deinen Honoraranteil von *Kings,* wärste nur nicht so stur und würdest deinen Kontostand abrufen. Du kannst dir einen Urlaub leisten.«

Ich schaue ihn an und frage mich, wann ich ihm das mit der letzten Begegnung erzählen werde. »Rubin, ich find das wahnsinnig nett, Mann, aber ich ...«

Er trinkt mit einem Seufzer. »Aber was?«

»Rubin, wenn sie mich anruft, ist's dann *sie?*«

Er schaut mich lange an. »Das weiß nur der liebe Gott.« Er stellt klappernd den Becher auf den Tisch. »Ich meine, Casey, die Technologie ist da, also wer, Mann, wer könnte das schon sagen?«

»Und du meinst, ich sollte mit dir nach Frankfurt fliegen?«

Er nimmt seine stahlgefaßte Brille ab und putzt sie, ohne viel auszurichten, an seinem buntkarieren Flanellhemd. »Ja. Du mußt dich ausruhn. Vielleicht nicht unbedingt für jetzt, aber für später bestimmt.«

»Wieso das?«

»Wenn du ihr nächstes Werk bearbeiten mußt. Was recht bald sein wird, da sie dringend Geld braucht. Sie beansprucht 'ne Menge ROM in irgendeinem Konzern-Mainframe, und ihr Anteil an *Kings* reicht längst nicht aus, um zu bezahlen, was es gekostet hat, dahin zu kommen. Und du bist ihr Redakteur, Casey. Ich meine, wer sonst?«

Zu keiner Regung fähig, starre ich ihn an, während er die Brille wieder aufsetzt.

»Wer sonst, Mann?«

Und in dem Moment rasselt eine seiner Konstruktionen, ein helles, zartes Ticken, und es dämmert mir, daß er recht hat.

Michael Swanwick und William Gibson

Luftkampf

Er wollte weiter, ganz runter nach Florida. Sich die Überfahrt durch Arbeit auf einem Waffenschmugglerschiff abverdienen, sich vielleicht von so 'ner verdammten Rebellionsarmee drunten in der Kriegszone anwerben lassen. Oder aber er würde, da sein Ticket bis zur Beendigung der Fahrt gültig war, vielleicht einfach nicht aussteigen aus dem Flying Dutchman der Greyhound-Linie. Er grinste über sein schemenhaftes Spiegelbild an der kalten, verschmierten Scheibe, während die City-Lichter von Norfolk vorbeihuschten und der Bus auf ausgeleierten Stoßdämpfern eine letzte Kurve nahm. Abrupt hielten sie dann am Bussteig an. Im grellen Licht wirkte der graue Beton wie ein Gefängnishof. Aber Deke sah sich schon verhungern – vielleicht in einem Schneesturm aus Oswego, die Backe gegen dasselbe Busfenster gepreßt, sah sich als Leiche, die an der nächsten Haltestelle von einem lallenden Greis im ausgebleichten Blaumann weggeschafft wurde. Ob so oder so, es war ihm schnurzegal, fand er. Durchaus nicht egal war ihm, daß seine Beine sich anfühlten, als wären sie abgestorben. Nun kündete der Fahrer zwanzig Minuten Aufenthalt an – Tidewater Station, Virginia. Es war ein alter Schlackensteinbau mit zwei Eingängen zu jedem Wartesaal, Überbleibsel aus dem vorigen Jahrhundert.

Mit hölzernen Beinen startete er einen halbherzigen Versuch, am Kisok zu klauen, aber die schwarze Verkäuferin paßte auf das spärliche Sortiment im alten, gläsernen Kabäuschen auf, als würde ihr Leben davon abhängen. *Ist wohl so,* dachte Deke und wandte sich ab. Gegenüber den Toiletten bot eine offene Tür in schillernden Lettern aus biofluoreszierendem Kunststoff

SPIELE an. Er sah die Lokalmatadore um einen Billardtisch versammelt. Aus Langeweile, die ihm wie ein Schatten folgte, steckte er ohne bestimmte Absicht den Kopf hinein. Und sah einen Doppeldecker mit daumenlangen Flügeln rosarot aufflammen. In einer Spirale stürzend, zog es eine Rauchfahne hinter sich her und löste sich, sobald es auf den mit grünem Filz ausgeschlagenen Tisch aufschlug, in Luft auf.

»So ist's recht, Tiny«, bellte einer der Spieler heraus, »dem hast du's gegeben!«

»Heh«, sagte Deke, »was ist'n hier los?«

Der Spieler daneben war eine Bohnenstange mit einer Peterbilt-Mütze aus schwarzem Netzgewebe. »Tiny verteidigt den Max«, sagte er, ohne den Blick vom Tisch abzuwenden.«

»Soso? Und was ist das?« Aber noch während er fragte, sah er's schon: ein blauemailliertes Abzeichen in der Form eines Malteserkreuzes mit der auf die Balken verteilten Aufschrift *Pour le Mérite*.

Der Blaue Max lag auf der Tischkante unmittelbar vor einem beleibten, völlig bewegungslosen Koloß, der sich in einen zerbrechlich wirkenden Stahlrohrstuhl zwängte. Sein khakibraunes Arbeitshemd hätte an Deke wie ein Segel geschlottert, aber den aufgedunsenen Torso umspannte es so straff, daß jeden Moment die Knöpfe abzuspringen drohten. Deke dachte an Trooper aus dem Süden, die er auf dem Weg herunter gesehen hatte; an die komischen, dickwanstigen Endotypen, die auf dünnen, scheinbar von einem Mitmenschen ausgeborgten Beinen einherschwanken. So hätte Tiny wohl ausgesehen, wenn er aufgestanden wäre, aber noch extremer. Der 40-inch-Bund einer Jeans brauchte eine Stahlgeflechtverstärkung, um die aufgeblähten Massen zusammenzuhalten. Falls Tiny überhaupt stehen konnte – denn nun sah Deke, daß seine blitzende Unterlage ein Rollstuhl war. Sein Gesicht hatte etwas unangenehm Kindliches an sich, erschreckend jugendliche und geradezu schöne Züge, die vor lauter Backen untergingen. Verlegen schaute Deke weg. Der andere Mann, der gegenüber von Tiny am Tisch stand, hatte buschige Koteletten und einen schmalen Mund. Er versuchte anscheinend, etwas mit Blicken voranzutreiben, denn um seine Augen reihten sich tiefe Falten der Konzentration.

»Blödmann!« Der Mann mit der Peterbilt-Münze wandte sich um und sah erst jetzt Dekes Proletarier-Bluejeans, die Messingketten an seinen Handgelenken. »Mach 'ne Flatter, du Wichser! Dein Typ ist hier nicht gefragt.« Er wandte sich wieder dem Nahkampf zu.

Es wurde gewettet. Die Spieler zückten harte, bare Münze, alte Dollar mit Freiheitsstempel und Zehncentstücke mit Roosevelt aus den Münzprägeshops, während die eher vorsichtigen Zuschauer antike, in Plastikfolie verschweißte Papierdollar auf den Tisch legten. Durch den Dunst stieg eine Dreierformation aus roten Fliegern auf. Fokker D VII. Es wurde still im Raum. Die Fokker kreisten majestätisch unter der Sonnenkugel einer 200-Watt-Birne.

Die blaue Spad tauchte aus dem Nichts auf. Zwei weitere folgten, von der düsteren Decke kommend, dicht hinterher. Die Spieler fluchten, und einer kicherte. Die Formation löste sich auf. Eine Fokker raste knapp über dem Filz dahin, konnte die Spad aber nicht abhängen. Zornig flatterte sie im Zickzack über die grüne Ebene, aber es half nichts. Schließlich stieg sie, vom Feind dicht gefolgt, steil nach oben, überzog aber und konnte das Durchsacken wegen der geringen Höhe nicht mehr abfangen.

Ein Stapel silberner Zehncentstücke wurde als Gewinn eingesackt.

Die Fokker waren nun zahlenmäßig unterlegen. Eine Maschine hatte zwei Spads auf den Fersen. Sie schwenkte nach rechts, vollführte eine Immelmann-Wendung und placierte sich hinter einem ihrer Verfolger. Sie feuerte, und der Doppeldecker stürzte trudelnd ab.

»Gibt noch viel zu tun, Tiny!« Die Spieler drängten sich um den Tisch.

Deke war vor Staunen erstarrt. Er fühlte sich wie neu geboren.

Frank's Truck Stop lag zwei Meilen außerhalb der Stadt an einer dem gewerblichen Verkehr vorbehaltenen Straße. Auf dem Weg in die Stadt hatte Deke vom Bus den Laden aus reiner Gewohnheit registriert. Nun latschte er zwischen Verkehr und betonierter Fahrbahnbegrenzung zurück. Unüberhörbare Trucks brausten vorbei, dicke Brummer, deren Fahrtwind ihn jedesmal umzuwerfen drohte. Ein Truck Stop an einer gewerblichen Strecke war immer leichtes Spiel. Wenn er ins Frank's spazierte, würde keiner daran zweifeln, daß er von einem der Brummis käme, wodurch er reichlich Gelegenheit hätte, den Kiosk auszuweiden. Das Elektronik-Regal mit den Wetware-Wafer-Projektoren stand zwischen einem Stapel koreanischer Cowboy-Hemden und einem Dekoständer mit Fuzz Buster-Schutzblechen. Ein orientalisches Drachenpaar schlängelte sich über dem Regal durch die Luft; ob es kämpfte oder bumste, das konnte er nicht sagen. Das gewünschte Spiel war da: ein Wafer mit der Aufschrift SPAD & FOKKER. Es dauerte keine drei Sekunden, bis er's geklaut hatte, und noch weniger, bis er den Magneten – den ihm die Bullen in Washington D.C. gar nicht erst abgenommen hatten – über den Universalsicherheitsstreifen geführt hatte.

Auf dem Weg hinaus klaute er zwei Programmiergeräte und eine kleine Batang-Fernbedienung, die aussah wie ein altertümliches Hörgerät.

Er wählte die nächstbeste Herberge und tischte dem Vermieter die Story auf, die er immer benutzte, seit sein

Sozialhilfeanspruch verwirkt war. Niemand prüfte den Sachverhalt nach; die Behörde zählte lediglich die besetzten Zimmer und zahlte.

Das Kabäuschen roch leicht nach Urin, und die Wände waren mit Ⓐnarchistischen Parolen besprüht. Deke befreite mit dem Fuß eine Ecke von Unrat, setzte sich mit dem Rücken zur Wand und riß das Wafer-Paket auf.

Da waren enthalten eine zusammengefaltete Gebrauchsanweisung mit illustrierten Loopings, Rollen und Immelmann-Wendungen, eine Tube mit salinischer Paste und eine Computerliste mit Anwenderhinweisen. Und das Wafer selbst, in weißes Plastik gepackt, auf einer Seite bedruckt mit Doppeldecker und Firmenlogo in Blau, auf der andern in Rot. Er drehte es in der Hand hin und her: SPAD & FOKKER, FOKKER & SPAD. Rot oder blau. Er paßte das Batang, dessen Ableitfläche er mit Paste bestrichen hatte, hinters Ohr, steckte das Lichtleitfaserkabel ins Programmiergerät und dessen Stromzuleitung in die Dose an der Wand. Dann schob er das Wafer in den Progammierer. Es war ein billiges Gerät aus Indonesien, und es brummte ihm unangenehm der Schädel, als das Programm lief. Aber nachdem es überstanden war, düste wenige Zentimeter vor seiner Nase keck eine himmelblaue Spad durch die Luft. Sie leuchtete richtig, so echt war sie. Sie hatte das seltsame Innenleben von nahezu fanatisch detailgetreuen Museumsmodellen, forderte aber seine ganze Konzentration, um lebendig zu bleiben. Wenn seine Aufmerksamkeit nur geringfügigst nachließ, wurde die Maschine unscharf, kläglich verschwommen.

Er übte, bis die Batterie des Ohrstücks leer war, kippte gegen die Wand zurück und schlief ein. Er träumte, ein Universum zu durchfliegen, das nur aus weißen Wolken und blauem Himmel bestand – ohne Berg und Tal, ohne grüne Felder, in die man abstürzen könnte.

Er wurde wach, als es nach ranzigem Fett und Grillküchlein roch, und krümmte sich vor Hunger. Aber Geld hatte er auch keins. Nun, es wohnten 'ne Menge Studententypen in der Herberge. Bestimmt einer dabei, der sich für ein Programmiergerät interessierte. Er ging mit dem geklauten Ersatzgerät auf den Flur. Nicht recht viel weiter unten klebte ein Poster an einer Tür: EINE HÖLLISCH GUTE WELT – ZUM GREIFEN NAH. Darunter ein Sternenhimmel aus einer Vielzahl bunter Pillen, herausgetrennt aus einer Pharma-Anzeige und auf eine inspirierende Aufnahme der »Weltraumkolonie« geklebt, an der schon vor seiner Geburt gebaut wurde. PACKEN WIR'S AN – hieß es auf dem Poster unter der Collage aus Hypnotika.

Er klopfte. Die Tür ging auf, soweit die eingelegte Sicherheitskette es zuließ, und im Spalt, durch den die Hand paßte, zeigte sich der Ausschnitt eines Mädchengesichts. »Ja?«

»Wirst denken, daß es geklaut ist.« Das Programmiergerät wanderte von Hand zu Hand. »Ich meine, weil's neu ist, total unbenutzt und der Balkencode noch dran ist. Hör zu, ich streit's auch gar nicht ab. Nee. Du kannst es kriegen für die Hälfte von dem, was du woanders zahlen würdest.«

»Eh du, echt, im Ernst?« Der sichtbare Teil ihres Mundes verzog sich zu einem seltsamen Lächeln. Dann streckte sie die offene Hand aus. In Kinnhöhe. »Ei, guck mal!«

Da war ein Loch in der Hand, ein schwarzer Tunnel, der sich in den Arm bohrte. Zwei rote Lichtlein. Rattenaugen. Sie huschten leuchtend auf ihn zu, wurden größer. Etwas Graues flitzte hervor und sprang ihm ins Gesicht.

Kreischend riß er die Hände hoch, um es abzuwehren. Dabei verhedderten sich seine Beine, so daß er hinfiel und das Programmiergerät unter ihm zerschellte.

Silikatsplitter flogen durch die Gegend, als er sich

zappelnd den Kopf hielt. Wo's wehtat, tat's weh, ordentlich weh.

»Oh, du meine Güte!« Die Türkette rasselte, und das Mädchen beugte sich über ihn. »Hier, du, mach schon!« Sie schwenkte ein blaues Handtuch. »Da, halt dich fest, ich zieh dich hoch!«

Er sah sie aus wäßrigen Augen an. Studentin. »Nase-voll«-Blick, übergroßes Sweatshirt, Gebiß so weiß und makellos, es könnte als Kreditempfehlung dienen. Dünne Goldkette um den Fußknöchel (wo sich Babyflaum breitmachte, wie er sah). Struppiger japanischer Haarschnitt. Geld. »Das Ding sollte mein Dinner sein«, sagte er wehmütig. Er griff nach dem Handtuch und ließ sich hochziehen.

Sie lächelte, wich aber nervös zurück. »Komm, ich mach das wieder gut«, sagte sie. »Willst was essen? War doch nur 'ne Projektion, okay?«

Er folgte ihr ins Zimmer, vorsichtig wie ein Tier, das in die Falle geht.

»Herrgott noch mal«, sagte Deke, »das ist *echter Käse ...*« Er saß auf einem Sofa mit kaputten Federn, eingeklemmt zwischen einem Teddybär und einem Stapel Floppys. Der Boden war knöcheltief mit Büchern und Zetteln übersät. Aber das Essen, das sie auf den Tisch zauberte – Gouda und Dosenfleisch und garantiert echte Treibhausweizen-Schnitten – schien aus Tausendundeiner Nacht zu stammen.

»Heh«, sagte sie. »Wir wissen, wie man 'nen Prolli behandelt, was?« Sie hieß Nance Bettendorf. Sie war siebzehn. Ihre Eltern waren beide berufstätig, die unersättlichen Schweine, und sie ging aufs Technik-College. Sie hatte prima Noten außer in Englisch. »Schätze, in bezug auf Ratten bist du nicht ganz sauber. Hast du 'ne Rattenphobie?«

Er schielte zum Bett. Man konnte es an sich gar nicht sehen; es war lediglich eine Erhöhung in der Bodenbedeckung. »Das ist es nicht. Hat mich halt an was andres erinnert.«

»Und das wäre?« Sie hockte vor ihm, und das große Sweatshirt war hoch übers Bein gerutscht.

»Tja ... Hast du schon mal das ...« – seine Stimme hob sich unwillkürlich und jagte die Silben heraus – »*Washington Monument* gesehn? Zum Beispiel nachts? Es hat zwei so kleine ... rote Lichter dran für Flugzeuge oder so, und ich, ich ...« Er fing zu zittern an.

»Du hast Angst vor dem Washington Monument?« Nance ließ einen Brüllschrei los und kugelte sich vor Lachen und strampelte mit den langen braunen Beinen. Sie trug ein knallrotes Bikinihöschen.

»Ich würde lieber sterben, als daß ich's noch mal anschaun müßte«, stellte er monoton fest.

Da hörte sie zu lachen auf, setzte sich auf und studierte seine Miene. Weiße, ebenmäßige Zähne knabberten besorgt an der Unterlippe, als würde sie an einem unliebsamen Gedanken beißen. Schließlich rückte sie damit heraus: »Gedankensperre?«

»Ja«, sagte er verbittert. »Sie erklärten mir, ich würd nie wieder nach Washington D.C. gehn. Und lachten dann, die Wichser.«

»Für was?«

»Ich bin ein Dieb.« Er hatte nicht vor, ihr zu sagen, daß man ihn eigentlich wegen Karriereklau angezeigt hatte.

»Viele alte Hacker tun ihr Leben lang nichts andres als Maschinen zu programmieren. Und weißte was? Das menschliche Gehirn ist keine gottverdammte Maschine, keineswegs. Läßt sich so nicht programmieren.« Deke kannte diese schrille Verzweiflungsarie, dieses ewig sich im Kreis drehende Gequatsche, mit dem die Einsamen einen raren Zuhörer belabern; kannte es aus hundert kalten und leeren Nächten, die er mit Fremden zugebracht hatte. Nance war voll darauf eingestiegen, und der nickende, gähnende Deke fragte sich, ob er überhaupt so lange wach bleiben könnte, bis sie endlich in ihrem Bett landeten.

»Ich habe die Projektion, der ich dich aussetzte, selber gemacht«, sagte sie, schlang die Arme um die angezogenen Beine und stützte das Kinn auf die Knie. »Ist für Ganoven gedacht, klar? Ich hatt's zufällig bei mir und knallte es dir an den Kopf, weil ich es so witzig fand, daß du mir diesen kleinen indojavanischen Scheißprogrammierer verhökern wolltest.« Sie rückte hockend vor und streckte die Hand wieder aus. »Hier, guck!« Deke duckte sich erschrocken. »Nee du, ist okay, ich schwör's! Diesmal ist's was andres.« Sie öffnete die Hand.

Eine blaue Flamme züngelte dort, die perfekt war und sich ständig wandelte. »Sieh dir das an«, staunte sie. »Sieh doch! Hab ich programmiert. Ist nicht mal ein billiger Sieben-Bild-Trick, sondern eine fortlaufende Zwei-Stunden-Schleife, siebentausendzweihundert Sekunden, nie gleich; jeder Augenblick ist individuell wie 'ne verdammte Schneeflocke.«

Der Flammenkern war ein Eiskristall mit glitzernden Facetten, der sich windend auflöste; zurück blieben unterschwellige Bilder von einer Schärfe und Brillanz, die buchstäblich ins Auge stach. Deke zuckte zusammen. Hauptsächlich Menschen. Hübsche, nackte, bumsende Menschlein. »Wie haste das denn gemacht?«

Sie stand auf, wobei ihre bloßen Füße auf schlüpfrigen Magazinen ausglitten, und fegte in einer melodramatischen Geste gefaltete Endlospapierbahnen von einem blanken Sperrholzregalbrett. Da stand eine Reihe kleiner Consolen, die nüchtern und teuer aussahen. Einzelanfertigungen. »Das hier sind die Hits. Bildwerfer. Hier das Fast-wipe-Modul. Hier ein eins zu eins arbeitender hirnorganischer Funktionsanalysator.« Sie sagte die Namen wie eine Litanei auf. »Quantumflimmern-Stabilisator. Programmischer. Ein Bildsammler ...«

»Das alles brauchst du, um eine kleine Flamme zu erzeugen?«

»Aber sicher. Das ist der neueste Stand der Technik, professionelles Wetware-Gerät. Ist allem, was du kennst, Jahre voraus.«

»Heh«, sagte er, »schon mal was von SPAD & FOKKER gehört?«

Sie lachte. Und weil er spürte, daß es soweit sei, griff er nach ihrer Hand.

»Rühr mich nicht an, Macker, rühr mich bloß nicht an!« schrie Nance, blaß geworden und vor Zorn zitternd, und knallte beim Zurückweichen mit dem Kopf gegen die Wand.

»Okay!« Er hielt die Hände hoch. »Okay! Ich bleib weg von dir. Okay?«

Sie zuckte zurück. Ihre aufgerissenen Augen blinzelten nicht; Tränen kamen zum Vorschein und kullerten über die kreidebleichen Wangen. Schließlich schüttelte sie den Kopf. »Heh, Deke, tut mir leid. Ich hätt's dir sagen sollen.«

»Was denn?« Aber er hatte ein ungutes Gefühl ... ahnte es schon. Wie sie ihren Kopf umklammerte, wie sie leicht spasmodisch die Hände öffnete und schloß. »Du hast auch 'ne Gedankensperre.«

»Ja.« Sie schloß die Augen. »Ist'n Keuschheitsgürtel. Meine Eltern, diese Arschlöcher, bezahlten dafür. Ich kann's nicht ertragen, wenn jemand mich berührt oder mir nur zu nahe kommt.« In blindem Haß riß sie die Augen auf. »Dabei hab ich nicht mal was getan. Absolut nichts in der Richtung. Aber sie sind beide berufstätig und so geil darauf, daß ich Karriere mache, daß sie nicht mehr gerade pissen können. Sie befürchten, ich vernachlässige meine Ausbildung, wenn ich mich auf Sex und so einlasse. An dem Tag, wo die Gedankensperre entfernt wird, bums ich den gemeinsten, dreckigsten, haarigsten Kerl ...«

Wieder umklammerte sie den Kopf. Deke sprang auf

und wühlte im Arzneischrank. Er fand ein Glas mit B-Vitamin-Komplex, steckte ein paar davon für späteren Bedarf in die Tasche und brachte zwei zusammen mit einem Glas Wasser zu Nance. »Hier.« Er war darauf bedacht, ihr nicht zu nahe zu kommen. »Damit wird's erträglicher.«

»Ja, ja«, sagte sie. Dann, fast wie zu sich selbst: »Du mußt echt glauben, ich hab sie nicht alle.«

Die Spielhalle in der Greyhound-Station war fast leer. Ein einsamer Vierzehnjähriger mit spitzem Kinn beugte sich über eine Console und manövrierte U-Bootverbände in allen Regenbogenfarben durch die trübe Brühe des Nordatlantiks.

Deke spazierte herein in seiner neuen Spielerkluft und lehnte sich gegen eine Schlackensteinmauer, die unzählige Farbschichten bedeckten. Er hatte seine pikkelharte Prolli-Jacke gebleicht, bei Goodwill Jeans und T-Shirt mitgehen lassen und in der Sauna-Umkleide einer schlecht beaufsichtigten Absteige ein Paar Stomper-Schuhe aufgestöbert.

»Haste Tiny irgendwo gesehn, Freund?«

Die U-Boote huschten dahin wie Neon-Guppys. »Kommt drauf an, wer fragt.«

Deke griff zur Fernbedienung hinter dem linken Ohr. Die Spad düste in schmissiger Schräglage über die Console, flink und grazil wie eine Libelle. Sie war schön; so vollkommen, so *echt,* daß man den Raum für eine Illusion hielt. Deke überflog den Atlantik wenige Millimeter über der Glasscheibe, wobei er den einprogrammierten Luftkissen-Effekt ausnutzte.

Der Knabe blickte nicht mal auf. »Jackman's«, sagte er. »Die Richmond Road runter, da bei den Army-Waren.«

Deke ließ die Spad mitten im Steigflug verschwinden.

Das Jackman's beanspruchte fast den ganzen dritten Stock eines alten Backsteingebäudes. Deke fand zunächst den Laden mit Army-Ware, dann eine zerbrochene Neonreklame über einem dunklen Eingang. Auf dem Gehsteig davor fand sich eine andere Art von Ausschuß – invalide Kriegsveteranen, teils noch aus Indochina. Greise, die unter der Sonne Asiens ihr Augenlicht verloren hatten, kauerten neben zuckenden Jungs, die in Chile Mycotoxine eingeatmet hatten. Deke war froh, als sich die verbeulten Aufzugtüren ächzend hinter ihm zuschoben.

Eine staubige Dr. Pepper-Uhr am hintern Ende des langen, gespenstischen Raums zeigte Viertel vor acht. Das Jackman's war zwanzig Jahre vor Dekes Geburt geweißt worden; alles überzog ein dicker gelber Film aus Nikotin, Möbelpolitur und Haaröl. Direkt unter der Uhr starrten aus einem gerahmten, vergrößerten Schnappschuß die flachen Augen des Preisbocks irgendeines Opas auf Deke. Da war ein Klappern und Mauscheln von den Billardtischen, und ein Arbeitsstiefel quietschte auf dem Linoleumboden, als sich ein Spieler zum Zielen über die Bande beugte. Hoch über den grünen Lampenschirmen hing eine Kreppapiergirlande mit Weihnachtsglocken, die in ein dumpfes Rosa verblaßt waren. Deke blickte von einer Wand zur andern. Da war alles mögliche, nur kein Gerät.

»Bring eins rein, falls wir's brauchen«, sagte jemand. Deke wandte sich um und blickte direkt ins Gesicht eines glatzköpfigen Mannes mit Nickelbrille. »Gestatten, Cline. Bobby Earl. Sehn nicht wie'n Billardfan aus, Mister.« Aber es lag nichts Bedrohliches in Stimme und Gebärde. Er zog die Nickelbrille von der Nase und putzte die dicken Gläser mit einem Papiertaschentuchzipfel. Deke erinnerte er an einen Lehrmeister, der ihm geduldig die Installierung von Biochips beizubringen versuchte. »Ich bin ein Spieler«, sagte er lächelnd. Seine Zähne waren aus weißem Plastik. »Ich weiß, ich seh nicht unbedingt danach aus.«

»Ich suche Tiny«, erklärte Deke.

»Nun«, meinte er und setzte die Brille wieder auf, »da werden Sie Pech haben. Er ist droben im Sanatorium der Veterans Administration und läßt sich durchchekken. Er würde sowieso nicht gegen Sie fliegen.«

»Warum nicht?«

»Tja, weil Sie nicht zur Szene gehören, sonst hätt ich Sie schon mal gesehn. Können Sie was?« Als Deke nickte, rief Bobby Earl durchs ganze Jackman's: »He, Clarence! Bring das Gerät rein. Wir haben einen Flieger gekriegt.«

Zwanzig Minuten später stapfte Deke, der seine Fernbedienung und sein letztes Geld verspielt hatte, an den invaliden Soldaten beim Army-Laden vorbei.

»Nun laß dir sagen, Junge«, hatte Bobby Earl in väterlich-fürsorglichem Ton erklärt, während er Deke die Hand auf die Schulter legte und zurück zum Aufzug führte, »daß du keine Chance hast gegen einen kampferprobten Veteranen, hörst du? Ich bin nicht mal besonders gut, nur'n alter Infanterist, der fünfzehn bis zwanzig Mal auf Hype war. Der Tiny, der war *Pilot*. War als Aktiver ständig bis zu den Ohren mit Hype vollgepumpt. Paßt haarscharf auf. Wirst ihn nie schlagen.«

Es war eine kühle Nacht. Aber der gedemütigte Deke kochte vor Wut.

»Mein Gott, ist das plump«, sagte Nance, als die Spad Berge von pink Unterwäsche im Tiefflug angriff. Deke, der auf der Couch hockte, zog ihre funkelnde kleine Braun-Fernbedienung hinterm Ohr ab.

»Misch du dich nicht auch noch in meinen Fall ein, du höhere Tochter mit Jobaussichten!«

»Heh, Kopf hoch! Hat nichts mit dir zu tun, sondern ist 'ne *technische* Frage. Das Wafer, das du hast, ist echt primitiv. Ich meine, für die Straße taugt's. Aber verglichen mit dem, was ich im College mache, ist's ... He, solltest es von mir umschreiben lassen.«

»Was sagst du da?«

»Ich frisier's dir auf. Die Mistdinger sind alle hexadezimal geschrieben, klar, weil die Programmierer in der Industrie alle total fertige Computerhacker sind. Die denken eben so. Du, ich laß es im Institut analysieren, schieb ein paar Veränderungen rein und schreib's in eine moderne Wet-Sprache um. Streich die ganzen Zwischenschritte heraus. Kriegst 'ne irre Reaktionszeit, halbiert dir die Feedback-Schleife. Fliegst also schneller und besser. Wirst'n echter Profi, ein Fliegeras!«

»Echt?« fragte Deke skeptisch.

»Heh, warum, glaubst du, kaufen die Leute eine Fernbedienung mit Gold? Aus Prestigegründen? Scheiße! Die bessere Leitfähigkeit spart einige Nanosekunden Reaktionszeit. Und genau um die Reaktionszeit geht's bei diesem Spiel, klaro?«

»Nein«, sagte Deke. »Wenn es so einfach wäre, hätten's die Leute längst. Hätte es Tiny Montgomery. Hätte vom Feinsten.«

»Hörst du mir denn *nie* zu? Das Zeug, das ich in der Mache habe, ist dem, was du auf der Straße findest, um drei Jahre voraus.«

»Kein Scheiß«, sagte Deke nach einer langen Pause. »Ich meine, das kannst du?«

Es war wie das Umsteigen vom Model T in einen 93er Lotus. Die Spad flog sich traumhaft und reagierte auf den feinsten Gedankenimpuls. Wochenlang spielte Deke damit in den Spielhallen, ohne Verluste hinnehmen zu müssen. Er flog gegen die Teens am Ort und schoß ihre Maschinen reihenweise ab. Er spielte riskant. Und die Flieger purzelten ...

Bis er eines Tages seinen Gewinn einsteckte und ein schlacksiger Schwarzer an der Wand sich aufrichtete. Er beäugte die in Plastik verschweißten Scheine in Dekes Hand und grinste. Ein Rubin glitzerte im Gebiß. »Weißt du«, sagte der Typ, »ich hörte, hier schwirrt ein Kerl rum, der fliegen kann und gegen Kids spielt.«

»Herrgott«, sagte Deke und strich dänische Butter auf eine Kelpstange. »Ich hab den *Fußboden* reingefegt mit den Spads. Die waren vielleicht toll.«

»Wie schön, Darling«, murmelte Nance. Sie arbeitete an ihrem Examensprojekt und hämmerte schwitzend in die Tasten.

»Weißt du, wie's läuft, das zeigt, daß ich echt begabt bin für den Scheiß. Weißt schon. Ich meine, das Programm gibt mir 'nen Vorteil, aber ich hab das Zeug, um davon Gebrauch zu machen. Ich hab allmählich schon 'nen Ruf hier, weißt du?« Impulsiv stellte er das Radio an. Kratziges Dixieland-Blech posaunte heraus.

»Heh«, sagte Nance, »macht's dir was aus?«

»Nein, ich ...« Er drehte an den Knöpfen, fand irgendwas Lahmes, Schmalziges. »So. Komm schon, steh auf! Tanzen wir!«

»Eh, du weißt doch, ich kann nicht ...«

»Sicher kannste, Süße.« Er warf ihr den großen Teddy zu und schnappte sich ein buntgemustertes Baumwollkleid vom Boden. Er hielt es an Hüfte und Ärmel und klemmte den Kragen unters Kinn. Es roch nach Patschuli und leicht verschwitzt. »Guck, ich hier, du dort. Wir tanzen. Klar?«

Blinzelnd stand Nance auf und griff sich den Bären. Dann tanzten sie langsam und schauten sich in die Augen dabei. Nach einer Weile fing sie zu weinen an. Aber trotzdem lächelte sie noch.

Deke hing Tagträumen nach und stellte sich vor, er sei Tiny Montgomery in seinem Senkrechtstarter. Stellte sich vor, wie die Maschine auf die feinste Nervenzukkung reagierte, wie der ständige Hypnotika-Strom in seinen Adern rieselte und dadurch die Reflexe hochpowerte.

Der Boden von Nance wurde zum Dschungel, ihr Bett ein Plateau im Vorgebirge der Anden, und Deke flog seine Spad mit forcierter Geschwindigkeit, als wär's eine voll-elektronische, interaktive Kampfmaschine. Computergesteuerte Infusionsgeräte beschickten den Blutstrom tröpfchenweise mit einer Nährlösung für Hochleistungsphasen. Direkt ins Gehirn gelegte Sensoren steuerten eine supersonische Wende im grünblauen Himmel über dem bolivianischen Regenwald. Tiny hätte den Luftstrom *spüren* können.

Drunten hackten sich Infanteristen durch den Dschungel. Um sie zum tödlichen Veitstanz anzustacheln, war ihnen über dem Ellbogen jeweils eine Hype-Pumpe umgeschnallt, eine flüssige Portion Hölle in blauer Plastikspritze. Sie kamen vielleicht auf insgesamt zehn Minuten Stoff pro Woche. Aber wenn man mit hochgedrehten Reflexen in Wipfelhöhe herankommt und so tief fliegt, daß die Fußtruppen einen erst entdecken, wenn man schon über ihnen ist, die Phosgene abwirft und abdüst, ehe sie's richtig merken ... dazu braucht man schon einen ständigen Hypnotika-Spiegel, um überhaupt durchzuhalten. Und das neurale Interface mit dem Jet war keine Einbahnstraße. Der Bordcomputer steuerte die biochemischen Abläufe und beschloß, wann die Schleusen geöffnet wurden, um der menschlichen Hälfte im Gespann einen mörderischen Schuß Kampfgeist zu verpassen.

Eine solche Dosis auf Dauer frißt dich auf. Frißt dich langsam, aber sicher auf, ätzt die Hirnhäute, zernagt die Zellwandhäutchen im Gehirn. Wenn du nicht rechtzeitig aus der Luft geholt wirst, kommt's zum Schwund der Hirnzellen – die Reflexe sind dermaßen schnell, daß der Körper nicht mehr damit klarkommt, während dein Kampf-oder-Flucht-Reflex total hin ist ...

»Eins zu null für mich, Prolli!«

»Hm?« Deke sah verdutzt auf, als Nance türknallend hereinschneite und Bücher und Tasche auf den nächsten Haufen warf.

»Mein Examensprojekt – ich wurde von der Abschlußprüfung befreit. Der Prof sagt, so was hat er noch nicht erlebt. Eh, du, mach dunkler, sei so nett! Die Farben irritieren mich.«

Er gehorchte. »Zeig her! Zeig mir dein Wunderding!«

»Ja klar.« Sie steckte sich seine Fernbedienung an, räumte mit dem Fuß einen Stehplatz auf dem Bett frei und ging in Pose. Ein Funke in ihrer Hand loderte zur Flamme auf. Sie erstreckte sich als quecksilberne Linie über den Arm und um den Hals, wurde zur Schlange mit dreieckigem Kopf und züngelnder Zunge. Fließende Farben in Orange- und Rottönen. Sie glitt zwischen ihren Busen. »Hab's Feuerschlange getauft«, erklärte sie stolz.

Deke beugte sich zu ihr, und sie wich erschrocken zurück.

»Sorry. Es ist deine Flamme, hm? Ich meine, ich kann die kleinen Ficker drin sehn.«

»Schon.« Die Feuerschlange glitt ihr den Bauch hinunter. »Nächsten Monat schneid ich zweihundert separate Flammenprogramme in visuell geeigneter Kombination zusammen. Dann zapfe ich an, wie der Verstand die Körpergestalt registriert, damit sich das Ding selbsttätig orientieren kann. Damit kann es über deinen Körper gleiten, ohne daß man sich darum kümmern muß. Man könnte tanzen dabei.«

»Vielleicht bin ich blöd. Aber das alles ist noch nicht getan, also wie kommt's, daß ich es sehe?«

Nance kicherte. »Das ist das beste dran – die halbe Arbeit ist noch ungetan. Hatte noch keine Zeit, die einzelnen Teilchen in ein einheitliches Programm zu pakken. Mach das Radio an, sei so lieb. Ich will tanzen.« Sie strampelte ihre Schuhe ab. Deke fand was Draufgängerisches. Weil sie ihn darum bat, stellte er es fast flüsterleise.

»Tja, ich hab 'ne Doppeldosis Hype ergattert.« Sie hüpfte auf dem Bett und winkte mit den Händen wie eine balinesische Tänzerin. »Schon mal probiert, das Zeug? Gibt dir quasi absolute Konzentration. Guck doch mal!« Sie balancierte *en pointe.* »Noch niemals gemacht.«

»Hype«, sagte Deke. »Der Letzte, von dem ich hörte, daß er mit dem Stoff erwischt wurde, kriegte drei Jahre in der Infantrie. Wie bist du rangekommen?«

»Machte 'nen Deal mit einem Veteranen. Das Zeug gibt mir perfekte visuelle Vorstellung. Ich kann die Projektion halten, wenn ich die Augen zu habe. Es war eine Kleinigkeit, das Programm im Kopf zusammenzufügen.«

»Mit nur zwei Hypes, hm?«

»Einem. Das andre heb ich auf. Der Prof war so beeindruckt, er hat mir ein Vorstellungsgespräch arrangiert. Ein Personalanwerber der IC Wetware kommt in zwei Wochen ans College. Der Prof will das Programm *und* mich an ihn verkaufen. Ich kürze das College um zwei Jahre ab und kann schnurstracks in die Wirtschaft.«

Die Schlange ringelte sich zu einer flammenden Tiara zusammen. Deke bekam ein flaues Gefühl, wenn er sich vorstellte, daß Nance aus seinem Leben verschwinden würde.

»Ich bin eine Hexe«, trällerte Nance, »eine Wetware-Hexe.« Sie zog das Shirt über den Kopf und schleuderte es davon. Ihr zierlicher, fester Busen wippte nur leicht beim Tanzen. »Ich schaff's« – nun sang sie einen der neuesten Hits – »bis an die Spitze!« Ihre kleinen, rosigen Brustwarzen standen ab. Die Feuerschlange leckte daran und schnellte weg.

»Heh, Nance«, sagte Deke unruhig, »flipp mir nicht aus, du!«

»Ich feiere!« Sie hakte den Daumen in den glänzenden, goldfarbenen Slip. Feuer züngelte zwischen Hand und Schritt. »Ich bin die Unschuldsgöttin und hab die Ma-acht!« Sie trällerte wieder.

Deke wandte sich ab. »Muß jetzt gehn«, murmelte er. Muß heim und mir einen runterholen. Er fragte sich, wo sie das zweite Dope versteckt hatte. Konnte praktisch überall sein.

Es gab ein Protokoll in der Szene, eine stillschweigende Übereinkunft über die Rangfolge, aufwendig wie's Protokoll am Hofe eines Mandarins. Es spielte keine Rolle, daß Deke ein heißer Tip war, dessen Ruf sich wie ein Lauffeuer ausbreitete. Nicht mal ein berühmter Flieger konnte einfach herausfordern, wen er wollte. Er mußte auf der Rangleiter nach oben klettern. Aber wenn man allabendlich seine Flieger kämpfen ließ, wenn man jede Herausforderung annahm, und wenn man gut war ... tja, dann kam man schnell nach oben.

Deke war mit einem Flieger im Vorteil. Es war ein Turnierkampf, drei Flieger gegen drei. Nicht viele Zuschauer, vielleicht ein Dutzend, aber ein lautes, grölendes Publikum. Deke war in die Manie des Kampfes vertieft, als ihm plötzlich auffiel, daß es still geworden war. Sah die Fans aufgeregte Blicke austauschen. Alle Augen wandten sich ab. Er hörte die Aufzugtür zugehn. Gelassen schaffte er sich das zweite gegnerische Flugzeug vom Hals und riskierte dann einen raschen Blick über die Schulter.

Tiny Montgomery betrat gerade das Jackman's. Der Rollstuhl surrte übers braungewordene Linoleum, von feinen Zuckungen der unvollständig gelähmten Hand gelenkt. Seine Miene war streng, leer, gefaßt.

In dem Moment verlor Deke zwei Flieger. Eins aus Unschlüssigkeit – es verblaßte und wurde vom Gerät gelöscht – und das andere, weil sein Gegner ein zäher Kämpfer war. Der Bursche machte 'ne Rolle, bremste ab, brach zur Seite aus und griff im Tiefflug an. Dekes Flieger stürzte brennend ab. Die beiden verbliebenen Flieger hatten gleiche Höhe und Geschwindigkeit, so daß sie, auf der Suche nach einer günstigen Position wendend, automatisch auf eine Kreisbahn gerieten.

Die Fans machten Platz, als Tiny an den Tisch heranrollte. Der lange, dünne, lässige Bobby Earl Cline folgte ihm hintendrein. Deke und sein Gegner verständigten sich mit einem Blick und zogen ihre Flieger vom Billardtisch zurück, um den Mann ausreden zu lassen. Tiny lächelte. Er geizte mit Mimik, die sich aufs Zentrum seines blassen, teigig aufgedunsenen Gesichts konzentrierte. Ein Finger zuckte leicht auf der verchromten Armlehne. »Ich hab von dir gehört.« Er schaute Deke mitten ins Gesicht. Seine Stimme war weich und piepste entsetzlich. Babystimme. »Hab gehört, du bist gut.«

Deke nickte langsam. Das Lächeln verschwand aus Tinys Gesicht. Seine weichen, vollen Lippen schnürten sich in eine natürliche Kußmundhaltung zusammen, als wollte er Bussis geben. Seine kleinen braunen Augen musterten Deke ohne Groll. »Dann zeig mal, was du kannst!«

Deke konzentrierte sich aufs kalte Geschäft des Kriegs. Und als der Feind brennend und qualmend abtrudelte, um auf dem Tisch zu explodieren und sich in Luft aufzulösen, wendete Tiny wortlos seinen Rollstuhl, zuckelte zum Aufzug und verschwand.

Als Deke seinen Gewinn einsammelte, erschien Bobby Earl neben ihm und sagte: »Der Mann will gegen dich fliegen.«

»So?« Deke war noch weit davon entfernt, Tiny herausfordern zu können. »Was darf ich davon halten?«

»Der Typ, der morgen von Atlanta kommen wollte, hat abgesagt. Und der Tiny, der brennt auf einen neuen Gegner. Sieht also so aus, du hast eine Chance, den Max zu kriegen.«

»Morgen? Mittwoch? Bleibt mir nicht mehr viel Vorbereitungszeit.«

Bobby Earl lächelte milde. »Ich glaube nicht, das macht 'nen Unterschied, du.«

»Inwiefern?«

»Junge, du bringst es einfach nicht, kapiert? Bist fad.

Du fliegst praktisch wie'n Anfänger, nur schneller und flinker. Ist dir klar, was ich sagen will?«

»Weiß nicht recht. Du willst also ein bißchen mehr Action bei der Sache?«

»Offengestanden«, sagte Bobby Earl, »wär das meine Hoffnung.« Er zog einen kleinen Notizblock aus der Tasche und beleckte einen Bleistiftstummel. »Wir wetten fünf gegen eins. So'ne faire Wette kriegst du sonst von keinem.«

Er sah Deke beinahe traurig an. »Der Tiny, der ist praktisch von Natur aus besser als du, daran ist nichts zu rütteln, Junge. Er lebt für dieses Scheißspiel, hat nichts andres. Kann nicht raus aus dem gottverdammten Rollstuhl. Wenn du meinst, du kannst einen Mann übertrumpfen, der um sein Leben spielt, dann machst du dir was vor.«

Norman Rockwells Porträt vom Colonel betrachtete Deke regungslos im Kentucky Fried an der Richmond Raod gegenüber dem Café. Deke hielt seine Tasse mit klammen, zitternden Fingern. Ihm brummte vor Erschöpfung der Schädel. Bobby Earl hat recht, sagte er dem Colonel. Ich kann gegen Tiny antreten, aber besiegen kann ich ihn nicht. Der Colonel starrte standhaft und nicht besonders freundlich zurück; er betrachtete das Café und den Army-Laden und sein beknacktes Reich der Richmond Road. Wartete, daß Deke sich in den scheußlichen Plan fügte, den er anzugehen hatte.

»Das Luder will mich *sowieso* verlassen«, sagte Deke laut. Womit er sich einen komischen Blick vom schwarzen Mädchen hinter dem Tresen zuzog, das dann rasch wieder wegschaute.

»Daddy hat angerufen!« Nance tänzelte ins Zimmer und warf die Tür hinter sich ins Schloß. »Und weißt du was? Er sagt, wenn ich den Job kriege und ein halbes Jahr durchhalte, dann läßt er die Gedankensperre aufheben.

Ist das nicht unglaublich, Deke?« Sie zögerte. »Alles okay mit dir?«

Deke stand auf. Jetzt, wo's soweit war, kam er sich unwirklich vor, als wäre er in einem Film oder so. »Sag mal, warum bist du die ganze Nacht nicht heimgekommen?« fragte Nance.

Seine Gesichtshaut spannte wie eine pergamentene Maske. »Wo hast du das Hype, Nance? Ich brauch's.«

»Deke«, sagte sie und probierte es mit einem zaghaften Lächeln, das sofort wieder verschwand. »Deke, 's gehört mir. Mein Dope. Ich brauch's. Für das Bewerbungsgespräch.«

Er lächelte verächtlich. »Du hast Geld. Du kannst dir immer mal was besorgen.«

»Nicht bis Freitag! Hör zu, Deke, es ist echt wichtig. Mein ganzes Leben hängt von diesem Bewerbungsgespräch ab. Ich brauch die Pille. Ich hab sonst nichts.«

»Baby, du hast die ganze verdammte Welt! Schau dich um: 150 Gramm helles libanesisches Hasch! Kleine Sardellenfilets in Dosen. Unbeschränkte ärztliche Versorgung, falls nötig.« Sie wich vor ihm zurück, stolperte in die stehenden Wellen von schmutzigem Bettzeug und zerknitterten Hochglanzmagazinen, die sich vor dem Bett auftürmten. »All das hab ich nie gehabt, nicht mal andeutungsweise. Hatte praktisch nie den Ehrgeiz, den man braucht, um voranzukommen. Aber diesmal hab ich ihn. In zwei Stunden findet ein Spiel statt, das ich, verdammt noch mal, gewinnen werde. Hörst du?« Er steigerte sich in Zorn, und das war gut. Den brauchte er für das, was er zu tun hatte.

Nance riß den Arm hoch und öffnete die Hand, aber darauf war er gefaßt; er stieß die Hand weg, ohne auch nur einen Blick auf den dunklen Tunnel oder gar die roten Äuglein zu werfen. Dann stürzten sie beide zu Boden, und er kam auf ihr zu liegen und spürte ihren heißen, hektischen Atem im Gesicht. »Deke! Deke! Ich *brauche* den Stoff, Deke. Das Bewerbungsgespräch,

Zwischendurch: [redacted] Bis zur Erschöpfung sollte man nicht warten, wenn sich der Appetit meldet – und man braucht ja auch keinen Schnellimbiß, um etwas Warmes zu genießen. [redacted] Fünf Minuten Zeit und etwas kochendes Wasser genügen ja, um eine leckere Kleinigkeit zu zaubern... [redacted]

meine einzige ... brauch's ... brauch es ...« Sie drehte das Gesicht von ihm ab und schrie gegen die Wand an. »Bitte, mein Gott, bitte nicht ...«

»Wo hast du's hingetan?«

Eingekeilt zwischen Bett und Deke fing Nance zu zucken an; ihr ganzer Körper verkrampfte sich vor Schmerz und Angst.

»Wo ist es?«

Ihr Gesicht war blutleer, totenbleich, und in ihren Augen lag blankes Entsetzen. Die Lippen bebten. Nun war es zu spät zum Aufhören; er hatte die Schwelle überschritten. Deke war zum Kotzen zumute, vor allem weil er auf einer unerwarteten, unliebsamen Stufe *Spaß* daran fand.

»Wo ist es, Nance?« Und er fing an, sehr behutsam ihr Gesicht zu streicheln.

Deke holte den Aufzug vom Jackman's mit einem Finger herunter, der schnell und zielsicher wie eine Wespe ansetzte und geziert wie ein Schmetterling auf dem Rufknopf landete. Er war voller Tatkraft und hatte alles unter Kontrolle. Auf dem Weg nach oben zog er die Sonnenbrille ab und kicherte seinem Spiegelbild in der verchromten, von fettigen Fingern verschmierten Wand zu. Obwohl seine Pupillen zur Winzigkeit verengt waren, was nicht verborgen blieb, strahlte die Welt neongrell.

Tiny wartete. Er zog die Mundwinkel hoch zu einem süßen Lächeln, als er Dekes Regenbogenhäute sah und die betont lässigen Bewegungen, die erfolglosen Versuche, eine dopinglose Schwerfälligkeit an den Tag zu legen. »Nun«, sagte er mit mädchenhafter Stimme, »wie's scheint, darf ich mich auf eine leckere Partie gefaßt machen.«

Der Max war über eine Lehne des Rollstuhls drapiert. Deke ging an seinen Platz und verbeugte sich nicht ganz ohne Spott. »Fliegen wir.« Als Herausforderer spielte er defensiv. Er ließ seine Flieger in einer konservativen

Höhe materialisieren, die zugleich noch Möglichkeit zum Sturzflug und zum Sichten eines Angriffs von Tiny bot. Dann wartete er ab.

Die Zuschauer tippten. Ein Dicker mit Brillantine im Haar guckte baff aus der Wäsche, ein Lokalmatador mit eingefallenen Augen fing zu lächeln an. Ein Raunen kam auf. Augen in zeitrafferhaft erstarrten Köpfen rollten in Zeitlupe hin und her durch die hochgepowerte Reaktionszeit. Dauerte vielleicht drei Nanosekunden, um die Angreifer zu lokalisieren. Deke riß den Kopf hoch und ...

Verdammte Scheiße, er war *blind!* Die Fokker schossen direkt von der 200-Watt-Birne heran, und Tiny hatte ihn durch seine List dazu gekriegt, mitten ins Licht zu schauen. Total geblendet, sah er nichts mehr. Er drückte die tränenden Augen zu und konzentrierte sich verzweifelt auf die Visualisierung. Er teilte seine Formation, ließ zwei Flieger nach rechts und einen nach links biegen. Sofort zog er jeden davon in eine halbe Kurve und holte sie zurück. Er mußte auf gut Glück ausweichen – wo die feindlichen Maschinen waren, konnte er nicht sagen.

Tiny kicherte. Deke hörte ihn durch die Geräuschkulisse der Zuschauer, die jubelten und fluchten und Münzen auf den Tisch knallten, die anscheinend unabhängig vom Auf und Ab des Duells Synkopen setzten.

Als im nächsten Moment sein Augenlicht zurückkehrte, trudelte eine brennende Spad ab. Fokker hängten sich seinen restlichen Fliegern an die Fersen, wobei die eine von einer und die andre von zweien verfolgt wurde. Schon in der dritten Spielsekunde war er mit einer Maschine im Nachteil.

Hin und her zuckelnd, um zu verhindern, daß Tiny sich mit einem Peilstrahl anheftete, drehte er mit der einzeln verfolgten Maschine einen Looping, während er die andere in den blinden Fleck zwischen Glühbirne und Tiny lenkte.

Tinys Miene wurde sehr gefaßt. Der leichteste Anflug von Enttäuschung – oder gar Verachtung – wurde von der äußeren Ruhe überdeckt. Er verfolgte die Flieger beharrlich und wartete aufs nächste Manöver.

Unmittelbar vor dem blinden Fleck ließ Deke seine Spad in einen Sturzflug absacken, so daß die Fokker darüber hinwegschossen und sich ungestüm in die Kurve legten und abdrehten, um wieder in Position zu kommen.

Die Spad schoß auf die dritte Fokker nieder, die Dekes andere Maschine an diese Stelle gelockt hatte. Das Feuer bestrich die Flügel und den knallroten Tank. Im ersten Augenblick passierte nichts, so daß Deke glaubte, die Maschine irgendwie verfehlt zu haben. Dann brach die rote Kiste nach links aus und stürzte mit einer schwarzen, öligen Rauchfahne ab.

Tiny runzelte die Stirn. Kleine Unmutsfalten störten seinen ungetrübten Mund. Deke lächelte. Ausgleich, und Tiny hielt die Position.

Beide Spad wurden hartnäckig verfolgt. Deke holte weit aus und zog sie von den gegenüberliegenden Seiten des Tisches zusammen. Er jagte sie direkt aufeinander zu, was Tiny um seinen Vorteil brachte ... Keiner konnte Schüsse abgeben, ohne den eigenen Flieger zu gefährden. Deke beschleunigte seine aufeinander zurasenden Maschinen auf Höchstgeschwindigkeit.

Im letzten Augenblick vor dem Zusammenstoß riß Deke seine Flieger jeweils nach oben und unten, so daß sie einander passierten, wobei er auf die beiden Fokker das Feuer eröffnete und abdrehte. Tiny war darauf gefaßt. Feuer erfüllte die Luft. Dann lösten sich ein blaues und ein rotes Flugzeug und düsten in entgegengesetzten Richtungen davon, während zwei Flieger sich verhedderten. Flügel streiften sich und demolierten die Maschinen. Sie stürzten gemeinsam fast schnurstracks ab und zerschellten auf grünem Filz.

Zehnte Spielsekunde, und vier Flieger beseitigt. Ein

schwarzer Veteran schürzte die Lippen und stieß einen leichten Pfiff aus. Jemand anders schüttelte ungläubig den Kopf.

Tiny saß aufrecht und leicht vornübergebeugt in seinem Rollstuhl, zupfte mit weichen Händen nervös an den Griffen. Sein Blick war konzentriert, und er blinzelte nicht. Das war kein Spaß, kein links zu erledigender Scheiß; das Spiel verlangte seine ganze Aufmerksamkeit. Die Fans, der Tisch, das Jackman's selbst existierten gar nicht mehr für ihn. Bobby Earl Cline legte ihm die Hand auf die Schulter; Tiny merkte es nicht. Die Flieger in entgegengesetzten Ecken des Zimmers schleppten sich mühsam in die Höhe. Deke klebte seinen an die Decke im Tabakdunst. Er schaute kurz zu Tiny, und ihre Blicke begegneten sich. Kalt. »Jetzt zeig, was du drauf hast«, preßte Deke zwischen zusammengebissenen Zähnen hervor.

Sie hetzten ihre Flieger aufeinander.

Die Hype entfaltete jetzt sein Wirkungsmaximum, und Deke konnte Tinys Peilstrahlen zwischen den Fliegern durch die Luft tasten sehen. Er mußte seine Spad in die Schußlinie bringen, um eine ordentliche Garbe abzufeuern, dann abdrehen und sich in die Kurve legen, damit die Kugeln der Fokker unterm Fahrwerk vorbeihageln würden. Tiny stand ihm um nichts nach und wich den Schüssen aus, wobei er so dicht passierte, daß sich um ein Haar ihre Fahrwerke verfingen.

Deke drehte einen sträflich knappen Looping, als die Halluzinationen einsetzten. Der Filz krümmte und drehte sich – und wurde zur grünen Hölle des bolivianischen Regenwalds, über dem Tiny Angriffe geflogen hatte. Die Wände rückten ab in graue Unendlichkeit, während ringsum die metallische Enge eines kybernetischen Kampfflugzeugs sich zusammenzog.

Freilich war Deke nicht unvorbereitet. Er war auf die Halluzinationen gefaßt und wußte, daß er mit ihnen fertig würde. Die Militärs gäben schließlich keine Droge weiter, durch die man sich nicht hindurchboxen könnte. Spad und Fokker drehten einen weiteren Looping. In Tiny Montgomerys Gesicht stand die Anspannung zu lesen, das Echo der Schlacht im tiefen Urwaldhimmel. Sie jagten ihre Flieger aufeinander, spürten die Spannung, die von den Instrumenten direkt ins Stammhirn gespeist wurde, die anlaufende Adrenalinpumpe hinterm Ellbogen, die kalte, schnelle Freiheit des Luftstroms am Jetrumpf, zu dem sich der Geruch von heißem Metall und Angstschweiß gesellte. Peilstrahlen zuckten an seinem Gesicht vorbei, und er riß sich los und sah die Spad wieder steil bei der Fokker hochziehen. Beide Maschinen waren heil. Die Fans hielten es im Kopf nicht mehr aus, schwenkten Hüte und trampelten mit den Füßen, führten sich auf wie die reinsten Idioten. Deke schaute Tiny wieder in die Augen.

Bosheit stieg in ihm auf, und obwohl seine Nerven gespannt waren, wie die Carbonkristallfäden, die die Kampfflieger bei ihren Superwendungen über den Anden zusammenhielten, rang er sich ein lässiges Grinsen ab, zwinkerte und nickte leicht zur Seite hin, als wollte er »Ei-guck-mal« sagen.

Tiny schaute weg.

Zwar nur für den Bruchteil einer Sekunde, aber das reichte. Deke machte einen dermaßen flinken, knappen Immelmann-Turn – hart an der theoretischen Toleranzgrenze –, wie ihn die Szene noch nie gesehen hatte und brachte sich damit hinter Tinys Flieger.

Mal sehn, ob du diesmal davonkommst, Knackarsch.

Tiny raste mit seinem Flieger aufs Grün zu, und Deke folgte knapp hinterher. Er zielte. Nun hatte er Tiny genau, wo er ihn haben wollte.

Der türmte. Wie nach jedem Gefechtseinsatz. Hochgeschaukelt vom Nervenkitzel und vom Hype, aber voller Angst. Sie waren nun drunten auf dem Filz, flogen in Wipfelhöhe. Brich dir's Kreuz, dachte Deke und beschleunigte noch. Am Rande seines Blickfelds sah er

Bobby Earl Cline, und der machte ein komisches Gesicht. Ein irgendwie flehendes Gesicht. Tiny war rot angelaufen; seine Miene war verzerrt und gequält.

Jetzt geriet Tiny in Panik und tauchte mit seinem Flieger ins Publikum. Die Doppeldecker düsten kreuz und quer durch die Fans. Die einen wichen unwillkürlich zurück, die andern schlugen lachend mit den Händen danach. Aber aus Tinys Augen funkelte der blanke Terror, der von unermeßlicher Angst und Beengtheit kündete, die wie zwei Schneiden unentwegt aneinander sägten ...

Die Angst war der Tod in der Luft, die Beengtheit ein Gefangensein im metallenen Flieger und später Rollstuhl. Es war ihm anzusehen: Kampf war für Tiny die einzige Möglichkeit gewesen rauszukommen, und er hatte jede gebotene Chance genutzt. Bis ihn ein namenloser *Nationalista* mit einer altertümlichen SAM aus jenem blaugrünen bolivianischen Himmel schoß und damit mitten in die Richmond Road und das Jackman's verpflanzte zur letzten Konfrontation mit diesem lächelnden Killertypen am abgewetzten grünen Tisch.

Deke wippte auf Zehenspitzen und setzte das Million-Dollar-Grinsen auf – Warenzeichen der Droge, die Tiny ausgebrannt hatte, bevor jemand sich aufraffte und ihn als Trümmerhaufen aus heißem Metall und verhunztem Fleisch aus dem Himmel pustete. Es kam nun alles zusammen. Deke sah, das Fliegen war alles, was Tiny noch zusammenhielt. Diese tägliche Fingerübung gegen den Tod, das Wiederaufstehen vom metallenen Sarg. Durch reine Willenskraft hatte er den Kollaps von sich ferngehalten. Beuge diesen Willen, und der Tod rückt an und nimmt ihn mit. Tiny kippt vor und kotzt sich in den eigenen Schoß.

Und Deke schlug voll zu ...

Es herrschte betroffenes Schweigen, als Tinys letzter Flieger sich in einem Lichtblitz auflöste. »Geschafft«, flüsterte Deke. Dann lauter: »Du Arschloch, ich hab's geschafft!«

Ihm gegenüber am Tisch wand sich Tiny in seinem Stuhl und zuckte spasmisch mit den Armen; sein Kopf kippte zur Schulter. Bobby Earl Cline hinter ihm starrte mit glühenden Augen auf Deke.

Der Spieler packte den Max, wickelte sein Band um ein Bündel beschichteter Geldscheine. Unverhofft schmetterte er das Päckchen Deke ins Gesicht. Mühelos und lässig fing Deke es aus der Luft.

Einen Moment lang schien es, als wollte der Spieler mitten über den Billardtisch auf ihn losgehen. Ein Zupfen am Ärmel hielt ihn auf. »Bobby Earl«, flüsterte Tiny, dem die Schande die Kehle zuschnürte, »bring mich ... hier raus.«

Steifbeinig rollte der entsetzte Cline seinen Freund weg vom Tisch und durch den düstern Raum davon.

Deke warf den Kopf zurück und lachte. Herrgott, wie er sich fühlte! Er stopfte den Max in seine Hemdtasche, wo er kalt und schwer drückte. Das Geld packte er in seine Jeans. Mann, er wollte Luftsprünge machen wie der Triumph, der ungestüm in ihm hochschnellte, fein und stark wie die Flanken eines Rehbocks im Wald, den er einmal vom Greyhound aus gesehen hatte. Für diesen einen Augenblick hatte sich wohl alles gelohnt, das viele Leiden und Darben auf dem Weg zum Sieg.

Aber im Jackman's war es still. Niemand jubelte. Niemand drängte sich vor, um zu gratulieren. Das ernüchterte ihn, womit die stillen, feindseligen Gesichter wieder optisch scharf wurden. Nicht einer der Fans stand auf seiner Seite. Sie strahlten Verachtung aus, sogar Haß. Eine endlos lange Weile bebte die Luft vor aggressiver Gewalt, die gleich über ihn hereinzubrechen drohte ... Und dann wandte sich einer ab, zog Schleim hoch und spuckte auf den Boden. Die Menge löste sich auf, und nacheinander verschwanden sie raunend im düstern Raum.

Deke rührte sich nicht. Ein Muskel im Bein fing zu zucken an und kündete vom bevorstehenden Hype-Kater. Die obere Schädelhälfte fühlte sich taub an, und im Mund hatte er einen scheußlichen Geschmack. Einen Moment lang mußte er sich mit beiden Händen am Tisch festklammern, um nicht zu fallen, endlos zu fallen in den lebenden Schatten unter sich, und so hing er da, durchbohrt vom Blick der toten Augen des Preisbocks im Foto unter der Dr. Pepper-Uhr.

Ein wenig Adrenalin würde ihn da rausholen. Er mußte feiern. Sich besaufen oder einen Trip schmeißen und erzählen, immer wieder erzählen vom Sieg, sich in Widersprüche verwickeln, Details ausmachen, lachen, prahlen. Eine sternhelle Nacht wie diese verlangt nach großen Sprüchen.

Aber als er da stand im stillen, weiten, leeren Jackman's erkannte er plötzlich, daß ihm keiner mehr geblieben war zum Reden.

Gar keiner mehr.

Originaltitel: »Dogfight«

William Gibson

Chrom brennt

War warm, die Nacht, in der wir Chrom verbrannten. Draußen in den Gassen und Plazas flatterten sich Falter zu Tode an den Neonlichtern, aber in Bobbys Dachkammer kam das einzige Licht von einem Monitor und den grünen und roten LEDs an der Front des Matrix-Simulators. Ich kannte jeden Chip in Bobbys Simulator auswendig; sah aus wie'n alltäglicher Ono-Sendai VII, der »Cyberspace Seven«, den ich allerdings so oft umgebaut hatte, daß man Mühe hätte, einen einzigen Quadratmillimeter originaler Schaltelemente in dem ganzen Silikon zu finden.

Wir warteten Seite an Seite vor der Simulator-Console und beobachteten die Zeitanzeige in der linken unteren Bildschirmecke.

»Ran«, sagte ich, als es Zeit war, aber Bobby war schon dabei, beugte sich vor und schob das russische Programm mit der Handkante in den Schlitz. Das tat er zackig-grazil wie'n Knabe, der siegessicher eine Münze in einen Spielautomaten steckt und 'ne Freispielserie landen will.

Eine silberne Phosphenflut sprudelte durch mein Blickfeld, als sich die Matrix – 3D-Schachbrett, endlos und völlig transparent – in meinem Kopf zu entfalten begann. Das russische Programm schien ins Wanken zu geraten, als wir ins Gitter eindrangen. Falls sich jemand anders in diesen Teil der Matrix eingeschaltet hätte, sähe er vielleicht eine Welle flackernder Schatten aus der kleinen gelben Pyramide abgehen, die unsern Computer darstellte. Das Programm war als mimetische Waffe dazu bestimmt, die lokale Farbe zu absorbieren und sich in jeglichem vorgefundenen Umfeld als vorrangige Sofortmaßnahme darzustellen.

»Gratuliere«, hörte ich Bobby sagen. »Wir sind soeben zu einer Inspektionssonde der Eastern Seaboard Fission Authority geworden ...« Das bedeutete, wir räumten Glasfaseroptikleitungen frei mit der kybernetischen Entsprechung eines Martinshorns, während wir in der Simulationsmatrix schnurstracks auf Chroms Datenbasis zuzusteuern schienen. Ich konnte sie noch nicht ausmachen, wußte aber schon, daß die Wände warteten. Die Wände aus Schatten, Wände aus Eis.

Chrom: ihr hübsches, stahlglattes Kindergesicht mit Augen, die sich auf dem Grunde eines tiefen atlantischen Grabens heimisch gefühlt hätten, kalten grauen Augen, die unter schrecklichem Druck lebten. Angeblich braute sie für Leute, die sie reinlegten, eigene Krebsleiden zusammen, antiquierte, maßgeschneiderte Varianten, die Jahre brauchten, bis sie einen umbrachten. Es wurde viel geredet über Chrom, und was man sich erzählte, war alles andere als beruhigend.

Also löschte ich sie mit einem Bild von Rikki aus. Rikki, wie sie im staubigen Sonnenlicht kniet, das durchs Gitter aus Stahl und Glas in den Speicherraum fällt: ihr ausgebleichter Tarnanzug, ihre durchscheinenden rosa Sandalen, die tolle Linie ihres nackten Rückens, als sie in der Werkzeugtasche aus Nylon wühlt. Sie blickt auf, und eine dunkelblonde Locke fällt ihr ins Gesicht und kitzelt an der Nase. Lächelnd knöpft sie ein altes Hemd von Bobby, einen khakibraunen Fetzen, über dem Busen zu.

Sie lächelt.

»Arschloch«, sagte Bobby, »haben Chrom soeben mitgeteilt, wir sind 'ne IRS-Buchprüfung und drei Vorladungen des Obersten Gerichts ... Bleib dran, Jack ...«

Tschüß, Rikki. Vielleicht seh ich dich jetzt nie mehr.

Und dunkel, so dunkel in den Hallen von Chroms Eis.

Bobby war ein Cowboy, und Eis war sein Geschäft, *Eis* von EIS, Elektronisches Invasionsabwehr-System. Die Matrix ist eine abstrakte Darstellung der Beziehungen zwischen Datensystemen. Legitimierte Programmierer koppeln sich an den Matrixsektor ihres Arbeitgebers an und finden sich wieder inmitten der bunten geometrischen Formen, die die Firmendaten darstellen.

Türme und Felder davon bildeten sich im farblosen Nichtraum der Simulationsmatrix, der elektronischen Konsens-Halluzination, die Handhabung und Transport massiver Datenmengen erleichtert. Legitimierte Programmierer sehen die Wände aus Eis nicht, hinter denen sie arbeiten, die Schattenwände, die ihre Operationen abschirmen vor anderen, vor Industriespionage-Artisten und Gaunern wie Booby Quine.

Bobby war ein Cowboy. Bobby war ein Hacker und Knacker, der das weitläufige elektronische Nervensystem der Menschheit ausbaldowerte, Daten und Guthaben abstaubte in der vollgepackten Matrix, dem monochromen Nichtraum, wo die einzigen Sterne dichte Informationskonzentrationen sind und wo hoch über allem die Galaxien der Multis und die kalten Spiralarme der Militärsysteme scheinen.

Bobby war eins der alt-jungen Gesichter, die man trinken sieht im Gentleman Loser, der schicken Bar für Computer-Cowboys, Hacker und kybernetische Trittbrettfahrer. Wir waren Partner.

Bobby Quine und Automatic Jack. Bobby ist der dünne, blasse Typ mit der dunklen Brille und Jack der schäbige Macker mit dem myoelektrischen Arm. Bobby ist Software, Jack Hardware; Bobby dudelt auf der Console und Jack treibt den Kleinkram auf, der einem den Biß gibt. Zumindest hätten dir das die Szenegänger im Gentleman Loser erzählt, bevor Bobby beschloß, Chrom zu verbrennen. Vielleicht hätten sie dir auch gesagt, daß Bobby seinen Biß verlor, abschlaffte. Er war achtundzwanzig, und das ist alt für einen Console-Cowboy.

An sich beherrschten wir unsre Sache, aber der große Fang war uns einfach nicht gelungen. Ich wußte, wohin ich mich wenden mußte, um das nötige Gerät aufzutreiben, und Bobby konnte seine Griffe aus dem Effeff. Da hockte er lässig mit einem weißen Frotteestirnband und orgelte auf den Keys drauflos, daß man mit den Augen nicht mehr folgen konnte, und hämmerte sich durchs aufwendigste Eis im Geschäft, und dann passierte es, daß er voll einklinkte, was wiederum nicht oft passierte. Nicht gerade hoch motiviert, der Bobby, und ich bin der Typ, der froh ist, wenn er seine Miete zahlen kann und ein sauberes Hemd zum Anziehn hat.

Bobby hingegen hatte seinen Weibertick, als wären die Girls sein persönliches Tarock oder so, seine Triebfeder. Wir sprachen nie darüber, aber als es vorigen Sommer allmählich danach aussah, als würde er den Anschluß verlieren, hing er immer öfter im Gentleman Loser herum. Da hockte er an einem Tisch bei der offenen Tür und beobachtete die Passanten an Abenden, wo die Falter ums Neon schwirrten und die Luft nach Parfüm und Imbißbude roch. Man konnte ihn hinter der Sonnenbrille die Gesichter der Passanten mustern sehen. Offenbar kam er zum Schluß, daß Rikki die sei, auf die er gewartet hatte, Joker und Glücksbringer. Die neue Karte.

Ich ging nach New York, um den Markt zu checken und zu sehen, was an heißer Software gehandelt wurde.

Der Laden des Finnen hat im Schaufenster ein defektes Hologramm, METRO HOLOGRAFIX über einer Auslage toter Fliegen mit pelzigem grauen Staubüberzug. Drinnen reicht einem das Gelumpe bis zum Bauch und türmt sich in Stößen gegen die Wände, die praktisch unsichtbar sind hinter dem namenlosen Unrat, hinter den durchgebogenen Spanholzregalen voller alter Nacktmagazine und gelbgebundener Jahrgänge des *National Geographic.*

»Brauchst 'ne Knarre«, sagte der Finne. Er sieht aus wie aus einem DNS-Rekombinationsprojekt, das darauf abzielt, jemand zum superschnellen Buddeln umzumodeln. »Hast Glück, du. Ich hab die neue Smith & Wesson, die vier-null-acht Tactical. Hat 'nen Xenon-Projektor unterm Lauf stecken, schau, und Batterien im Griff. Wirft 'nen taghellen Dreißig-Zentimeter-Kreis auf vierzig, fünfzig Meter in stockfinstrer Nacht. Die Lichtquelle ist so winzig, man kann sie fast nicht ausmachen. Der reinste Voodoo-Zauber bei 'nem Nachtkampf.«

Ich ließ meinen Arm auf den Tisch plumpsen und fing an, mit den Fingern zu trommeln; die Servos im Arm begannen zu surren wie überarbeitete Moskitos. Ich wußte, dem Finnen ging dieses Geräusch unheimlich auf den Keks.

»Willst du den versetzen?« Er tippte mit dem angekauten Ende eines Filzstifts aufs Duraluminium-Handgelenk. »Dir vielleicht was Leiseres zulegen?«

Ich stellte es nicht ab. »Eine Knarre brauch ich keine, Finne.«

»Okay«, meinte er, »okay«, und ich hörte zu trommeln auf. »Hab nur das hier und weiß nicht mal, was es ist.« Er machte ein betrübtes Gesicht. »Hab's letzte Woche von diesen Kids aus Jersey gekriegt, die unter Brükken brennen.«

»Seit wann kaufst du, was du nicht kennst, Finne?«

»Klugscheißer.« Und er schob mir einen Klarsichtumschlag zu, in dem eine Art Audiokassette erkennbar war durch die luftgepolsterte Umhüllung. »Sie hatten einen Paß«, erzählte er. »Sie hatten Creditkarten und eine Uhr. Und das da.«

»Sie hatten jemandes Tascheninhalt, meinst du wohl?«

Er nickte. »War'n belgischer Paß und gefälscht obendrein, wie's schien, also warf ich ihn in den Ofen. Die Karten ebenfalls. Die Uhr war okay, ein Porsche von 'ner Uhr, nettes Ding.«

Anscheinend war es ein steckbares Militärprogramm oder so. Außerhalb der Hülle sah es aus wie's Magazin eines kleinen Sturmgewehrs. Es war mit nichtreflektierendem schwarzen Kunststoff beschichtet. An den Ekken und Kanten schaute das blanke Metall durch; es war also schon 'ne Weile herumgetragen worden.

»Ich mach dir 'nen Sonderpreis, Jack. Aus alter Freundschaft.«

Da konnte ich nur grinsen. Vom Finnen einen Sonderpreis zu kriegen, ist, wie wenn der liebe Gott die Schwerkraft aufhebt, wenn man gerade einen schweren Koffer durch endlose Flughafenkorridore schleppen muß.

»Scheint mir russisch zu sein«, meinte ich. »Bestimmt die Notsteuerung der Kanalisation eines Leningrader Vorortes. Genau das, was ich brauche.«

»Weißt du«, sagte der Finne, »ich hab'n Paar Schuhe, das älter ist als du. Manchmal glaube ich, du hast nicht mehr Klasse als diese Zigeuner aus Jersey. Was soll ich dir erzählen? Daß es der Schlüssel zum Kreml ist? Finde mal selber raus, was das für'n Scheiß ist! Ich, ich verkauf das Zeug bloß.«

Ich kaufte es.

Körperlos schwenken wir in Chroms Eisschloß. Und wir sind schnell, schnell. Wir kommen uns vor wie Wellenreiter auf dem Kamm des eindringenden Programms, getragen vom Strudel ständig mutierender Störsysteme. Wir sind Ölteppiche, die durch düstere Schächte gespült werden.

Irgendwo haben wir einen Körper, weit weg in einer engen Dachkammer aus Stahl und Glas. Irgendwo haben wir noch Mikrosekunden, um vielleicht noch rechtzeitig rauszukommen.

Wir haben, als Buchprüfung und drei Vorladungen getarnt, ihre Tore gesprengt, aber ihre Abwehr ist besonders darauf eingerichtet, mit solchen amtlichen Vorstößen fertig zu werden. Sie hat Eis vom Feinsten, um offizielle Erlasse, Verfügungen, Anordnungen abprallen zu lassen. Als wir das erste Tor durchbrachen, verschwand der Großteil ihrer Daten hinter dem Eis der Kernzone, der Mauer, die wir als Korridorfluchten sehn, als Schattenlabyrinthe. Fünf separate Amtsleitungen meldeten SOS an diverse Rechtsanwaltskanzleien, aber das Virus hat das äußere Eis schon umzingelt. Die Störsysteme fressen die Notsignale auf, während unsre mimetischen Subprogramme alles sichten, was vom Kern nicht gelöscht wurde.

Das russische Programm greift eine Nummer von Tokio aus den unabgeschirmten Daten heraus, die es aufgrund der Anrufhäufigkeit, der durchschnittlichen Gesprächsdauer und der jeweils schnellen Erwiderung durch Chrom ausgewählt hat.

»Okay«, sagt Bobby, »wir sind ein ankommendes, codiertes Gespräch von einem ihrer Kumpels in Japan. Das sollte uns weiterbringen.«

Gib Sporen, Cowboy!

Bobby las aus Weibern seine Zukunft. Seine Girls waren Omen, Wetterumsturz, und oft hockte er die ganze Nacht im Gentleman Loser und wartete darauf, daß sich wie eine Karte 'ne neue Jahreszeit präsentierte.

Ich arbeitete eines Nachts noch spät im Speicher und klamüserte einen Chip auseinander, wobei ich den Arm abgelegt und einen kleinen Waldoo in den Stumpf eingeklinkt hatte.

Bobby schleppte eine Frau an, die ich noch nie gesehen hatte, und es ist mir normalerweise nicht ganz wohl dabei, wenn mich jemand Fremdes so arbeiten sieht mit dem Stumpf und den abstehenden Karbonkontakten und angeklemmten Drähten. Sie kam schnurstracks rüber und betrachtete das vergrößerte Bild auf dem Monitor und sah dann auch den Waldo, der unter dem vakuumverschweißten Staubschutzdeckel hantierte. Sie sagte kein Wort, sondern guckte nur. Sie war mir vom Fleck weg sympathisch; das passiert manchmal.

»Rikki – Automatic Jack. Mein Partner.«

Er lachte und legte den Arm um ihre Taille. Sein Tonfall klärte mich darüber auf, daß ich die Nacht in einem schmuddeligen Hotelzimmer verbringen würde.

»Hallo«, sagte sie. Groß, neunzehn oder auch zwanzig und echt nicht ohne. Ein paar Sommersprossen auf der Nase, Augen irgendwo zwischen Bernstein und Espresso. Knallenge schwarze Jeans, über die halbe Wade hochgekrempelt und schmaler Plastikgürtel in derselben Farbe wie die rosa Sandalen.

Aber wenn ich sie jetzt manchmal vor mir sehe, während ich einzuschlafen versuche, sehe ich sie irgendwo draußen am Rande dieser ausgedehnten, zusammengewachsenen Städte mit ihrem Qualm – und es kommt mir vor, als wäre sie ein Hologramm, das hinter meinen Augen festsitzt – in einem hellen Kleid, das sie einmal getragen haben muß, als ich sie noch kannte, das nicht ganz bis zum Knie reicht. Die langen, geraden Beine sind nackt. Das brünette, blondgesträhnte Haar, das ins Gesicht hängt, weht im Wind. Ich sehe sie zum Abschied winken.

Bobby kramte betont auffällig in einem Stapel Musikkassetten. »Schon unterwegs, Cowboy«, sagte ich und klemmte den Waldo ab. Sie verfolgte aufmerksam, wie ich den Arm wieder aufsteckte.

»Kannst du Sachen reparieren?« fragte sie.

»Alles, alles. Egal was, Automatic Jack kriegt's wieder ganz.« Ich schnippte mit meinen Duraluminium-Fingern.

Sie zog ein kleines Simstim-Deck vom Gürtel und zeigte mir das gebrochene Scharnier am Kassettendeckel.

»Morgen«, sagte ich. »Kein Problem.«

Und *du liebes bißchen* sagte ich zu mir, als mich der Schlaf die sechs Treppen hinunter zur Straße trieb, *wie wird Bobbys Zukunft aussehen bei so' ner Glücksfee? Wenn sein System funktioniert, müssen wir jetzt jede Nacht endlich den großen Coup landen.* Auf der Straße grinste ich und winkte gähnend ein Taxi.

Chroms Eisburg schwindet, und Schicht um Schicht löst sich schattenhaft ab und flackernd auf unter dem Fraß der Störsysteme, die vom russischen Programm hervorschwirren und vom zentralen Stoß unsrer Logik ausschwärmen und das Eis in seiner Substanz verzehren. Die Störsysteme sind quasi kybernetische Viren, die sich selbsttätig reproduzieren und unerhört gefräßig sind. Sie mutieren ständig im Verbund und zersetzen und verschlingen Chroms Abwehr.

Haben wir Chrom bereits lahmgelegt, oder bimmelt's irgendwo, geht irgendwo ein Blaulicht an? Merkt sie was?

Rikki Wildside nannte Bobby sie, und in den ersten Wochen mußte sie den Eindruck gewonnen haben, mitten drin zu sein in der fetten Action, die extra für sie lief und sich bunt und grell im Neonlichterglanz präsentierte. Sie war neu in der Szene, und da gab's all die Gassen und Plätze zu erkunden, all die Shops und Clubs, während Bobby ihr die aufregende Kehrseite erklärte, die lichtscheue Unterwelt mit den heiklen Connections, die Spieler und deren Namen und Spiele. Er sorgte dafür, daß sie sich heimisch fühlte.

»Was ist mit deinem Arm passiert?« fragte sie mich eines Nachts im Gentleman Loser, wo wir drei an einem Tischchen in der Ecke saßen.

»Drachenfliegen«, sagte ich. »Unfall.«

»Drachenfliegen über einem Weizenfeld«, sagte Bobby, »so bei Kiew. Da hängt unser Jack, Nacht ist's, unterm Nightwing-Gleiter mit fünfzig Kilo Radarstörgerät zwischen den Beinen, und so'n russisches Arschloch verbrennt ihm versehentlich mit dem Laser den Arm.«

Ich wechselte, wie weiß ich nicht mehr, das Thema.

Ich redete mir nach wie vor ein, es sei nicht Rikki, die mich fasziniere, sondern das, was Bobby mit ihr mache. Ich kannte ihn schon lange, schon seit Kriegsende, und wußte, daß er die Weiber zum Kontern im Spiel benutzte: Bobby Quine gegen das Schicksal, gegen die Zeit und die Nacht in den Städten. Und Rikki war aufgetaucht, als er gerade was brauchte, um in Schwung zu kommen, ein Ziel vor Augen. Also erhob er sie zum Symbol für alles, was er wollte und nicht haben konnte, was er gehabt hatte und nicht halten konnte.

Ich mochte es nicht, wenn ich mir anhören mußte, wie sehr er sie liebte; zu wissen, daß er daran glaubte, machte es nur noch schlimmer. Hart fallen und flugs wieder aufstehn, darin war er Weltmeister, und ich hatte es dutzendmal mitansehen müssen. Er hätte praktisch DIE NÄCHSTE BITTE in grünleuchtenden Großbuchstaben auf der Sonnenbrille haben sollen, die sofort aufblinkten beim ersten interessanten Gesicht, das an den Tischen im Gentleman Loser vorbeidefilierte.

Ich wußte, was er mit den Weibern machte. Er verwandelte sie in Meilensteine, Wegweiser in der Karte seines Gaunerlebens, in Leuchttürme, die ihn durchs Meer der Bars und Neonreklamen leiteten. Woran sonst sollte er sich orientieren? Er hing nicht am Geld, nicht am Geld als solchem und nicht stark genug, daß es ihm den Weg hätte leuchten können. Er wollte keine Macht über andre; die Verantwortung, die sie mit sich bringt, war ihm verhaßt. Er hatte einen gewissen Stolz auf sein Können, aber das allein reichte nie aus, um ihn anzuspornen.

Also hielt er's mit den Weibern.

Als Rikki aufkreuzte, brauchte er ganz schlimm eine. Es ging rasch bergab mit ihm, und schon tuschelte das schlaue Geldvolk, daß seinem Spiel der Biß fehle. Er brauchte den Haupttreffer, und zwar bald, denn er kannte kein anderes Leben und seine Uhren gingen nach Gaunerzeit, geeicht nach Risiko und Adrenalin und verklärender Sonnenaufgangsstimmung, die eintritt, wenn alle deine Schritte sich als richtig erweisen und dir ein hübscher Batzen von einem fremden Guthaben aufs eigene Konto klimpert.

Es wurde Zeit, daß er sein Bündel schnürte und verschwand; so wurde Rikki höher und weiter weg placiert als alle andern zuvor, obwohl sie – und ich hatte große Lust, ihm das ins Gesicht zu schreien – zum Greifen nahe war: lebendigen Leibes, total real, menschlich, hungrig, robust, gelangweilt, schön, begeistert, eben alles, was sie war ...

Dann ging er eines Nachmittags weg, es war wohl die Woche vor meinem Trip zum Finnen nach New York. Ging weg und ließ uns allein in dem Speicherraum, wo wir auf ein Gewitter warteten. Den halben Himmel verdeckte eine Kuppel, die sie nie fertigbauten, und in der andern Hälfte zeigten sich blauschwarze Wolken. Ich stand bei der Bank und schaute in den Himmel hinauf, noch ganz blöd vom feuchtschwülen Nachmittag, als sie mich berührte, an der Schulter berührte, der fingerbreiten, festen, rosigen Narbe, die der Arm nicht mehr abdeckt. Wer mich bisher da berührte, ging weiter zur Schulter, zum Hals ...

Aber sie nicht. Ihre Nägel waren schwarz gelackt und nicht spitz, sondern oval gefeilt. Der Lack war nur 'ne Spur dunkler als das Karbonfaserlaminat, das meinen Arm umhüllt. Und den Arm strich ihre Hand nun entlang; die schwarzen Nägel folgten der Schweißnaht im Laminat zum schwarzen, anodenbestückten Ellbogen, weiter zum Gelenk. Ihre Hand, weich wie eine Kinderhand, öffnete sich und legte sich in die meine, so daß ihre Handinnenfläche auf dem perforierten Duraluminium ruhte.

Ihre andere Hand kam hoch und glitt über die Feedback-Puffer, und es regnete den ganzen Nachmittag.

Der Regen trommelte auf den Stahl und das rußgeschwärzte Glas über Bobbys Bett.

Eiswände schwirren davon wie Überschallschmetterlingsschatten. Dahinter die Illusion von endlosem Raum. Es ist, als ob man ein Videotape vom Hochziehen eines Gebäudes in Fertigbauweise anschaut; nur läuft das Tape rückwärts und sehr schnell, wodurch diese Mauern zu ausgerissenen Flügeln werden.

Ich versuche mich darauf zu besinnen, daß dieser Ort und die Schlünde dahinter nur Bilder sind, daß wir nicht »in« Chroms Computer stecken, sondern übers Interface angekoppelt sind, während der Matrixsimulator in Bobbys Dachkammer diese Illusion erzeugt ... Die Kerndaten zeigen sich nun, liegen offen und verletzlich vor uns ... Das ist die Rückseite vom Eis, der Anblick, den ich noch nie zu Gesicht bekommen habe und den fünfzehn Millionen legitimierte Bediener tagtäglich sehn und für selbstverständlich halten.

Die Kerndaten türmen sich ringsum auf wie vertikale Güterzüge, zwecks Zugänglichkeit farbig markiert. Grelle Primärdaten, unmöglich grell in dieser transparenten Leere, gekoppelt mit zahllosen Horizontalen in babyblauen und babyrosa Variationen.

Aber noch wird etwas im Zentrum von Eis umhüllt: das Herz von Chroms kostspieliger Dunkelheit, das eigentliche Herz ...

Es war später Nachmittag, als ich von meiner Besorgungsfahrt aus New York zurückkam. Es schien kaum Sonne durchs Dachfenster, aber auf Bobbys Monitor leuchtete ein Eisblumenmuster, eine zweidimensionale Graphik der Abwehranlagen irgendeines Computers, aus Neonlinien bestehend, die wie zu einem Gebetsteppich in Art Déco verwebt waren. Ich schaltete die Console ab, und der Monitur wurde völlig dunkel.

Rikkis Sachen lagen auf meiner Werkbank ausgebreitet; aus Nylontaschen quollen Kleider und Schminkzeug, ein knallrotes Cowobystiefelpaar, Audiokassetten, japanische Hochglanzmagazine von Simstim-Stars. Ich stopfte alles unter die Bank und nahm meinen Arm ab, wobei ich vergaß, daß das vom Finnen gekaufte Programm in meiner rechten Jackentasche steckte, so daß ich es mit der Linken herausfummeln und in die gepolsterten Backen des Juwelierschraubstocks einspannen mußte.

Der Waldo sieht aus wie'n alter Plattenteller, so'n Ding, wo man früher Schallplatten drauf abspielte, und der Schraubstock steckte unter einem transparenten Staubschutzdeckel. Der eigentliche Arm ist nur einen guten Zentimeter lang und schwenkt aus wie der Tonarm an so 'nem Plattenspieler. Aber darauf schaue ich nicht, wenn ich die Drähte an meinen Stumpf klemme; ich schaue ins Mikroskop, denn da steckt mein Arm in Schwarzweiß, 40fach vergrößert.

Nach einem Geräte-Check griff ich in den Laser. Er kam mir etwas schwer vor, also schraubte ich den Input des Gewichtsensors auf ein Viertel Kilo pro Gramm runter und machte mich ans Werk. Bei 40facher Vergrößerung sah das Programm von der Seite wie ein Sattelschlepper aus.

Ich brauchte acht Stunden, um das Ding zu knacken: drei Stunden mit Waldo und Laser und vier Dutzend Zapfstellen, zwei Stunden am Telefon mit einem Kontakt in Colorado und drei Stunden, um ein Wörterbuch durchzujagen, das acht Jahre altes technisches Russisch übersetzen konnte.

Dann liefen kyrillische Alphanumerics den Monitor runter, die sich auf halber Strecke in Englisch verwandelten. Es gab viele Lücken, wenn das Wörterbuch auf spezielle militärische Akronyme im Ausgabetext stieß, den ich von meinem Mann in Colorado gekauft hatte, aber immerhin bekam ich eine gewisse Ahnung, was ich da beim Finnen erstanden hatte.

Ich kam mir vor wie ein Punker, der loszieht, um sich ein Springmesser zu kaufen, und mit 'ner kleinen Neutronenbombe heimkommt.

Wieder getürkt, dachte ich. *Was nützt dir 'ne Neutronenbombe bei 'ner Straßenschlacht?* Das Ding unter der Schutzhaube war mir ein paar Nummern zu groß. Ich wußte nicht mal, wo ich's abstoßen sollte, wo ich einen potentiellen Käufer finden sollte. Jemand vor mir hatte es gewußt, aber der war nun tot, jemand mit einer Porsche-Uhr und einem gefälschten belgischen Paß, aber ich hatte nie versucht, in solchen Kreisen zu verkehren. Die Straßenräuber des Finnen hatten jemand mit mysteriösen Connections in die Mangel genommen.

Das Programm im Juwelierschraubstock war ein russischer, militärischer Eisbrecher, ein Killervirus-Programm.

Der Morgen graute, als Bobby heimkam; allein. Ich war über einer Tüte mit Sandwiches vom Straßenverkauf im Schoß eingepennt.

»Willste die essen?« fragte ich ihn im Halbschlaf und hielt ihm die Sandwiches hin. Ich hatte vom Programm geträumt, von seiner Flut hungriger Störsysteme und mimetischer Subprogramme; im Traum war es irgendein Tier gewesen, ein gestaltloses, fließendes.

Er schob die Tüte weg und ging zur Console, drückte eine Funktionstaste. Auf dem Monitor flackerte das verflochtene Muster auf, das ich am Nachmittag schon gesehen hatte. Ich rieb mir mit der linken Hand den Schlaf aus den Augen; so was kann ich mit der Rechten nicht. Ich war eingepennt, während ich noch überlegte, ob ich ihm von dem Programm erzählen sollte. Vielleicht sollte ich versuchen, es allein zu verkaufen, das Geld behalten, woanders hingehen, Rikki fragen, ob sie mit mir kommen wolle.

»Wem gehört'n das?« fragte ich.

Da stand er in seinem schwarzen Cotton-Overall, hatte über die Schulter eine alte Lederjacke drapiert.

Seit Tagen unrasiert, wirkte sein Gesicht eingefallener als sonst.

»Chrom«, erklärte er.

Mein Arm zuckte, fing zu ticken an, als sich der Schreck durch die Karbonkontakte in die Myoelektrik fortpflanzte. Die Sandwiches quollen aus der Tüte; schlaffe Sprossen und sattgelbe Schmelzkäsescheiben klatschten auf den ungefegten Holzboden.

»Du bist total beknackt«, sagte ich.

»Nein«, sagte er. »Glaubst du, sie hat was gemerkt? Nö du. Sonst wären wir längst tot. Ich bin an sie gekoppelt über ein dreifach abgesichertes Mietsystem in Mombasa und einen algerischen Kommsat. Sie wußte, daß da wer hereinguckte, aber sie konnte den Absender nicht orten ...«

Falls Chrom Bobbys Abstecher in ihr Eis lokalisiert hatte, dann waren wir so gut wie tot. Aber er hatte wohl recht, denn sonst hätte sie mich schon auf dem Weg von New York umpusten lassen. »Warum sie, Bobby? Sag mir 'nen Grund ...«

Chrom: Ich hatte sie vielleicht ein halbes Dutzendmal im Gentleman Loser gesehen, wo sie vielleicht gerade auf Slum-Tour war oder die Lebensbedingungen der Menschen inspizierte – Bedingungen, die sie nicht unbedingt anstrebte. Ein süßes, kleines, herzförmiges Gesicht mit den tückischsten Augen, die du je zu Gesicht bekommen hast. Sie hatte immer wie vierzehn ausgesehen, soweit man sich zurückerinnern konnte, denn ihr denaturierter Stoffwechsel wurde von einem massiven Serum- und Hormonprogramm optimiert. Sie war der scheußlichste Zeitgenosse, den die Straße je hervorgebracht hatte, aber sie gehörte nicht mehr zur Straße. Sie gehörte zur Clique, unsre Chrom, war angesehenes Mitglied des hiesigen Klüngels. Angeblich hatte sie angefangen als Dealer, als seinerzeit die synthetischen Hypophysenhormone noch verschreibungspflichtig waren. Aber sie hatte sich nicht lange mit Hormonen abgeben müssen. Jetzt gehörte ihr das Haus der blauen Lichter.

»Du spinnst komplett, Quine. Nenn mir einen vernünftigen Grund, warum du dieses Zeug auf deinen Monitor holst. Schmeiß es bloß raus, und zwar *sofort* ...«

»Das Gerede im Loser«, sagte er und streifte achselzuckend die Lederjacke ab. »Black Myron und Crow Jane. Jane, die ist auf allen Sexconnections drauf und weiß angeblich, wohin das Geld fließt. Also streitet sie mit Myron herum, daß Chrom im Haus der blauen Lichter das Sagen hat und nicht nur'n Aushängeschild für die Clique ist.«

»Clique«, sagte ich, »ist das Wort, auf das es hier ankommt. Geht das nicht in deinen Schädel? Wir legen uns nicht mit der Clique an, weißt du noch? Das ist der Grund, warum wir noch rumlaufen.«

»Und immer noch arm sind, Partner.« Er flätzte sich in den Drehstuhl vor der Console, zog den Reißverschluß des Overalls auf und kratzte sich die weiße Hühnerbrust. »Aber nicht mehr lange vielleicht.«

»Ich glaube, das war das endgültige Aus für unsre Partnerschaft.«

Da grinste er mich an. Es war eine echt verrückte, barbarische Grinse, Grinse total, und ich wußte, daß er sich im Moment einen Scheiß ums Krepieren scherte.

»Schau«, sagte ich, »ich hab'n paar Kröten übrig, klar? Warum nimmst du sie nicht und steigst in die U-Bahn nach Miami und läßt dich übersetzen nach Montego Bay? Du brauchst 'ne Pause, Mann. Damit's wieder läuft.«

»Es lief nie besser, Jack«, erwiderte er und orgelte in die Tasten. Der Neon-Gebetsteppich auf dem Monitor wackelte und bekam Leben, als ein Animationsprogramm losging, wobei sich die Eislinien in hypnotischer Frequenz verflochten. Lebendiges Mandala. Bobby orgelte weiter, und die Bewegungen wurden langsamer.

Das Muster löste sich auf, verlor an Komplexität, offenbarte abwechselnd zwei ferne Konstellationen. Eine erstklassige Arbeit; ich hätte ihm nicht zugetraut, daß er noch so gut war. »Jetzt«, sagte er, »da, siehst du? Moment. Da! Da wieder! Und da! Leicht zu übersehen. Das ist es. Kommt alle achtzig Minuten mit so 'ner Übertragung an ihren Kommsat. Wir könnten ein Jahr von dem leben, was sie ihnen wöchentlich an Minuszinsen zahlt.«

»Wessen Kommsat?«

»Zürich. Ihre Banker. Das ist ihr Bankbuch, Jack. Dahin fließt das Geld. Crow Jane hatte recht.«

Ich war baff. Mein Arm vergaß zu ticken.

»Na, wie war's denn in New York, Partner? Haste was aufgetrieben zum Enteisen? Wir brauchen alles, was wir kriegen können.«

Ich schaffte es, ihm in die Augen zu schauen und nicht in Richtung Waldo und Juwelierschraubstock zu blicken. Da steckte unter der Schutzhaube das russische Programm.

Joker, Glücksbringer.

»Wo ist Rikki?« wollte ich wissen, während ich an die Console herantrat und so tat, als würden mich die alternierenden Muster auf dem Monitor interessieren.

»Bei Freunden von ihr«, erklärte er achselzuckend. »Die Kids fahrn alle auf Simstin ab.« Er lächelte nachdenklich. »Ich tu's für Rikki, Mann.«

»Ich marschier 'ne Runde und denk nach, Bobby. Wenn du willst, daß ich wiederkomme, laß die Finger von dem Ding!«

»Ich tu's für sie«, sagte er, als sich die Tür hinter mir schloß. »Das weißt du doch.«

Und runter, runter. Das Programm eine Achterbahn durchs fetzige Labyrinth aus Schattenwänden, grauen Kirchenschiffen zwischen hellen Türmen. Kopf voraus runter.

Schwarzes Eis. Nur nicht dran denken. Schwarzes Eis.

Allerhand gehört davon im Gentleman Loser. Schwarzes Eis gehört zu den Mythen des Geschäfts. Eis, das tötet. Illegal, aber sind wir das nicht alle? Eine Art neurale Rückkopplungswaffe, an die man sich nur ein Mal ankoppelt. Wie ein tückisches Wort, das den Verstand von innen heraus auffrißt. Wie ein epileptischer Anfall, der dauert und dauert, bis überhaupt nichts mehr übrig ist ...

Und wir tauchen auf den Grund von Chroms Schattenschloß.

Versuche, mich zu wappnen gegen plötzlichen Atemstillstand, Übelkeit, Nervenzusammenbruch. Furcht vor dem kalten *Wort,* das da unten im Dunkeln lauert.

Ich ging los und schaute mich nach Rikki um, fand sie in einem Café bei einem Knaben mit Sendai-Augen und halb verheilten Nähten an den lädierten Augenhöhlen. Sie hatte eine aufgeschlagene Hochglanzbroschüre vor sich auf dem Tisch liegen, und Tally Isham, das Girl mit den Zeiss-Ikon-Augen, lächelte aus dutzend Fotos herauf.

Unter ihren Sachen, die ich am Abend zuvor unter meine Werkbank stopfte, war auch das kleine Simstim-Deck gewesen, das ich ihr am Tag nach unserm Kennenlernen repariert hatte. Sie hing oft stundenlang an dem Gerät mittels Kontaktband, das wie eine graue Plastiktiara auf der Stirn saß. Tally Isham war ihr Liebling, und wenn sie das Kontaktband aufsetzte, trat sie völlig weg, tauchte ein ins aufgezeichnete Sensorium dieser Simstim-Größe. Simstim. Simulierte Stimuli: die Welt, zumindest die interessanten Flecken, wie Tally Isham sie wahrnahm. Da raste Tally mit einem schwarzen Fokker Luftkissenflieger in Arizona über die Tafelberge. Da tauchte Tally im Truk Island-Reservat. Da feierte Tally mit den Superreichen auf griechischen Privatinseln, wo die weißen Fischerdörfer so schmuck und unverfälscht waren, daß es einem schier das Herz brach.

Eigentlich hatte Rikki große Ähnlichkeit mit Tally. Gleiche Haarfarbe, gleiche Gesichtsform. Rikkis Mund kam mir etwas voller vor. Kecker. Sie wollte nicht Tally Isham *sein,* beneidete sie aber um ihren Job. Es war ihr Ehrgeiz, ins Simstim-Geschäft einzusteigen. Von Bobby wurde sie dafür nur ausgelacht. Mit mir redete sie ab und an schon mal drüber. »Wie seh ich aus damit?« fragte sie und hielt sich eine ganzseitige Großaufnahme von Tally Ishams blauen Zeiss-Ikons vor die bernsteinbraunen Augen. Sie hatte ihre Hornhaut schon zweimal ummodeln lassen, hatte aber noch keine 20-20; also wollte sie Ikons. Marke der Stars. Sündhaft teuer.

»Immer noch auf der Suche nach Augen?« fragte ich sie und setzte mich hin.

»Tiger hat gerade welche gekriegt«, erklärte sie. Sie sah müde aus, wie mir schien.

Tiger war so glücklich über seine neuen Sendais, daß er sich ein Lächeln nicht verkneifen konnte, aber ich möchte wetten, daß er ansonsten nicht gelächelt hätte. Er hatte die hübsche Einheitsvisage, die man nach dem siebten Gang zur chirurgischen Boutique abkriegt; vermutlich würde er für den Rest des Lebens jeweils dem neuesten Medienliebling nacheifern; freilich weder als augenfällige Kopie, noch allzu originell.

»Sendai, gelt?« Ich lächelte zurück.

Er nickte. Ich verfolgte, wie er mich mit dem, was er für einen Simstim-Profi-Blick hielt, musterte. Er tat so, als würde er aufzeichnen. Ich fand, daß er sich zu lange an meinem Arm aufhielt. »Bringen 'ne super Peripherie, sobald die Muskeln verheilt sind«, sagte er, und ich sah, wie vorsichtig er nach seinem doppelten Espresso griff. Sendai-Augen sind bekannt dafür, daß sie unter anderm eine schlechte Tiefenschärfe bringen und schon in der Garantiezeit Ärger machen.

»Tiger geht morgen nach Hollywood.«

»Und dann vielleicht nach Chiba City, ja?« Ich lächelte ihn an. Diesmal lächelte er nicht. »Hast'n Angebot, Tiger? Kennst 'nen Agenten?«

»Schau mich nur mal um«, sagte er leise. Dann stand er auf und ging. Er sagte zu Rikki kurz ade, zu mir nicht.

»Kann sein, daß dem Knaben im ersten halben Jahr die Sehnerven kaputtgehen. Weißt du das, Rikki? Diese Sendais sind in England, Dänemark, in vielen Ländern verboten. Nerven kann man nicht ersetzen.«

»Eh, Jack, keine Vorträge.« Sie klaute sich ein Croissant von mir und knabberte eine der Spitzen des Hörnchens an.

»Dachte, ich soll dich beraten, Kind.«

»Tja, der Tiger ist nicht der Gescheitesten einer, aber das mit den Sendais weiß jeder. Er kann sich nichts Beßres leisten. Also nimmt er das Risiko in Kauf. Wenn er Arbeit kriegt, kann er sie ersetzen lassen.«

»Durch die da?« Ich tippte auf die Zeiss-Ikon-Broschüre. »Kosten 'ne Menge, Rikki. Ein schlaues Mädchen wie du sollte nicht so leichtsinnig sein.«

Sie nickte. »Ich will Ikons.«

»Wenn du zu Bobby hochgehst, sag ihm, er soll nichts unternehmen, bis ich mich melde.«

»Mach ich. Geschäft?«

»Geschäft«, sagte ich. Aber eigentlich war es Wahnsinn.

Ich trank meinen Kaffee, während sie meine zwei Croissants aß. Dann begleitete ich sie zu Bobby. Ich führte fünfzehn Telefonate, jeweils aus einem andern Münztelefon.

Geschäft. Der reinste Irrsinn.

Insgesamt brauchten wir sechs Wochen, um das Feuer anzuheizen, und in den sechs Wochen belaberte Bobby mich damit, wie sehr er sie liebe. Ich arbeitete noch härter, um dem zu entkommen.

Das meiste war Telefonieren. Meine fünfzehn verschlüsselten Ersttelefonate schienen jeweils fünfzehn weitere auszulösen. Ich suchte nach einem bestimmten Service, den wir uns im heimlichen Weltwirtschaftsverbund als unerläßlich vorstellten, der aber vermutlich nie mehr als fünf Kunden gleichzeitig hatte. Ein Service, der keine Reklame machte.

Wir suchten der Welt dicksten Hehler, eine unabhängige Geldwaschanlage, die einen millionenschweren Online-Geldtransfer säubern und anschließend aus dem Gedächtnis tilgen könnte.

Die vielen Anrufe waren schließlich vergeblich, denn es war der Finne, der den entscheidenden Tip lieferte. Ich war nach New York gekommen, um eine neue Blackbox zu kaufen, denn die vielen Telefonate machten uns bankrott.

Ich präsentierte ihm das Problem so hypothetisch wie möglich.

»Macao«, sagte er.

»Macao?«

»Familie Long Hum. Börsenmakler.«

Er hatte sogar die Nummer parat. Frag 'nen Hehler, wenn du 'nen Hehler brauchst.

Die Long Hums waren so heimlichtuerisch, da sah das, was ich als behutsamsten Annäherungsversuch betrachtete, wie ein taktischer Atomangriff aus. Bobby mußte zwei Mal nach Hongkong jetten, um das Geschäft klarzumachen. Uns ging das Geld aus, und zwar schnell. Ich weiß immer noch nicht, warum ich von Anfang an überhaupt mitgezogen habe; ich hatte gewaltigen Respekt vor Chrom und war nie besonders scharf darauf, reich zu werden.

Ich wollte mir einreden, es sei eine gute Idee, das Haus der blauen Lichter niederzubrennen, da es ein mieser Schuppen war, aber das kaufte ich mir nicht ab. Ich mochte die Blauen Lichter nicht, denn ich hatte mal einen ungemein deprimierenden Abend dort verbracht, was allerdings keine Rechtfetigung dafür war, Chrom fertigzumachen. Eigentlich rechnete ich mehr oder weniger damit, daß wir bei unserm Versuch draufgehen würden. Selbst mit dem Killervirus standen die Chancen schlecht.

Bobby war vertieft in die Befehle, die wir ins tote Herz von Chroms Computer jagen wollten. Das sollte meine Aufgabe sein, denn Bobby hätte alle Hände voll damit zu tun, das russische Killer-Programm zu bremsen. Der Kern war so komplex, daß wir ihn nicht umschreiben könnten, also würde er versuchen, den Russen die zwei Sekunden, die ich brauchte, aufzuhalten.

Ich machte 'nen Deal mit einem Brutalo namens Miles. Er sollte Rikki in der Brandnacht folgen, sie im Auge behalten und mich zu einer bestimmten Zeit anrufen. Falls ich nicht ranginge oder nicht in einer ganz bestimmten Weise antwortete, sollte er sie packen und in die erste U-Bahn raus setzen. Ich gab ihm ein Kuvert, das er ihr aushändigen sollte, Kuvert mit Knete und'n paar Zeilen.

Bobby hatte sich nicht groß Gedanken gemacht, wie's für sie weitergehen sollte, wenn wir die Sache vermasselten. Er quatschte mich ständig nur voll, daß er sie liebe, wohin sie zusammen gehen und wie sie das Geld ausgeben wollten.

»Kauf ihr als erstes Ikons, Mann. Die will sie unbedingt. Mit dem Simstim ist es ihr ernst.«

»Heh«, sagte er und schaute von den Keys auf, »sie braucht dann nicht mehr zu arbeiten, Jack. Wir schaffen es schon, Jack. Sie bringt mir Glück. Sie wird nie mehr malochen müssen.«

»Bringt dir Glück«, sagte ich. Ich war nicht glücklich. Wußte nicht mal mehr, wann ich zuletzt glücklich war. »Und haste die letzte Zeit viel gemerkt von deinem Glück?«

Hatte er nicht. Und ich auch nicht. Hatten bei dem Streß gar keine Zeit dazu gehabt.

Sie fehlte mir. Daß sie mir fehlte, erinnerte mich an meinen einzigen Abend im Haus der blauen Lichter, denn da war ich auch hingegangen, weil mir jemand fehlte. Zunächst soff ich mir einen an, dann schnüffelte ich Vasopressin. Wenn du gerade mir nichts dir nichts von deiner Hauptfrau verlassen worden bist, dann sind Schnaps und Vasopressin das Geilste, was die Pharmakologie an Masochismus hervorgebracht hat. Der Sprit macht dich sentimental, das Vasopressin hilft deinem Gedächtnis auf die Sprünge, und zwar total. Medizinisch wird der Stoff gegen senile Amnesie eingesetzt, aber die Straße findet für alles eigene Verwendungen. So kaufte ich mir also eine superintensive Wiederholung einer herben Enttäuschung; die Kacke ist, mit dem Guten kriegste auch das Schlechte. Flipp dich ein, klink dich ein in die tierische Ekstase, und du kriegst obendrein, was du gesagt hast, was sie erwidert hat und wie sie davongestiegen ist, ohne sich noch mal umzudrehn.

Ich weiß nicht mehr, wie ich darauf kam, in die Blauen Lichter zu gehn oder wie ich hinkam. Stille Korridore und der echt raffinierte, dekorative Wasserfall, der irgendwo plätscherte, oder war's nur ein Hologramm? Ich war reichlich mit Geld bestückt an jenem Abend; Bobby hatte abkassiert, weil er für jemand ein Drei-Sekunden-Fenster in irgendein Eis aufgetan hatte.

Ich hatte nicht den Eindruck, den Türstehern zu gefallen, aber mein Geld war sicher willkommen.

Ich soff weiter, als ich erledigt hatte, wozu ich hergekommen war. Dann blödelte ich den Barkeeper mit einem Witz über Nekrophile an, den der offenbar in den falschen Hals kriegte. Der Barkeeper, ein Schrank von einem Kerl, schimpfte mich nun einen Kriegshelden, was mir wiederum nicht gefiel. Ich glaube, ich zeigte ihm ein paar Tricks mit dem Arm, bevor die Lichter ausgingen. Zwei Tage später wachte ich in irgendeinem schmucklosen Schlafmodul auf. Es war ein billiges Loch – so eng, daß man sich nicht mal aufhängen konnte. Und da hockte ich auf der schmalen Schaumstoffmatratze und heulte.

Manches ist schlimmer als Alleinsein. Aber was sie im Haus der Blauen Lichter feilbieten ist so beliebt, daß es fast schon legal ist.

Im Kern der Dunkelheit, dem stillen Zentrum, verwirbeln die Störsysteme die Schwärze mit orkanartiger Lichtflut, transparenten Rasierklingen, die von uns wegtrudeln. Wir sitzen im Zentrum einer stillen Zeitlupen-Explosion. Eissplitter fliegen endlos davon, und Bobbys Stimme dringt durch Lichtjahre von Elektronik und Illusion zu mir durch ...

»Brenn das Luder nieder! Ich kann das Ding nicht mehr aufhalten.«

Das russische Programm jagt die Datentürme empor und tilgt die Kinderzimmerfarben aus. Und ich stoße Bobbys selbstfabriziertes Befehlspaket mitten in Chroms kaltes Herz. Die Transmission beginnt, ein Schwall verdichteter Informationen, der schnurstracks aufschießt, vorbei am wachsenden dunklen Turm, dem russischen Programm, während Bobby sich abrackert, um diesen kritischen Moment zu meistern. Ein ungeformter dunkler Arm löst sich vom Schattenturm – zu spät.

Wir haben's geschafft.

Die Matrix faltet sich um mich wie ein Origami-Trick.

Und im Speicherraum stinkt's nach Schweiß und schmorenden Drähten.

Ich gaubte, Chroms rohen, metallisch klirrenden Schrei zu hören, aber das konnte nicht sein.

Bobby lachte, Tränen in den Augen. Als abgelaufene Zeit stand in der Ecke des Monitors 07:24:05. Die Verbrennung hatte keine acht Minuten gedauert.

Und ich sah, daß das russische Programm im Schlitz geschmolzen war.

Wir hatten den Großteil von Chroms Züricher Konto weltweit an ein Dutzend Wohltätigkeitsverbände verteilt. Es lag so viel drauf, daß wir's gar nicht ganz ausräumen konnten. Freilich war uns klar, daß wir sie vernichten, total niederbrennen mußten, um einer Verfolgung zu entgehen. Wir zweigten weniger als zehn Prozent für uns selber ab und jagten es durch die Long Hum-Anlage in Macao. Die behielten sechzig Prozent davon für sich und spuckten den Rest durch die verschlungensten Pfade der Hongkonger Börse an uns aus. Es dauerte eine Stunde, bis das Geld nach und nach auf den beiden Konten, die wir in Zürich eröffnet hatten, eintraf.

Ich verfolgte auf dem Monitor, wie sich die Nullen hinter eine belanglose Ziffer reihten. Ich war reich.

Dann läutete das Telefon. Es war Miles. Beinahe hätte ich die Parole verpatzt.

»Heh, Jack. Mann, ich kapier nicht – was soll'n das mit deinem Mädel? Echt komisch, du ...«

»Was denn? Sag schon!«

»Hab mich rangehängt, wie du sagtest, und folgte ihr dicht, aber unauffällig. Zuerst geht sie ins Loser, hängt da rum, steigt dann in die U-Bahn. Fährt ins Haus der Blauen Lichter ...«

»Was?«

»Seiteneingang. Nur für *Personal.* Hatte keine Chance, durch das Sicherheitssystem reinzukommen.«

»Ist sie da noch?«

»Nö du. Hab sie gerade aus den Augen verloren. Hier ist die Hölle los, Mann. Als würden sie die Blauen Lichter dicht machen, endgültig zu. Gab sieben verschiedene Alarme, alles rannte, die Bullen rückten krawallmäßig an ... Und jetzt kommt der Rest, die Versicherungsheinis, die Immobilienfritzen, Laster von der Stadtverwaltung ...«

»Miles, wo ist sie hin?«

»Hab sie verloren, Jack.«

»Hör zu, Miles, behalt das Geld im Kuvert, klar?«

»Im Ernst? Eh, tut mir echt leid. Ich ...«

Da legte ich auf.

»Wart, bis wir's ihr sagen«, meinte Bobby, der sich mit einem Handtuch die Hühnerbrust trockenrubbelte.

»Das sag ihr mal selber Cowboy. Ich dreh 'ne Runde.«

Damit ging ich hinaus in die Nacht und das Neon und ließ mich von der Menge mitschleifen, ließ mich gern blind treiben als Teil dieses Massenorganismus, als ein denkendes Stäubchen mehr unter den geodätischen Kuppeln. Ich überlegte nicht, sondern setzte bloß einen Fuß vor den andern, aber nach 'ner Weile überlegte ich doch, und da machte alles Sinn. Sie hatte das Geld gebraucht.

Ich dachte auch an Chrom. Daß wir sie getötet, ermordet hatten, so sicher, als hätten wir ihr die Kehle durchgeschnitten. Die Nacht, die mich durch die Gassen und Plazas trieb, würde sie mittlerweile jagen, und dabei hatte sie keinen Platz mehr, wo sie hätte hingehen können. Wie viele Feinde hätte sie allein in dieser Menschenmenge? Wie viele würden was unternehmen, wo sie doch nicht mehr von ihrem Geld eingeschüchtert wurden. Für uns war sie das gewesen, was ihr gehörte. Jetzt saß sie wieder auf der Straße. Ich bezweifelte, daß sie den Morgen erleben würde.

Schließlich fiel mir das Café ein, wo ich Tiger kennengelernt hatte.

Ihre Sonnenbrille verriet alles. Große schwarze Gläser mit einem vielsagenden fleischfarbenen Schminkeschmierer an einer Ecke. »He, Rikki«, sagte ich und war darauf gefaßt, als sie die Brille absetzte.

Blau. Tally-Isham-blau. Das klare Blau der berühmten Marke: ZEISS IKON rankte in winzigen goldglänzenden Lettern rund um jede Iris.

»Wunderschön«, sagte ich. Die lädierten Stellen waren mit Schminkstift betupft. Narben gab's keine bei so 'ner erlesenen Arbeit. »Du bist zu Geld gekommen.«

»Ja.« Sie schüttelte sich. »Aber das mach ich nicht mehr, nicht auf die Art.«

»Ich denke, der Schuppen ist jetzt dicht.«

»Oh.« Aber ihr Gesicht blieb ohne Regung. Die neuen blauen Augen waren ruhig und sehr tief.

»Das macht nichts. Bobby wartet auf dich. Wir haben gerade einen großen Fang gemacht.«

»Nein. Ich muß weg. Das wird er zwar nicht verstehn, aber ich muß weg.«

Ich nickte und beobachtete, wie der Arm hochklappte, um ihre Hand zu nehmen. Ich hatte das Gefühl, der Arm gehöre kein bißchen zu mir; trotzdem hielt sie ihn fest, als wäre er mein.

»Ich hab ein Einfach-Ticket nach Hollywood. Tiger kennt da jemand, wo ich bleiben kann. Vielleicht komm ich sogar noch nach Chiba City.«

Sie hatte in bezug auf Bobby recht. Ich ging mit ihr zurück. Er verstand es nicht. Aber sie hatte ihren Zweck bereits erfüllt für Bobby, und ich wollte ihr sagen, wegen seiner jetzt nicht zu leiden, dann ich sah, daß sie litt. Er wollte nicht mal mit in den Flur kommen, nachdem sie ihre Taschen gepackt hatte. Ich setzte die Taschen ab und küßte sie und verschmierte dabei die Schminkstifttupfer, und da kam was in mir hoch, wie das Killer-Programm in Chroms Daten hochgeschossen war. Ein plötzlicher Atemstillstand an einem Ort, wo kein Wort ist. Aber sie mußte ja ihren Flug erreichen.

Bobby flackte in seinem Drehstuhl vor dem Monitor und starrte auf die Reihe von Nullen. Er hatte seine Sonnenbrille auf, und ich wußte, daß er spätestens bis zum Abend im Loser sein würde, um nach dem Wetter zu sehen, gespannt nach einem Zeichen Ausschau zu halten, nach jemand, der ihm sagen könnte, wie sein neues Leben sein werde. Ich konnte es mir nicht viel anders vorstellen. Komfortabler vielleicht; aber er würde immer darauf warten, daß die nächste Karte falle.

Ich versuchte, sie mir nicht im Haus der Blauen Lichter vorzustellen bei ihren dreistündigen Schichten, wo sie im künstlich induzierten REM-Schlaf anschaffte mit dem Körper und einem Bündel konditionierter Reflexe. Die Freier hatten keinen Grund zur Klage, daß sie ihnen was vormache, denn es waren lauter echte Orgasmen. Allerdings empfand sie sie, falls sie sie überhaupt spürte, als schwachen Silberstreif am Rande des Schlafs. Tja, es ist so beliebt, daß es fast schon legal ist. Die Freier sind hin- und hergerissen, weil sie jemand brauchen und zugleich allein sein wollen, worum es vermutlich schon immer gegangen ist bei diesem Spaß, auch als es noch keine Neuroelektronik gab, um beide Erfahrungen zu ermöglichen.

Ich griff zum Telefon und wählte die Nummer ihrer Airline. Ich nannte ihren richtigen Namen, ihre Flugnummer. »Das ändert sich«, sagte ich, »auf Chiba City. Ganz richtig, Japan.« Ich steckte meine Creditcard in den Schlitz und drückte meine ID-Nummer. »Erste Klasse.« Fernes Rauschen, als sie meine Zahlungsmoral checkten. »Machen Sie'n Rückflugticket draus.«

Aber ich schätze, sie hat sich den Rückflug auszahlen oder auch verfallen lassen, denn sie ist nicht zurückgekommen. Und wenn ich manchmal spät nachts an einem Schaufenster mit Postern von Simstim-Stars vorbeikomme, die vielen hübschen, identischen Augen sehe, die zurückstarren aus Gesichtern, die nahezu ebenso identisch sind, dann sind es zuweilen ihre Augen, aber ihr Gesicht ist nicht dabei, ist nie dabei, und so sehe ich sie weit draußen am Rande dieses endlosen Gewirrs von Nacht und Stadt, wo sie mir Lebewohl winkt.

Originaltitel: »Burning Chrome«